I Dared the Duke
by Anna Bennett

壁の花のひそやかな願い

アナ・ベネット
星慧子[訳]

ライムブックス

Wayward Wallflower series #2
I DARED THE DUKE
by Anna Bennett

Published by arrangement with St. Martin's Press, LLC.
through Japan UNI Agency, Inc., Tokyo

壁の花のひそやかな願い

主要登場人物

エリザベス（ベス）・レイシー……………………コンパニオン
アレクサンダー（アレックス）・サヴェージ……ブラックシャー公爵
ブラックシャー公爵未亡人…………………………アレクサンダーの祖母
マーガレット（メグ）………………………………エリザベスの姉。伯爵夫人
ジュリエット（ジュリー）…………………………エリザベスの妹
アリステア……………………………………………ウィルトモア卿。エリザベスのおじ
ダーバーヴィル侯爵（ダービー）…………………アレクサンダーの友人
リチャード・クールセン……………………………アレクサンダーのはとこ
ニュートン……………………………………………子爵
ハーヴァーシャム……………………………………子爵

1

一八一八年
ロンドン

　ブラックシャー公爵アレクサンダー・サヴェージは、社交界において三つのことで有名だった。首筋に残るひどいやけどの跡、見るからに気難しそうな性格、そして、誰もが認める才能……。それは、人を喜ばせるこつのようなもの……。

　はっきり言うと、公爵はベッドの中ですばらしいという噂だった。

　エリザベス・レイシーにとっては、そんなことはどうでもよかった。実際に二カ月前までは、ロンドンにある公爵の邸宅になど一生足を踏み入れないほうに、天に召されるときにもかぶっていきたいほどお気に入りのボンネットを賭けてもいいと思っていたくらいだ。

　そしていま、彼女はその邸宅に暮らしている。

　もちろん、これは仮の住まいだ。大好きなおじから、友人のブラックシャー公爵未亡人が話し相手《コンパニオン》を探しているというのを聞いて、ひと肌脱いだ。姪が結婚してサマセットへ移ってしまい、公爵未亡人は社交界の集まりに付き添ったり、寂しさを紛らわせたりしてくれる女性を探していた。

夫人のぎっしり詰まった社交の予定を考えると頭がくらくらしそうになったが、本当のところ、この仕事はエリザベス――ベスにとってなくてはならないものだったのだ。彼女は人に必要とされることをつねに求めていた。

姉と妹からは、何にでも首を突っこむと半ばあきれられている。羽が折れた鳥がいれば世話をし、いじめられている子どもを見かけると助け、孤児院のために本を集める、といったことをせずにはいられない。ベスは壊れたものを修理する、間違いを正す、そして乱れた調和を取り戻すのが好きだった。

この性格は、幼少期に公平で正しいと思えることが皆無に近かったせいだと自分では考えている。両親が突然に亡くなると、ベスたち三姉妹はまるでつむじ風に巻きあげられる落ち葉のように、運命に翻弄されるしかなかった。世界はいつも居心地のよい場所であるとは限らないという事実を若くして学んだので、不公平を正す決意をした次第だ。

公爵未亡人のコンパニオンになったら、あの陰気で、悪名高い才能を誇る公爵と顔を合わせるのだと思い、ベスは一瞬尻ごみした。だが、彼と関わることなどほとんど、もしくはまったくないだろうと思い直した。

実際には、孫の公爵はロンドン郊外の屋敷で暮らすほうが好きなのだと夫人はベスに断言した。何度も目をしばたたきながら、自分のような弱々しい老人のそばにいて独身男性《バチェラー》の楽しみを邪魔されるよりも、若い人たちと一緒にいるほうがいいらしい、とか細い声で言うのだ。

公爵の身勝手さに腹を立てたベスは、その場でコンパニオンになることに同意した。

いまのベスがあるのは、そんな事情からだった。公爵家の豪華な客間はベスが姉や妹と住んでいたアリステアおじ宅の、居心地はいいが擦り切れた長椅子が置いてある居間とは大違いだった。鼻歌を歌いながら、彼女はやわらかくて軽いキルトを白髪の夫人の膝にかけ、シルクのダマスク織のクッションを背中にあてがった。

夫人は満足げに息をつくと、紅茶を飲んだ。

「今夜の夕食の献立を確認してきましょうか？」ベスは尋ねた。

おしろいを厚く塗った夫人の顔に驚いたような表情がよぎったが、それは一瞬のことだったので、ベスは気のせいだろうと思った。「いいえ、結構よ」そう言いながら夫人が首を横に振ると、こめかみにかかる巻き毛が揺れた。「料理人がちゃんと考えてくれているはずだわ」ベスの飾り気のない昼用のドレスに視線を走らせつつ、夫人が言葉を続ける。「お願いしてもいい？　わたくしの部屋から、ペイズリー柄のショールを取ってきてくれるかしら？」

「もちろんですわ」ベスはドアのほうへ向かった。

「衣装戸棚から、あなたの分も持っていらっしゃい」夫人の陽気な声が響く。

「ありがとうございます。でも、寒くはありませんから」客間の背の高い窓から日が差しこんでいる。なんといっても、もう七月なのだ。

夫人が細い眉をあげた。「若い人は寒さに強いのを忘れていたわ。でも、明るい色を身につけていると楽しい気分になるでしょう」寂しそうにため息をつく。「薔薇色のショールは、あなたの白い肌を引き立ててくれるわよ」

ベスは思わず頬に手を当てた。七〇歳にもなる女性からおしゃれについて助言されるとは。けれど、夫人の言うとおりにするのも悪くない。ベスと同年代の若者は年配者が長年の経験から得た知恵をばかにして、その意見に耳を傾けようとしない。そんな偏見がおじに向けられるのを、彼女は幾度となく目にしてきた。

「そうですわね」明るく返事をした。「おっしゃるとおりです。お言葉に甘えて、すてきな色合いのをお借りしますわ」

「そうなさい」夫人は自分の小さな提案が聞き入れられて満足した様子で、背もたれに身を預けた。高齢者を喜ばせるのは難しくない。望むことは誰しも同じ――話を聞いてもらい、大切にされたいのだ。

ベスは夫人の優美な寝室に入り、ペイズリー柄と薔薇色のシルクのショールを探し出した。化粧台の前で立ち止まってショールをかけてみると、その効果にうっとりした。

なんてこと。夫人の言うとおり、格段に見栄えがする。次の舞踏会の前にドレスについて指南を受けたら、今度こそ〝枯れかけた壁の花《ウィルティング・ウォールフラワーズ》〟の真ん中の娘――つまり、いちばん目につかない――という汚名を返上できるかもしれない。

あるいは、派手な紫色のターバン型の帽子をかぶって、若い身空で白髪の老女の仲間入りという残念なことになるのだろうか？

ベスは肩をすくめた。いずれにしても、もっとひどい運命だってありうるのだ。

彼女が寝室を足早に出て階段をおり、角を曲がったところで玄関扉が勢いよく開いた。トランクや箱、鞄を手にした従僕がふたり、張り出し玄関の階段を駆けあがって、ベスを押しのけるようにして入ってきた。執事のミスター・シャープが玄関広間に姿を見せ、置き場所をひとつひとつ指示しながら荷物を階上に運ばせる。

この異例の出来事をベスはじっと見ていた。夫人から来客があるとは聞かされていない。誰が来たにせよ、ずいぶんな騒ぎだ。さらに玄関扉が開けっ放しなので、あたたかいのだが強い風が廊下を吹き抜けて客間に届いてしまう。おとぎばなしのお姫様がマットレスを一〇〇枚重ねて寝ていてもその下に豆があるとわかったように、夫人も風が気になるだろう。

ベスは舌打ちをし、玄関広間に行って勢いよく扉を閉めた。

にもかかわらず、扉が跳ね返るようにふたたび開いた。背が高く筋肉質で、憎らしいほどにすばらしい容姿のブラックシャー公爵が立っていた。

いけない。

「けしからん」公爵が不快感を隠そうともせず、かすかに曲がった鼻越しににらみつけながら玄関を入ってくる。「きみは頭がどうかしているのか？」

ベスはあっけに取られると同時に、首筋がかっと熱くなった。なんという言い草だろう？猛然と反論したくなった。痛烈な言葉でぐうの音も出ないようにして、その態度がいかにひどいかを理解させるための意見をぴしゃりとぶつけ、あたかも彼の削《そ》げた頬を張るかのような反撃に出たい。

だが残念ながら、喉が締めつけられて、ひとことも出てこなかった。さらに悪いことに、目が熱くなってくる。

「まあ、いいだろう」公爵はあきれ顔で目をぐるりとまわし、背後の扉を勢いよく閉めた。「きみの答えなど聞くまでもない」

彼は手袋を乱暴に脱いで玄関広間の小さなテーブルに放り投げると、ベスがまるでそこに置かれた観葉植物ほどの脳みそしかない人間であるかのように、目もくれずに立ち去ろうとした。

彼女の血が煮えくり返る。こんなふうにあしらわれるのは我慢できないし、侮辱されるのは許せない。

勇気を振り絞りながら、咳《せき》払いをした。「ミス・エリザベス・レイシーと申します」相手と同じように横柄な口調で言おうとしたが、その思いとは裏腹に声はかすれていた。

大理石の床を歩く公爵の足が止まった。「ミス・レイシー」まるで頭痛が始まったかのような口ぶりだ。「なぜ、ぼくの屋敷の中をうろついているんだ?」

「うろついてなど……」ベスは一瞬目を閉じて心を落ち着かせると、顎をつんとあげた。「わたしはあなたのおばあ様のコンパニオンです」

「きみのことなど何も言っていなかったが」公爵がふんと鼻を鳴らす。

ベスは肩をすくめた。「お互い様ですわね。夫人はあなたのこともめったにおっしゃらないわ」これは嘘だった。彼女は孫の話をしだしたら止まらないし、彼の名前を口にするたびに誇らしげに顔を輝かせる。

ベスの生意気な態度にいらだった様子で、公爵が両手を引きしまった腰に当てた。仕方がない。彼女が無礼なのは相手の態度のせいだ。

「祖母はどこに？」

「夫人は客間にいらっしゃいます」

磨きあげられたブーツを履いた公爵は大股で階段をあがり、廊下を足早に進んでいく。ベスは遅れないようについていった。彼女を雇い入れたことで夫人に文句を言おうとしているのなら、その場に居合わせたい。

あとからついてくるベスのことなど完全に無視して、彼は客間に入るとまっすぐに夫人のそばへ行った。

「アレクサンダー！　まあ、珍しい！」夫人が孫の帰りを喜ぶ。

公爵は祖母の頬におざなりに挨拶のキスをすると、目の高さを合わせて会話ができるように、夫人が座る長椅子の前に置いてあるスツールに腰をおろした。ベスは夫人の横に立った。孫がそばにいてくれるだけで、若返りの泉の水を飲むよりも元気になれるようだ。

「会うたびにハンサムになっているわ」夫人はうれしそうだ。

「おばあ様の視力が落ちてきただけですよ」公爵が軽口を叩くと、祖母は社交界に出たばかりの若い娘のようにくすくすと笑った。

「それはないでしょう」そう言いながらも、夫人は眼鏡の位置を直した。「もうエリザベスには会ったわよね？」

「はい。ぼくが着いたとき、ちょうど玄関広間にいました。彼女はいつも玄関を見張っているんですか？」

「まさか。わたしのショールを取りに行ってもらったのよ」夫人のほほえみに影が差す。ショールをずっと手にしたままなのに気づき、ベスはぎこちない動きで夫人の丸い肩に羽織らせた。

公爵は身を乗り出すと、祖母の手を取って自分の手で包みこんだ。「おばあ様、そんなことはメイドに頼めばいい」

「あら」夫人が額にしわを寄せる。「たしかにそのとおりね。でも、エリザベスは気にしないのではないかしら」

「もちろんかまいませんわ」ベスは当然とばかりに口をはさんだ。

「ぼくが言いたいのは」公爵はベスのほうをちらりとも見ずに、祖母に向かって話し続けた。「コンパニオンは必要ないということです。でも、もし何か思うところがあって必要だというのなら、先にぼくに相談してください」

ベスは長椅子の背もたれをぎゅっとつかみ、唇をしっかり結んでいた。いやはや、この男性の傲慢さはとどまるところを知らない。口をはさむべきでないのは承知だけれど、彼が夫人を責めるのを目の当たりにしていると黙っていられなくなった。

「あなたのおばあ様は、ちゃんとご自分で物事を決められますわ、閣下。何よりも、あなたがご不在なので、相談なさりたくてもできなかったんです。実際のところ、こちらにはめったにいらっしゃらないようですから。だからこそ、わたしが必要なんです」

公爵は祖母の手を放して立ちあがると、ベスをにらみつけた。彼女は無視されるよりも、あからさまに凝視されるほうがましだった。戦いは避けられないと思うと肌がひりひりする。喉につかえているものをごくりとのみこんだ。投石器を手にして、巨人戦士ゴリアテに立ち向かっているみたいな気分だ。

「必要だって？」公爵は広い胸の前で腕を組み、意味がわからないという表情をした。「祖母が必要なものはすべてそろえている。きみの必要性など、あの花瓶に飾られたダチョウの羽根と大差ない」頭を傾けて、暖炉の飾り棚にある美しい大きな羽根を指し示す。

公爵の言葉がベスの心に鋭く突き刺さった。おそらく彼が思っている以上に。夫人から必要とされていると思っていたけれど、ベス自身がそう信じたいだけなのかもしれない。自分は人から求められているのだと。

「アレクサンダー！」夫人が胸に手を当てた。「エリザベスを侮辱するのは許しませんよ。わたくしがお願いして、ここに来てもらっているのだから」

ぎこちない沈黙のあと、彼が口を開いた。「お許しください、おばあ様」

しぶしぶながらの謝罪だが、夫人は納得したようで、すぐに機嫌を直した。とはいえ、飛べない鳥から抜け落ちた羽根も同然に不要だと言われたのは彼女ではない。

「気にすることはないわ。長旅で疲れて、早くさっぱりしたいでしょう」夫人が言う。

長旅？　それは大げさだ。公爵の田舎の邸宅《カントリーハウス》はここから馬車で一時間もかからない。最北のノーサンバーランド州から膝まで雪に埋もれながら帰ってきたとしても、失礼な態度の言い訳にはなるまい。何より、彼はベスの目にはまったく疲れているように映らなかった。無駄のない筋肉質の強靭《きょうじん》な体は、はちきれんばかりの強さで力がみなぎっている。

「急を要する仕事があるんです」公爵が暖炉の上に置かれた金の時計をちらりと見た。美しいのは同じでも、その横に飾られた羽根よりも時計のほうがよほど役に立つ。

ベスは何も言わないように我慢した。彼は二週間も留守にしておきながら、たとえ一五分たりとも愛する祖母の話し相手になろうとは思わないのだろうか？

けれども夫人はほほえんで、平然としていた。「今夜は一緒に食事ができるのでしょう？」

「おそらく」公爵があいまいに答える。

「すばらしいわ」夫人は両手を合わせた。「夕食のときに最高の気分でいられるように、エリザベスとわたくしは少し休むことにするわね」

ベスは鼻を鳴らした。公爵は上機嫌で接するのにふさわしい相手ではない。あのぶしつけな態度では、前菜のあいだに彼女が皿にのった豆料理を投げつけるのを我慢できたら、ありがたいと思ってほしいくらいだ。

「それがいいでしょう」公爵は愛想よく言った。「おばあ様、そろそろ寝室へ行かれてはどうですか？　お休みのあいだに、ぼくはミス・レイシーに話があります」

ベスの背筋に寒いものが走った。

「あら？」夫人が公爵とベスの顔を交互に見る。「なんの話かしら？」

彼はきれいな白い歯を見せてほほえんだ。「初対面で誤解があったようなので、謝りたいと思いまして」

「それなら、わたくしは失礼するわ」夫人はベスが目にしたこともないような敏捷《びんしょう》さで立ちあがると、ドアのほうへ向かった。「若いあなたたちを、わたくしは大切に思っているのよ」振り向いて、ほがらかにつけ加える。「わたくしが何よりうれしいのは、この屋敷の中ではみなが仲よくすること。それでは、また夕食のときにね」

公爵はしばらくのあいだ、ベスをじっと見ていた。面倒な縫い直しが必要になった裾を調べるときに見せるような、冷たい視線だ。もちろん公爵が破れたドレスの縁を気にするわけではない。もし噂が本当なら、彼が興味を持つのはドレスが脱がせやすいかどうかの一点にすぎないだろう。このときも、ベスは彼の醜聞や強烈な男らしさに怖《お》じ気《け》づくまいとしていた。

「エリザベス・レイシー」何かを思い出そうとするかのように、公爵が天井を見つめる。ベスは考えるだけ時間の無駄だと言ってやりたかった。ふたりは何度か同じ舞踏会に出席したことがあるのだが、彼は飲み物が置かれたテーブルのそばにじっと立ち尽くす、流行遅れのドレスを着たやせっぽちの少女のことなど覚えていないに違いない。

「きみはウィルトモア卿の……？」

「〝壁の花〟のひとりだとおっしゃりたいのね？」ベスは自分から言ってやった。「ご親切にありがとう」冷たい声でつけ加える。

公爵が太い眉をつりあげた。「ぼくは〝姪〟と言おうとしたんだ」

ベスは肩をすくめた。「そうかもしれないわ。でも、〝壁の花〟とも思ったのでしょう」

「人の考えがわかるなんて、きみの鋭い洞察力には恐れ入ったよ。もしぼくが口を開く前に言おうとしていることがわかるとしたら、ふたりで話す必要などないだろう」

「わたしもそう思います」愛想のいい笑顔を見せる。「話は以上かしら？」

「まだだ」彼は不気味な笑みを浮かべたものの、目はまったく笑っていない。「ぼくが何を言いたいのかわかっているだろうが、念のためにはっきり言わせてもらう。きみはこの屋敷には必要ない。お引き取り願おう、ミス・レイシー」

2

アレクサンダー——アレックスは腰をおろすと自分のために紅茶を注いだが、そのティーカップは明らかにミス・レイシーに用意されたものだった。だが、ここは彼の屋敷なのだから文句は言わせない。今朝アレックスが戻ってきた唯一の目的は、この屋敷から人々を退去させるためであり、雇い入れるためではない。

ミス・レイシーは驚いて、青い目をティーカップの受け皿のように丸く見開いている。しかし、アレックスにきっぱりと解雇を告げられたにもかかわらず、泣きながら部屋を飛び出すようなことはしなかった。

その反対に、彼女は長椅子のうしろからゆっくりと前にまわり、悠然と腰をおろしてアレックスと対峙《たいじ》した。

「荷造りが必要だと思うがね」彼はスツールの上で背中を伸ばした。「三〇分後に従僕を部屋に行かせて、バッグを階下《した》に運ぶのを手伝わせよう」

ミス・レイシーは何も言わない。あろうことか、銀のティートレイに置いてあるナプキンを取り、ぱっと広げて膝の上に置いた。そして使われていない皿を手にすると、最後にひとつ残っていたブルーベリーのスコーンをそこにのせた。

いい度胸ではないか。この壁の花は大したものだ。

気取った笑みを浮かべながら、ミス・レイシーがスコーンにかじりつく。なぜかアレックスはその光景に心を奪われ、彼女が全部食べ終わり、唇についたかけらをなめるまで見入っていた。「ところで」彼女が淡々と話しだす。「わたしはあなたのおばあ様のコンパニオンとして、ここにいるつもりですから。先ほどは、何か謝りたいことがあるとおっしゃっていましたわね」

アレックスは脚を伸ばして、足首を交差させた。「嘘をついたんだ」詫《わ》びる気などなかった。むしろ、必要とあらば金を払ってでも解雇するつもりだ。彼と屋敷に対して面倒を起こさずに辞めさせたい。

ミス・レイシーのおじのウィルトモア卿は経済的に困窮していると聞いた。三姉妹の姪のいちばん上がキャッスルトン卿と結婚しているが、夫である伯爵は風変わりな――頭がどうかしているとも噂されている――ウィルトモア卿に援助するのをしぶっているのかもしれない。そんなことを考えながらも、アレックスは機知に富んだミス・レイシーに感心していた。

ティーカップを置き、胸の前で腕を組む。「いくら欲しいんだ?」

彼女は無邪気に、かわいらしくまばたきをした。「どういう意味かしら?」

「遊んでいる暇はない。金額を言ってくれ」

ミス・レイシーの頬がぱっと赤くなる。「お金……のことを話しているの?」

「だからここにいるんだろう？」

「違います」彼女が顔をしかめた。「わたしはお金のためにやっているのではありません」

祖母が丸めこまれた理由がわかった。ミス・レイシーは気前がよくて慈悲深い純情な少女を完璧に演じているのだ。だが、そんな無私無欲な姿は必ず偽物なのだとアレックスにはよくわかっていた。

「祖母のコンパニオンになったのは、きみの親切心からだというのか？」疑わしげに尋ねる。

「そんなに信じられないことかしら？」

「若くて美しい女性なら、扇を取りに行ったり、関節が痛むという愚痴を聞いたりするより、もっと楽しいことがあるはずだ」不意に褒められて、ミス・レイシーは動揺しているようだった。もしとても魅力的だと言われたら、どうなるのだろう？

彼女はおくれ毛を耳のうしろにやりながら、冷静な表情に戻った。「閣下はわたしを信用していないのですね。おばあ様のことはもっと。ときどき一緒に過ごす時間を持てば、夫人がとても話上手だとおわかりになるのに」

「祖母はぼくの話をするのが大好きなんだよ」棘《とげ》のある言葉を受け流し、アレックスは悪びれもせずに自慢を始めた。「ぼくが五歳のときに馬から落ちた話は聞いているか？　腕の骨を折りながらも、もう一回飛びおりたいから鞍《くら》に乗せてくれと父にせがんだんだ」

ミス・レイシーがあきれたように目をぐるりとまわす。「夫人から聞かされたかもしれませんわ。詳しいことは覚えていませんけれど」

アレックスは得意げにほほえんだ。「これは祖母のお気に入りの話のひとつなんだよ。だが、ぼくの子ども時代のいたずら話を聞くのが面白いからといって、いまひとつ納得できないな。きみのような女性が血のつながりもない七〇歳の女性のために、痛風の薬を買いに行ったり、長ったらしい詩を朗読したりするのを買って出るなんて」

ミス・レイシーがアレックスの目をしっかりと見据えた。「あなたのおばあ様のお世話をしているのは個人的な理由からですが、よこしまなものではありません。わたしの行為に邪悪な意図があるように見えるのは、たぶんあなたの心に悪意があるからでしょう。わたしにはそんなものはないと断言します」

突き刺さるような言葉がどんどん飛んでくる。彼女は嫌味がたくさん詰まった武器庫を頭の中に備えているのだろう。

「もういい。きみの動機については、いったん脇に置いておこう。肝心なのは、きみはここにとどまれないということだ」本心を言えば、ミス・レイシーに文句はない。彼女は美しく勇敢だ。枯れ野に彩りを添える野の花のようだ。しかし、アレックスには彼女の安全を保証することができない。とくに昨今の出来事を考えると。

「おっしゃることがわかりませんわ」まるで涙を抑えるかのように、ミス・レイシーはまばたきを繰り返した。

アレックスはつばをのみこみ、これは彼女のためなのだと自分に言い聞かせた。何も知らないほうが、かえっていいこともある。「祖母を取り巻く状況が変わろうとしているから、コンパニオンは必要なくなるんだ。いまここで祖母がきみに愛情を感じてしまうと、別れるときにつらい思いをさせてしまう。わかってくれるだろう、ミス・レイシー。ぼくはきみが思っているような人でなしとは違うんだよ」

彼女は無作法に鼻をふんと鳴らした。「あなたがそうおっしゃるのなら」

「帰る場所はあるんだろう？」

「無下に放り出されたあとにですか？」青い瞳で射抜くようにアレックスを見る。「どうかお気遣いなく、閣下。酔っ払った船乗りたちにエールを給仕するような羽目になるのを心配してくださっているのなら、ご安心ください。おじの家に戻りますから。きっと妹も快く受け入れてくれるでしょう。少なくとも、住むところには困りませんわ」

とはいえ皮肉たっぷりの言い方からすると、これは大きな問題なのだろう。アレックスはゆっくりと息を吐き出した。ミス・レイシーの問題がなんであれ、彼の知るところではない。この屋敷から離れるのが早ければ早いほど、彼女にとっては安全なのだ。

「行くところがあるとわかってよかった」

ミス・レイシーがわざと目をぐるりとまわしてみせた。「わたしもあなたの心配を軽減するお手伝いができて光栄です。夫人がお昼寝をしていらっしゃるあいだに荷造りをすませますから。なんと言ってお別れをすればいいのかわかりませんが、さようならは直接お伝えしたいと思います」

「明日までここにいてくれてかまわない」思いがけず、言葉が口をついて出た。

「明日？」彼女がきき返す。

少しくらい延びても問題ないだろう。ひと晩だけなので、普段よりも余分に警戒していればいい。「今日の夕食のとき、きみが辞めることを祖母に話そう。きみが明日の朝に帰るという知らせを、おじ上と妹さんに送ることもできる」

「上等ですわ。どうしてわたしが突然解雇されるのか、もっともらしい説明を考える時間ができました」

「ぼくの不適切な態度のせいでいられなくなったと言えばいい」

ミス・レイシーは彼の言葉をひとしきり考えてから、まばたきをした。「あなたがわたしを誘惑しようとしたと、うちの家族に思わせるのですか？」

「いい考えだろう？　きっと信じてもらえるさ。ぼくはきみよりもたくましい女性を追い払ったことだってあるんだよ、ミス・レイシー」

彼女がゆっくりと立ちあがり、濃いまつげの下から高飛車にアレックスを見据えた。

「まずはじめに、わたしは見かけよりもはるかにたくましいと覚えておいてください。さらに、人でなしか何か知りませんが、あなたのような男性にわたしが怖じ気づいたなんていう話は、おじも妹も信用しません」

彼も立ちあがったので、ミス・レイシーがにらみ続けるには顔を上に向けなければならなくなった。「恐れをまったく感じないのは勇気がある証拠かもしれないが、賢いとは言えない。若くて魅力的な女性が悪名高いバチェラーと同じ屋根の下で暮らすというだけで、心配するにじゅうぶん値する」

「それは脅しですか、閣下？」

「違う」即答した。いくらなんでも、アレックスはそこまで下劣ではない。「きみがぼくを恐れなければならない理由など、ひとつもない。人は陰口を叩くし、噂は広まると言いたいだけだ。醜聞を逆手に取ることもできるがね」

ミス・レイシーは細い指をこめかみに当てている。「不名誉な噂がわたしの役に立つという意味がよくわからないわ」

「きみはぼくの評判を聞いていると思うが」

「えっ？」とぼけたふりをして眉をあげてみせたが、頬が赤らんだのは一目瞭然だ。

「どうやって上品に表現すればいいかわからないが、人はぼくのことを……」

彼女がさえぎるように手をあげて目を閉じた。「言葉にしなくても結構です。想像がつきますから」

「わかるのか？」ミス・レイシーの困った様子が予想以上に愉快だ。もしかすると、彼は本当に下劣なのかもしれない。

「あなたのおっしゃるように、噂を聞いたことはあったと思います」彼女は手で顔をあおいだ。「わたしは陰口なんて信じませんけれど」

これは一本取られた。「では、きみは自分がどう噂されているかわかっているんだな」

「壁の花ですか？　そのことについては、すでに話題になったと思いますけれど。お忘れですの？」

「考えてみてくれ。女癖が悪いと評判の男が壁の花に興味を持っている、と社交界の面々に知れ渡ったら……」

ミス・レイシーが、信じられないとばかりに頭を振る。「あなたがわたしに関心があるとわかれば、ほかの男性もわたしを見直すと思っているのですか？」

「犬はいつだって、よその犬がくわえている骨を欲しがるものだ」

彼女がはっと息をのんだ。明らかに、アレックスの説明にぎょっとしている。

「わたしを犬にたとえるなんて、どういうつもり？」ぴしゃりと言った。

早とちりにもほどがある。「ぼくが犬で、きみは骨だ」

「そのすてきなたとえは、わたしの理解の範囲を超えていますわ、閣下」

「まさにそのようだな」彼は肩をすくめた。

険しい目つきで、ミス・レイシーが詰め寄ってきた。胸がわずかに上下するのが見て取れるほど距離が近い。

「あなたの言わんとすることはわかったわ。わたしからも説明させてちょうだい」ゆっくりとした口調で、その一言一句に怒りをにじませている。「わたしは骨なんかじゃない。もし仮にそうだとしても、おとなしくあなたの口にくわえられたりしないわ」

アレックスは眉をつりあげたが、すぐに反論はしなかった。沈黙して、彼女にきまりの悪い思いをさせるほうが効果的だ。

自らのぶしつけな言葉遣いを戒めるかのように、ミス・レイシーが目を閉じる。

「なんてことかしら」小さな声でつぶやくと、唇を一文字に結んだ。

だが、アレックスのせいでミス・レイシーが自分を抑える必要はない。彼女がはっきりと言葉を口にするのが新鮮に感じられる。興奮を覚えてしまうほどだ。

「話がついてよかった」彼は軽い調子で言った。

ミス・レイシーがいらだたしげにため息をつく。「もう失礼しなければ」地獄の番犬に追いかけられているみたいに、彼女は急いで客間のドアのほうへ足を向けた。

「八時の夕食に遅れないように」ミス・レイシーの背中に声をかける。

彼女はくぐもった声で返事をしたが、それは呪いの言葉のように聞こえた。

しかしアレックスのほうは個人的に、また顔を合わせるのを楽しみにしていた。今夜ひと晩、ミス・レイシーと一緒に時間を過ごし、言葉の応酬《スパーリング》を繰り広げてみたい。明日の朝になれば、もっと差し迫った案件に集中しなければならない。いったい誰が彼の命を狙っているのかを調べるのだ。

3

ベスは今夜、ブラックシャー公爵と夕食をともにすることになってしまった。

もしかすると、明日は眠っているクマを棒でつついたり、テムズ川を裸で泳いで横断したりといった予期せぬことをするのかもしれない。もちろんこれは冗談だけれど。

どうして公爵の屋敷にもうひと晩いることを承諾してしまったのか、ベスにはわからなかった。すでに小さなバッグふたつに荷物を詰めて、寝室のドアの脇に置いてある。昼寝のあとで夫人に直接会って、彼女の鼻持ちならない孫がベスに出ていくように命じたと言いつけるべきだったかもしれない。なぜそんなことをしたかは、公爵に説明させればよかったのだ。でも、ベスは自分の耳で彼の釈明を聞きたかった。彼女の解雇を正当化するために公爵がどんな嘘八百を並べたてるのか、知りたくてしょうがない。愛する祖母の前では犬と骨のたとえ話はしないだろう。ぜひともそう願いたいものだ。

夕食までともにするほうに心が傾いたのは、ベスが去るという知らせに夫人が取り乱すだろうとわかっていたからだ。変化を平然と受け入れられる性格ではないので、公爵の決定に動揺する夫人のそばにいて、できるだけ慰めたいと思っていた。

八時きっかりに、食前のシェリー酒の待つ客間までベスにエスコートされた夫人は、うれしくて仕方がない様子だった。「アレクサンダーはとても面白いでしょう？　若いお嬢さん方はみな、彼に夢中になってしまうのよ」

みなではないのはたしかだ。こう言ってはなんだけれど、女性がブラックシャー公爵のまわりに群がるのは、彼にユーモアの感覚があるからではなく、もっときわどい理由からだった。「公爵閣下に憧れている女性は大勢いるんでしょうね」ベスは如才なく言った。

「午後に彼と話していて、楽しかったでしょう？　あの子はその気になれば、怖いくらい魅力的にふるまえるのよ」ベスが公爵の魔法にかかってしまったかどうか確かめるかのごとく、夫人は探るような目を向けた。実際は、ベスが彼の頬を平手打ちせずにすんだのが不思議なくらいだが。

「話し合いは……なかなか興味深いものでした」それと同時に、ひどく腹立たしいものだった。「公爵は言葉を控えたりなさらないのですね」

「あの子はつらい子ども時代を過ごしたのよ」あたかも、それがぶしつけなふるまいの言い訳になるかのようだ。夫人は一瞬目を曇らせたが、すぐ明るい表情に戻った。「けれど、たくましい男性になったわ」

ベスは彼の首筋に残るやけどの跡についての噂を思い出した。彼女が気づいたのは左耳のうしろの皮膚が引きつれて、色が変わっていることくらいだ。首巻き《クラヴァット》と上着の襟でいちばんひどい傷——少なくとも肉体的な傷——は隠されているのだろう。ブラックシャー公爵の両親は火事で亡くなっていた。言葉にできないほどのつらさを、ベスは痛いくらいにわかっていた。

ある冬の日、両親を乗せた馬車が凍結した橋から真っ逆さまに冷たい川へ滑り落ちたとき、ベスはまだ一四歳だった。たった一度の偶発的な事故のせいで、運命はベスとその姉妹からすべてを奪い去った。パパとママ、幸せ……そして住み慣れた家までも。一文なしで放り出され、親戚の情けにすがるしかなくなった。唯一、傷ついた三姉妹に手を差し伸べてくれたのが、おじのアリステアだった。

ベスは喪失というものを理解していた。生々しく、分別を失うような悲劇に見舞われると、人はその悲しみにのみこまれてしまい、簡単に浮かびあがることはできない。でも、彼女は立ち直った。そして公爵もどうやらそうらしい。

彼は妖しい魅力にあふれ、とてつもなく裕福な、権力のある男性になった。公爵がそのつらい経験に対してベスの同情を必要としているのか、そもそも他人に同情してほしいと思っているのかどうかさえわからない。

ベスと夫人が優雅に客間に入っていくと、公爵は片方の腕をソファの背にかけ、ブランデーのグラスをじっと見つめていた。

「アレクサンダー！」夫人が叫んだ。まるで、一日に二度も彼に会えるという幸運が信じられないかのように。ふたりが挨拶を交わしているあいだに、ベスは従僕からシェリー酒のグラスを受け取り、ごくりと飲んでからそちらに加わった。

公爵の視線がゆっくり、横柄なまでに注がれると、熱くなるのを感じた。今夜の夕食のためにほんの少しだけおしゃれに気を使っているけれど、それはけっして彼のためではない。青いドレス――姉のメグの結婚式に着たもの――は、特別な日のためにとってあったものだ。屋敷を追い出されるのだから、このドレスを着るに値するはずだ。つまり、もっともつらいときにいちばんいい装いをするのは悪くない。これから待ち受けているであろう屈辱的な光景が、頭の中に繰り返しよぎる。そうなったときに、少なくとも外見は魅力的だと自分を励ますことができるだろう。

「こんばんは、ミス・レイシー」公爵の低い声に、彼女は体がぞくぞくした。

「どうも、閣下」顎をつんとあげ、鼻であしらう。

「大したものだ」彼は感心したようにうなずいている。

「どういう意味かしら?」ベスは目をしばたたいた。

「単なる挨拶を侮辱的だと受け取る、きみの能力だよ。誰にでもできるわけじゃない」

夫人が眉根を寄せ、のどかな夜に突如としてわき起こった嵐雲に困惑していた。

「アレクサンダー、最近の若い人たちはそんな話し方をするの? はっきり言って、わたくしは気に入らないわ」

彼は顎をぴくりとさせた。「申し訳ありません、おばあ様。ちょっとふざけただけなんです。そうだろう、ミス・レイシー?」

その厚かましい言い草に、ベスは目をぐるりとまわしてみせた。「閣下がそうおっしゃるのでしたら――」

「まあ」夫人が手を喉元にやるのを目にして、ベスは言葉をのみこんだ。今日がコンパニオンとして最後の夜になるとすれば、ことを荒立てないのがせめてもの思いやりだ。

「そのとおりですわ」言葉を絞り出す。「閣下はおそらく魅力的にふるまおうとしてくださっているのだと思います」

「おそらく？」公爵が言い返す。

ベスは肩をすくめた。「仕方ありません。わたしは閣下に夢中というわけではありませんから」

「そうね」夫人が同意する。「あなたたちはまだ知り合ったばかりよ。もう少し時間が経てば、お互いに冗談のやりとりにも慣れるでしょう」

時間をかければふたりが礼儀正しい会話を交わせるようになると夫人が思っていることに、ベスは罪悪感を覚えた。時間はすでに尽きている。尽きてよかったのだ。

ベスは公爵のほうをちらりと見てから、眼鏡をかけた夫人の目をまっすぐに見つめた。

「わたしたちふたりから、夫人にお話があるのです」

「あら」何かうれしい驚きでも期待しているかのように夫人が顔を輝かせたので、ベスの心は沈んだ。

「実は、残念ながら――」

「空腹で、もう我慢できない」公爵がさえぎった。「きみの重大な知らせは食事が終わるまで待てるだろう？」

ベスはけげんな顔で彼を見た。「わたしの知らせですって？　これはあなたが言いだしたことだと思いますけれど」

公爵が広い肩をすくめる。「ミス・レイシー、代名詞についてきみと深い議論をするには、食事をして活力を取り戻さなくては」

「あら、まあ。そんなにお腹が空いているのね、アレクサンダー。ちゃんとお昼を食べたの？　もしかして朝食も抜いたのかしら？」

「覚えていませんね」彼が顔をしかめると、頬がくぼんだ。

ベスは片手をウエストに当てた。「閣下がやせ細っているようには到底見えませんわ」むしろ、彫刻家からぜひともモデルにと望まれるような体つきだ。女性の垂涎《すいぜん》の的となっているのも間違いない。でも顔は美男子すぎるくらいなのに、気難しく、自己陶酔しているような貴族のどこがいいのか、ベスにはわからなかった。

「さあ、食堂へ行きましょう」夫人が促す。「アレクサンダー、あなたはわたくしとミス・レイシーをエスコートできる栄誉をひとりじめよ」

「いえ、そんな」ベスはあわてた。「今夜はぜひとも公爵閣下を独占なさってください」

彼は祖母のしわが寄った手を肘の内側に置くと、もう片方の腕をベスに差し出した。顔にはいたずらっぽい笑みを浮かべている。「遠慮はいらないよ、ミス・レイシー。きみをエスコートなしでテーブルにつかせるわけにはいかない」

「そうかしら」快活な声で言い返す。「昨夜はひとりでもまったく問題はなかったとお伝えしておきますわ。あなたのおばあ様も同じです。男性の助けがなくても、この長い道のりを歩いていけました」

「図書室まで行ってしまう羽目には陥らなかったんだね？」彼はからかった。

「まあ、まあ」孫のばかげた言葉があたかも最高に気の利いた冗談であるかのように、夫人がくすくす笑う。「ひょうきんで面白いところは健在ね。あなたがいなくて、とても寂しかったわ」夫人は愛情をこめて孫の腕を軽く叩いた。「いらっしゃい、エリザベス。今夜はお話しする時間がたっぷりあるわ」

公爵はベスがまたもやノーと言いたくなるような表情で、もう一度腕を差し出してきた。いいだろう、夫人のために今日のところは我慢しよう。明日の朝になれば彼ともお別れだ。永遠に。

歯を食いしばって公爵の腕に手をかけると、そのかたさに驚いた。心の中で思わず笑ってしまう。筋肉があるというのはわかった。彼がベスに印象づけようとして腕にぐっと力を入れているほうに、お気に入りの日傘を賭けてもいい。

奇妙な取り合わせの三人組は食堂に入ると席についた。上座の公爵をはさんで右側に夫人、左側にベスが座る。テーブルのしつらえがこれほど完璧なまでに優美でなければ、もっとあたたかみと心地よさが感じられただろう。大理石のマントルピース、意匠の凝らされた石膏《せっこう》像、きらめくクリスタルのシャンデリア、重厚な額装の風景画といった室内装飾が、富と特権を物語っている。

壁の花にとっては縁遠い場所だ。でも、この世界で生き残るには適応することが大切だった。従僕がさまざまな料理を運んでくる。ベスは手に取ったフォークが正しいことを祈りつつ、サラダを食べはじめた。

料理はすばらしいのだが、味わう気にはなれなかった。自分がこの屋敷を急に去るとわかったら、この年老いた心やさしい夫人がどれほど傷つくだろう。

「クラヴィル卿ご夫妻が主催する舞踏会への招待状が届いているわ。土曜日に開かれるのよ」夫人が告げる。「もちろん、出席という返事をしておいたわ」

「もちろんですね」公爵がぼそぼそと同意する。ベスと同様、彼もうわの空だが、祖母の幸せを願っているのではないようだ。実のところ、彼の心はローストビーフに集中していた。大きな肉のかたまりをいとおしそうに見つめながら、フォークで突き刺して口に運ぶ。

「わたくしとエリザベスをエスコートしてほしいのよ、アレクサンダー」

突然牛肉が喉に詰まったかのように、公爵は咳《せ》きこんだ。「今週の土曜日ですか?」

ベスは椅子に深く腰かけてワインを飲みながら、公爵が祖母のささやかな頼みをなんとか断ろうとして困る姿を楽しむことにした。

「そうよ。彼らは大切なお友達ですからね、アレクサンダー」夫人が眼鏡の奥で目をしばたたく。「あなたも行って、おふたりにご挨拶しても罰は当たらないわ」

不愉快そうな表情から、公爵が祖母の言葉に同意していないのは明白だ。

「予定を調整できるかどうか確認しなくては」あいまいに応える。

夫人は何か言いかけたが、孫を思いやり、口を閉じてぎこちない笑みを浮かべた。まったく。祖母を喜ばせるため、土曜日に自分が放蕩《ほうとう》にふける時間をほんの少しあきらめるのがそれほど大変なのだろうか？　ベスの心は沸騰しすぎて噴きこぼれる寸前のケトルのようだった。

料理がすべて終わり、パイナップルアイスクリームの最後のひと口を食べ終えるまで、彼女は感情を抑えていた。

公爵はまるで王様が玉座に腰を落ち着けるかのように、椅子に深く座り直した。両手を組んでお腹の上に置く。そこは夫人とベスふたり分の料理を三倍にしたくらいの量を食べたばかりとは思えないほど平らだった。

「さて」公爵がゆっくりと口を開く。「ミス・レイシーから大事な話があるそうだが」

彼の引きしまった腹部に見とれていたベスは、あわてて目をそらして首を横に振った。公爵の体がどれほど完璧であろうと、言いなりになるつもりはない。彼女を首にしたいのなら、自分で祖母に説明するべきだ。

「いいえ、公爵閣下。わたしからは何もお話しすることなどありませんわ。ひとことも」

4

アレックスは左側を向き、並大抵の男性なら震えだしそうなまなざしをミス・レイシーに向けた。彼女はただ目をぱちくりさせて、かわいらしく笑ってみせた。

「本当に何も言うことはないのか？」

「ありません」

駆け引きをする気分ではない。「きみの状況について話があると思うがね」アレックスは彼女から言葉を引き出そうとした。

何かを考えこむような目をしながら、ミス・レイシーがワインをひと口飲む。

「状況という言葉はずいぶんとあいまいですわね。どの話のことかしら？　もっと具体的に示してくださらないと」

「はっきりとおっしゃい、アレクサンダー」夫人がたしなめる。

ミス・レイシーの愛らしい顔に満足げな笑みが浮かんだ。「正直になられたらどうですか、閣下。もし何かお話しになりたいことがあるなら、なんなりとご自由にどうぞ」

アレックスは目を細めた。「ぼくの屋敷の食堂で、話してもいいとぼくに許可をくれるとはご親切なことだ」

彼女が〝さあどうぞ〟というように手で合図をする。

アレックスは咳払いをして、ミス・レイシーは明朝おじの家に戻る予定だと祖母に告げる心の準備をした。けれども祖母が目を輝かせ、頰を薔薇色に染めているのを目にすると言葉が出ない。こんなに生き生きとして幸せそうな表情を見たのはいつ以来か、思い出せなかった。ミス・レイシーは祖母にうまく取り入って親愛の情を得ているようだ。もしアレックスが彼女にいとまを出したと言ったら……。

祖母は大きな打撃を受けるだろう。

祖母の心を傷つけるなど、とんでもない。アレックスに残された唯一の肉親なのだ。愛情表現はうまくできていないものの、彼は祖母を深く愛していた。

両親の命を奪った火事では、アレックスも死にかけた。祖母はひとり息子とその妻を失った悲しみを抱えつつも、孫を死なせるまいとして昼夜を問わず看病してくれた。医師の指示を忠実に守りながら、彼が痛みでのたうちまわったり泣き叫んだりしても、血で汚れた包帯を取り換え、焼けただれた皮膚に軟膏を塗ってくれた。彼が流した涙を一とすれば、祖母はその一〇倍は泣いていただろう。

祖母を傷つけることなどできない。

そんなわけで、アレックスは話題を変えた。「新しい馬車を買うことにしたんです」

「まあ、楽しみだこと」夫人が甘い声を出す。「いちばん優雅な馬車を選ぶのでしょうね」

ミス・レイシーはそれほど興味がないようだ。「いまの馬車に何か問題でも?」

轍《わだち》に車輪を取られ、車軸が折れて転倒してしまい、馬車の片側がアコーディオンを閉じたようにひしゃげてしまった。だが、これは彼女には関係ないことだ。もし祖母がこの場にいなかったら、起こったことを話していたかもしれない。しかし、詳細を打ち明けるのは避けたかった。アレックスは転倒した馬車に乗っていた。頭にこぶができ、かすり傷を負っただけですんだのは、とんでもなく幸運だったのだ。

「あえて言うなら、新しい馬車を買う時期が来たということだ」彼は肩をすくめた。

「なるほど」ミス・レイシーはあからさまに批判をこめて、ピンク色の唇をすぼめた。「つまり、いまの馬車の色に飽きてしまったんですね」

そう、彼女は明らかにアレックスを非難している。

「わたくしは、あの深い森のような緑色が気に入っているわ」夫人が眉をひそめた。「今度は何色にするの?」

「おばあ様のお好きな色で」祖母を喜ばせることができそうで、アレックスはうれしかった。

「まあ、責任重大ね」夫人が両手を握りしめる。「慎重に考えないと。エリザベス、あなたの意見も聞かせてほしいわ」

ミス・レイシーはつまらなそうにしていた。「馬車の色について、とくに考えなどありません。安全に移動できれば、それだけでじゅうぶんに満足ですから」

アレックスは不機嫌そうに鼻を鳴らした。「馬車の色についてあれこれ話しているわれわれは、浮ついているとでも言いたいのか？」

「そんなことは申していません、閣下。ただ、もっと重要なお話があるのはご承知だと思いますけれど」

正直なところ、ミス・レイシーの批判的な態度は滑稽ですらあった。アレックスは彼女の体をぴったり包んでいるセルリアンブルーのシルク地をじっと見た。「きみの姉妹がドレスの色をあれこれ悩んでいるときにも、そんな冷たい言い方をするのか？」

「しませんわ！」彼女が憤慨したように顎をつんとあげる。「そんなふうにおっしゃるけれど、姉も妹もドレスのことで悩めるなんて、本当にありがたいと思っているんです。これまではドレスなど持っていないも同然でしたから」

話をすり替えて、あたかも彼が過保護に育てられ、甘やかされた貴族であるかのように当てこするとは、口が減らない女性だ。

「まあまあ」夫人が軽やかに言った。「わたくしは個人的に、今夜あなたが着ているドレスはとてもすてきだと思うわ。あなたもそうでしょう、アレクサンダー？」これまでの会話が醸し出す雰囲気にまったく気づいていないそぶりで、無邪気にまばたきをしている。

アレックスも祖母の意見に同意した。「美しいドレスだ」実際には、ドレスなどよりも優美な首の線、肩のなめらかな肌、官能的な胸のふくらみのほうに目が行っていた。だがミス・レイシーが魅力的だと認めるくらいなら、鞭《むち》打ち柱にわが身をくくりつけるほうがましだ。

「ほらね？」夫人がほほえむ。「素直になるのはそんなに難しいことではないのよ」彼女は満足したように息をつくと、ナプキンをテーブルに置き、立ちあがろうとして椅子を引いた。アレックスが席を立つよりも早くミス・レイシーが気づいて、夫人のそばに駆け寄る。

「客間へ行かれますか？」ミス・レイシーが尋ねた。

「もう休むことにするわ。今日はいろいろあって疲れたから」

「そうですわね。では、寝室までお送りします」

しまった。ミス・レイシーが辞めるという話をしそびれてしまった。明日は早朝からいろいろ調査しなければならない問題があるので、今晩中に彼女の件は片づけておくべきなのに。

「おばあ様」公爵は祖母の頰にやさしくキスをしながら切り出した。「ミス・レイシーと少し話をさせてもらえませんか？」

「あら」

「ぼくがロンドンを離れていたあいだに、どんなことがあったか聞かせてほしいと思いまして」心にもないことを口走っていた。

ミス・レイシーが苦い顔をする。「とくにお話など……」

「もちろんよ。ここに残って、アレクサンダーとおしゃべりするといいわ。若い人たちには、寝るにはまだ早すぎる時間ですものね。わたくしは寝室までひとりで行けるし、メイドもいるから大丈夫よ」

夫人が食堂を出ていくのを確認すると、ミス・レイシーは腕組みをして不快感をあらわにした。そしてふたりきりになったとたん、アレックスに食ってかかった。

「わたしを首にするつもりだと、ちゃんと夫人に言うべきだったわ」

両手で髪をかきあげる。「そのつもりだった……だが、祖母がきみのことをとても気に入っていると気づいたんだよ」

彼女がゆっくりと息を吐いた。「わたしも夫人が大好きよ。あなたはたいていのことは率直に口にするわ。失礼なほどにね。なのに、どうしてわたしを首にすると認めるのがそんなに難しいの？」

「祖母が悲しむからだ」

ミス・レイシーが両手をあげる。「それなら、なぜわたしを追い出したいの？　わたしがあなたや夫人のそばにいると見栄えが悪いから？　誰かほかにぴったりな人がいるから？　それとも、まわりのみんなをあなたみたいに不幸にしたいの？」

地獄の業火に焼かれるようなひどい非難だ。「きみは本当に真実を知りたいのか？」

「ええ」彼女はかわいらしくまばたきをした。

「一緒に来てほしい」いきなりミス・レイシーの手をつかんで書斎まで引っ張っていき、暖炉の横に置いてある椅子を指し示す。「座ってくれ」

驚いたことに、彼女は黙って従った。飲み物を注ぎながら、どこまで話すべきかと思案する。ミス・レイシーを怖がらせてはいけない。こちらの味方になってもらわなくてはならないのだ。

サイドボードのほうを向いていたアレックスは振り返ると、彼女にブランデーのグラスを渡した。肩の力を抜き、最高に魅力的な笑顔を作る。「きみに秘密を打ち明けてもいいだろうか、ミス・レイシー？」

ベスは飲み物を受け取ると、未婚の女性がバチェラーの書斎に座り、ブランデーのグラスをまわしているのはごく普通のことであるかのように堂々とふるまおうとした。

「もちろん秘密を話してくださって結構よ。けれど、中途半端な真実や言い訳を聞かせて、わたしの時間を無駄にするようなことはしないでほしいわ。どうしてわたしを追い出したいのか、きちんと説明してちょうだい」

ブラックシャー公爵が彼女の真正面の椅子に座り、背もたれに身を預ける。「祖母にこの屋敷を――というかロンドンを離れて、カントリーハウスに移ってもらう必要があるんだ」

口をはさむまいとしたが無理だった。「夫人は古くなった家具じゃないのよ。もう役に立たないから田舎に引っ越しをさせようだなんて、ひどい話ね」

彼の目に怒りがよぎる。「それは言いすぎだぞ、ミス・レイシー。祖母はぼくにとって、世界でいちばん大切な存在なんだ」

心のこもった言葉を耳にしても、ベスは謝ろうとしなかった。公爵の行動はその言葉と矛盾しているので、詫びるつもりはない。「変わった愛情表現ですこと、閣下」

「聞いてくれ。ぼくは祖母の幸せを心から願っている。祖母のためにも引っ越しが必要なんだ」

彼女はブランデーをひと口飲み、公爵に疑いの目を向けた。「なぜなの？」

「詳細を話すわけにはいかない。だがしばらく様子を見て、状況が変われば、祖母にこちらへ戻ってもらおうと思っている」

「家族や友人が近くに住むこの屋敷に、という意味かしら？」

彼はベスをにらみつけ、立ちあがって椅子のうしろを行ったり来たりしはじめた。

「状況は理想的と言うにはほど遠いからね。ぼくだって、気が進まないんだ――」

「夫人を追い払うのが？」彼女は言葉を継いだ。

公爵が傷ついたような表情を見せた。「祖母の話から少し離れよう」残ったブランデーを一気に飲み干し、グラスをやや乱暴にテーブルに置く。「祖母を傷つけるつもりなどないんだ」感情的になったからか、声がしゃがれていた。

かすれ声のせいか、悩ましげなまなざしのせいかわからないけれど、ベスは心を動かされた。

そして、彼を信じることにした。

立ちあがり、公爵と真正面から向き合う。「あなたが正しいと思うことをするべきだわ」やさしい声で言った。「そして、それをご自分の言葉で伝えなくては」

「助けてくれるか？」彼はすがるような目で見つめている。「きみが去ることを告げるのではなく、田舎にある屋敷へ引っ越すように祖母を説得してもらえるだろうか？」

信じられないというふうに、ベスは鼻筋を押さえてうつむいた。「どうしてわたしから言うの?」

「祖母を大事に思ってくれているからだよ。祖母もきみが好きだ。きみの言うことなら聞くだろう」

「そうかもしれないけれど」説得できないとすれば、彼女の存在価値もない。「でも、夫人にとって何が最善なのかよくわからないわ。あなたのおばあ様は社交界のおつきあいが大好きなのよ。夜会や晩餐会に舞踏会、そしてボンド・ストリートでのお買い物。田舎では、そんな生活とも無縁でしょう」

「あちらにも祖母の友人はいる……それに、きみも一緒に行ってくれれば」

ベスは窒息しそうになった。「ほんの数時間前、あなたはわたしを首にしたのよ、閣下。お忘れになったの?」

「いや。だが、きみは役に立ってくれそうだと思ってね」

彼女は公爵に詰め寄ると、完璧に結ばれたクラヴァットでその首を絞めあげてしまわないように、手をぎゅっと握りしめた。「言わせていただきますけれど、あなたが魅力的だという話はかなり誇張されているわね。わたしをあなたの言うとおりにさせたいのなら、お世辞のひとつでも言うべきではないかしら」

公爵が思案するような顔つきになる。「ぼくの考え違いだったらしいな。きみは分別があるから、甘い言葉になど惑わされたりしないと思っていたが」

なかなかいいことを言う。彼女はまんまと言いくるめられそうになった。危ないところだ。「よく考えてみると、お世辞など必要ないわ。敬意のほうが望ましいわね」大胆な発言だった。首になりかけのコンパニオンが、寝室での技巧に長《た》けていると噂される公爵に向かって言っているのだ。少なくともこの瞬間は、ベスのほうに分がある。

彼女はその立場を利用しようとしていた。

「敬意とは獲得するべきものだよ。人柄を判断するには、きみのことをもっと知らなければならない」

「おっしゃるとおりだわ。わたしも言わせていただきますけれど、こちらもあなたの人となりを判断しているのよ。尊敬に値する人物かどうかね」

公爵がくすくすと笑いだした。その声は低く、驚くほど自然な響きで、ベスはワインを飲みすぎたみたいに血が熱くなるのを感じだ。「いまのところ自分のふるまいがどう見えているか尋ねるのはやめておこう。ぼくの言い分は、またあとで聞いてもらえるだろう」伸びすぎた顎のひげを考え深げに撫でながら、椅子の肘掛けに腰をおろす。彼女と同じ目の高さになった。「きみの言葉をそのまま返すことにするよ。きみをぼくの言うとおりにさせるという部分だ。そうするには何を提供すればいい？」

首筋がだんだん熱くなる。でも、その思わせぶりな言葉が憎らしいほどベスに影響を与えていることに気づかせて、彼の自尊心をくすぐりたくない。

公爵が彼女に望んでいるのは、夫人を田舎へ引っ越すように説得することだけで、それ以上ではないのだ。

もし成功すれば、彼もそれと引き換えに何かを差し出すだろう。

ベスは考えをめぐらせた。つい最近まで、彼女と姉妹たちは経済的に困窮していた。けれども、メグがウィル――ハンサムで裕福な伯爵――と結婚した。彼はメグだけでなく、家族全員を大切にしてくれている。

自分たちの人生は変わり、いまのベスは公爵からのお金も好意も必要としていない。だが、彼は何か貴重なものを与えられるはずだ。

「喜んで力をお貸しするわ」無意識におくれ毛を指でもてあそびながら言う。「でも、その代償はとても高いわよ」

公爵が身を乗り出して膝の上に肘をついたので、ふたりの顔が間近に迫った。

「なんなりと言ってくれ」

5

アレックスは予想をはるかに超えてミス・レイシーに興味をそそられていた。彼女が必死に頭を働かせて、彼から最大限に何か引き出そうとしているのが手に取るようにわかる。そして、この場にはまったくと言っていいほどそぐわないが、アレックスの心はなまめかしいことを夢想していた。もしかすると、彼女がちゃんとしたキスを教えてくれと頼んでくるのかもしれない。あるいは、ベッドへ連れていって性の技巧を教授してくれと言うのか。それとも——。

「あなたのおばあ様の願いを三つ、かなえてあげてちょうだい」

いったい何を言いだすんだ？　「なんだって？」

「それが代償よ」

「祖母は三つの願いなど必要ないんだよ」アレックスはあざ笑うように言い放った。「欲しいと思うものは、なんでも手にしているからね」

ミス・レイシーが彼とは反対側の椅子の肘に形のよいヒップをのせた。その顔に浮かんだ謎めいた笑みに、背筋がぞくぞくする。「とても特別な望みなの」彼女は言った。「夫人が希望することを、三回にわたってかなえてあげてほしいのよ」

「念のために言っておくが、ぼくは妖精レプラコーンではないんだよ」

「もちろん、わかっているわ」上品なコンパニオンというよりは、熟練した高級娼婦のような口ぶりだった。「怖がらなくていいのよ。あなたの力でじゅうぶんにできることだから。必要なのはあなたの時間……」

どうも話の方向が気に入らない。

「……おばあ様と一緒に過ごして……」

「なんだって？」

「……喜ぶことをしてあげるのよ」

まったく。アレックスは物欲しげに空になったブランデーのグラスに目をやると、手で髪をかきあげた。どうやらミス・レイシーは彼に何かを教えようとしているらしい。残念ながら、こちらが想像したような欲望をかきたてるものではなかったけれど。彼が真に望むのは祖母の安全なのだが、どうやら一緒の時間を避けていると誤解されているようだ。

いずれにせよ、ミス・レイシーの助けを得られるのなら、望みをいくつかかなえるくらいお安いご用だ。しかも祖母を喜ばせることができる。

「いいだろう。今夜、ぼくは夕食のときに祖母とともに過ごした。これをひとつ目の願いと勘定してくれるかな？」

ミス・レイシーが笑いだした。大胆にも、かわいらしい目に涙が浮かぶほど笑い転げている。「誤解しているわ、閣下。もっと長い時間を一緒に過ごす覚悟が必要なのよ」

アレックスは腕組みをして、彼女の笑いがおさまるのを待った。「きみに支払う代償とは、きみに指図されることなのか。ぼくはああしろ、こうしろと言われるのが大嫌いなんだ」

「そうでしょうね。けれど、これが代償なのよ」ミス・レイシーは青い瞳を輝かせている。

「それに妥当な案だわ。夫人を田舎へやる前に、あなたがおばあ様を大切にしていると証明するんですもの」

彼は歯を食いしばって悪態をつくのをこらえた。「ぼくはきみに証明する必要などないんだよ、ミス・レイシー」

「それはそのとおりね。わたしだって、あなたのおばあ様が田舎へ引っ越すように説得する義理もないわ」

いまいましい。祖母にはなんとしてもここを離れてもらわなくてはいけないのだ。アレックスと一緒に暮らしていると危険なのだから。彼はこれまでに二度も命を狙われている。だから彼から遠くにいればいるほど、祖母は安全なのだった。

ミス・レイシーはアレックスの急所をしっかりと押さえていて、彼女自身もそれをわかっている。彼女の求める代償は、それほど高いものではない。何より、彼は祖母を喜ばせるのが好きだった。だが三つの望みをかなえるのに、どのくらい時間がかかるだろう？

「祖母を説得できる自信はどれくらいあるんだ？」アレックスは尋ねた。

「引っ越しにもいい面があると気づくようにしてあげるのよ。あなたが約束を守ってくれるのなら、わたしも精一杯やると請け合うわ」

「ぼくを悪者にしたりしないか？」

「もちろんしません」かわいらしく目をしばたたく。

「では、ミス・レイシー」ああ、神よ、ぼくは頭がどうかしているに違いない。「これで契約成立だな」

この合意を受けて握手をしようと、彼女が華奢な手を差し出した。しかし、アレックスは首を横に振った。ここは握手よりも厳粛な儀式が必要だ。「乾杯して契約締結としよう」

サイドボードまで行き、ブランデーのデカンターをつかんで自分のグラスを満たすと、彼女のグラスにも注ぎ足して渡す。

それからミス・レイシーを暖炉の前の長椅子へ促し、並んで腰をおろした。青いドレスがアレックスのズボンに触れそうだ。彼は少し考えてからグラスを掲げた。「ダチョウの羽根に乾杯。われわれが思っている以上に役立つからね」

彼女もにっこりしてグラスをあげる。「レプラコーンに乾杯。わたしたちが思っているよりも、ずっと身近にいるから」

アレックスはグラスを合わせると、強い酒が喉を落ちていくのを感じながら、ミス・レイシーのなまめかしい視線に気づいた。なんてことだ。青い瞳に魅了されてしまう。

彼女が壁の花などでないのはたしかだ。この瞬間、ピンク色の唇に快活な笑みが浮かぶのを目にして、自分がミス・レイシーとその姉妹に〝枯れかけた壁の花〟というあだ名をつけた日のことを間違いなく後悔するだろうと悟った。そうなのだ。アレックスがその場で思いついた気軽な冗談が定着してしまい、レイシー姉妹はそれ以来、三年間もそのひどいあだ名を背負い続けているのだった。これはいずれ仇《あだ》となって彼に返ってくるだろう。いや、すでにそうなっているのかもしれない。

ミス・レイシーがテーブルにグラスを置き、スカートのしわを伸ばした。話に戻ろうという合図のようだ。残念ながら。

「はっきりさせておくべきことがいくつかあるわ」きっぱりと言う。

いったい何があるというのだ？「たとえば？」

「まず、この取り決めは秘密にしておく必要がある。おばあ様と一緒の時間を過ごすように、わたしがあなたに強制したとは知られたくないから。ばれたら目的が台なしになってしまうでしょう」

「賛成だ」

「あなたのほうは、さりげなくふるまう必要がある。巧みにね」

アレックスは不満げに彼女を見た。「巧みさはじゅうぶんに持ち合わせているよ。すでに噂に聞いているかもしれないが」

ミス・レイシーは頰をほんのりと赤く染めて、肩から糸くずを払うような仕草をした。

「わたしが言いたいのは、おばあ様の望みをかなえようとするばかりに、あからさまに質問したり、決断を急がせたりしてはいけないということよ」

アレックスは長椅子の背もたれに腕を置いた。彼女のうなじに流れる巻き毛に、いまにも指先が触れそうだった。「わかったよ、ミス・レイシー。だが、あまり時間がないというのは言っておきたい。互いの要求はきちんと満たさねばならないからね」

彼女の頰だけでなく、首や胸のふくらみにも赤みが差している様子に、アレックスは場違いな欲望をかきたてられた。

視線を無理やりそらして、片方の眉をつりあげる。「ほかにも何か急に思いついた決まり事はあるかい？」そっけない口調できいた。

「ええ、実はあるの。決まりというよりは、お願いなのだけれど」ミス・レイシーが唇を嚙んで彼を見あげる。柄にもなくためらった様子で、アレックスの思い違いでなければ、か弱くさえ見えた。交渉事では抜け目のない彼の性格からして、普段なら相手の弱味につけこむのをいとわない。しかしこの場では、〝きみの望むものならなんでも与えよう。なんなりと。すべてを〟と口走らないよう、懸命にこらえていた。

軽い調子で話そうとしたが、口にできたのはひとことだけだった。「何かな」

「気づいているかどうかわからないけれど、あなたのおばあ様はわたしたちが口論すると悲しむわ。だから夫人のために、目の前で言い争うのは避けて、お互いにやさしくふるまいましょう」

それは実にもっともな願いだったが、アレックスはミス・レイシーをからかいたくなってしまった。考え事をするように顎をさすり、彼女のふっくらとした下唇を見つめる。

「正確には、どんなふうにやさしくすればいいのかな?」

ミス・レイシーはけげんそうに目を細め、肩をすくめた。「汚い野良犬を扱うときよりもやさしく、かつ、あなたの……」

「あなたの、なんだい、ミス・レイシー?」

「あなたの愛人に接するときほどやさしくしないで結構よ」

やれやれ、なんという言い草だ。アレックスは身を乗り出して、彼女の表情を読み取ろうとした。顔にあらわになった感情すべてを。その目は挑戦的な光と自尊心をたたえているが、これは驚くに当たらない。だが強がりの下に、何か本心からの、まったく予期しない感情が透けて見えた。憧れだ。

もっとも、彼はブランデーを飲みすぎただけかもしれないが。

「きみはふたつのことを言ったが、その両方をつつしんで訂正させてもらいたい」軽い口調で言った。

ミス・レイシーは、濃いまつげに縁取られた目をわざとぱちぱちさせた。

「ぜひとも聞かせてほしいわ」

「まず、ぼくがあたかも野良犬にやさしくないかのようにきみは断定した。だが実際には、まわりの誰よりもやさしいんだよ」

「ロンドン中の犬にとってはいい知らせね。あなたのお友達にはそうでもないけれど」

「たしかに」彼は認めた。「きみのふたつ目の憶測についても訂正させてくれ。ぼくに愛人がいるという部分だが、そんなものはいない」

「ごめんなさい、閣下」ミス・レイシーが冷たく言う。「あなたの性格を非難するつもりなどなかったの」

長椅子に置かれたフラシ天のクッションにもたれかかり、アレックスは最高にすてきな笑顔を見せた。「気にしていないよ、ミス・レイシー。ただ、きみにわかってほしかっただけだ」


どうして会話が愛人のことになってしまったのだろう？　ベスはいぶかったが、ブランデーで乾杯したのが原因のひとつに違いない。そして酔いのせいで、彼女はブラックシャー公爵との距離が近づきすぎているのに気がついた。

「あなたに愛人がいないという件について、はっきりしてよかったわ」取り澄まして言う。「これからは礼儀正しく会話しましょう。少なくとも夫人の前では」

「もちろん礼儀は守る」公爵がゆっくりと言った。「それだけじゃなく、われわれは互いにやさしくふるまうんじゃなかったのか？」

「そうね。でも、それはばかげた考えだと気づいたわ」

彼が身を乗り出して、膝の上に肘を置いた。「いや、ぼくたちにはできると思う」

ベスは確信が持てなかった。この公爵を前にすると、自分の最悪の部分が引き出されてしまうように感じる。でも互いにやさしくしようと努力すれば、行儀よくふるまえるかもしれない。「わかったわ。じゃあ、やさしく接するようにしましょう」

「すばらしいね。それでは練習だ」

「やさしくする練習をしたいの？」疑わしげに尋ねる。

「きみは自然にできるかもしれないが、ぼくには訓練が必要だと思う」公爵は顎の下で両手の指先を合わせ、考えこむような表情をした。「どんなふうにすればいいだろう？　きみを褒めることから始めてみようか？」

彼女の頬が上気する。「そんな必要はないわ。そのやさしさを、おばあ様と一緒のときまで取っておいたらどうかしら？　いま使いきってしまっては意味がないでしょう」

「だが、やさしさとは無限にあふれるものじゃないのか、ミス・レイシー？」

「普通の人にとってはね」冷たくあしらった。

彼が少し怒ったような顔をした。「やれやれ。きみにも少し練習が必要なようだな」

ベスはいらだち、グラスをテーブルに置いた。「わかってもらえるかどうか知らないけれど、わたしもいま練習をしているところなの。言い返すのをやめて、おやすみなさいと言おうとしているのよ」

長椅子から立ちあがろうとすると、公爵に手をつかまれた。急に息をするのが苦しくなる。手を振りほどくのは簡単だ。そうするべきなのに。

「待ってくれ」彼が引き止める。「いまここを離れたら、ぼくからの褒め言葉を聞けなくなるぞ」

公爵の手のぬくもりを感じ、ベスは心が揺さぶられていた。「侮辱もされずにすむわ」

「きみを侮辱したりはしない」彼が深く傷ついたとばかりに首を横に振る。

「気持ちのこもっていない褒め言葉は侮辱よりも悪いのよ」手を握られているせいで肌が燃えるように熱いにもかかわらず、冷たい声を出せる自分に驚いた。

彼はベスに近づくと、両手で彼女の手を包んでじっと目を見つめた。「きみにはいつも正直でいよう。できる限り」

「結構だこと」驚くほど喜びを感じながらも、これほど彼の近くにいることに耐えられそうになかった。「お望みなら、どうぞ褒めてちょうだい」

公爵の目は彼女の顔全体を見つめてから口元へ、胸へとおりていった。ベスは気持ちを引きしめ、起こるべきでないこと、そしてきわめて刺激的なことに身構えながら、首筋がだんだんと熱くなるのを感じていた。

「ミス・レイシー、きみにはいいところがたくさんある。だが、もっともすばらしいのは……」

彼女は目を閉じた。もし公爵が顎より下の体の部分を愛《め》でるようなことを口にしたら、持ちこたえられるかどうかわからない。

「……祖母への献身ぶりだ。きみの忠誠心は称賛に値するよ」

目を開けて彼がからかっているのか確かめようとしたが、その言葉は本心から出たもののようだった。詰めていた息を大きく吐き出す。「ありがとう。夫人はすばらしい女性だわ」

「きみもだよ」

ベスはごくりとつばをのみこんだ。ふたりとも、ブランデーを飲みすぎたようだ。公爵にずっと手を握らせておくわけにはいかない。そもそも書斎になど来るべきではなかった。彼はベスが仕事──文字どおり、仕事──をすることを必要としているだけだ。そして有名な女たらしの彼は、必要とあらば甘い言葉を弄して仕事をさせるのもいとわないのだ。この点について、ベスは心しておかなければならない。

「明日から、夫人の第一の望みを何にするか考えるわ。今夜はもう遅いので、さがらせていただくわね」

あたかも残念そうに、公爵が彼女の手を放して立ちあがった。「きみの助けに感謝しているよ。ぼくたちはうまく協力し合えそうだ」

そうは思えない。もしベスが誰かと協力するとすれば、それは夫人だ。けれども膝が崩れてしまいそうだったので、これ以上、彼と口論はできなかった。「おやすみなさい、閣下」

そう言って立ちあがり、書斎のドアへとまっすぐに進む。不意にこの部屋がドラゴンの住む洞窟のように感じられた。

「おやすみ、ミス・レイシー。よかったら、もうひとつ願いを聞いてくれないか？」

ああ、あと少しで部屋から出られるところだったのに。ベスは立ち止まって肩越しに振り返り、危険なほどハンサムな公爵の顔を見た。「何かしら？」

「きみの寝室の窓やドアの鍵をちゃんとかけておいてくれ。用心のためにね、もちろん」

背筋を冷たいものが走った。なんてこと。この屋敷にどんな危険が待ち伏せているというのだろう？　この公爵以外に？　「ご心配なく」ベスは声を絞り出した。「きちんと施錠しますから」

できることなら、念のためにドアを戸棚でふさぎたいところだ。

6

〈ゴート&グース〉の店先に置かれた古い木製のテーブルについて気まぐれな太陽のぬくもりを感じ、パイントグラスに入ったエールをゆっくりと飲みながら、この世はすべてうまくまわっているとアレックスは自分に言い聞かせていた。

午前中、彼は友人のダーバーヴィル侯爵——アレックスはダービーと呼んでいる——についてきてもらい、クロフォード・ストリートにある評判の店で新しい馬車を注文した。このミスター・ドッドの店で作られる馬車は、ロンドンの中でも最高の品質だとうたわれている。

しかしアレックスがたった三年前にここで購入した馬車は、いまでは薪《まき》になろうとしていた。事故のあと、修復はまったく不可能だった。裂けた木材、曲がった車輪、折れた車軸の山が残っただけだ。彼と御者、そして馬一頭が助かったのは奇跡に等しかった。もう一頭の馬は安楽死させなければならず、アレックスはこのつらい出来事を忘れられないだろう。

あの日、もし誰かが一緒に馬車に乗っていたらと考えるだけで、彼の心はさらに苦しくなった。ダービーが一緒だったかもしれないし、祖母の可能性もある。ミス・レイシーだったとしたら……。

今朝は祖母と元気のよすぎるコンパニオンとともに朝食をとった。祖母が新しい馬車は明るい色合いの紫がいいと言いだしたときには、熱いコーヒーでやけどしそうになった。紫は高貴で上品な色だというのだ。最終的には——ありがたいことに——祖母の気が変わって、紺色に決まった。ミス・レイシーが紺色は落ち着いていて、男性らしいと言ってくれたことが、その決定にひと役買っていた。

ようやく馬車を発注し終え、あとはダービーに飲み物をおごればいいだけだ。

アレックスは肩をほぐしてからエールをごくごく飲むと、興味をかきたてられるミス・レイシー——祖母の新しいコンパニオンで、奇妙な約束を交わした相手——について友人に話そうかと思案した。しかし、下手にしゃべると答えたくないような質問を浴びせられる可能性がある。ダービーに隠し事をするつもりはないが、いまは誰のことも信じられない。

実のところ、ミス・レイシーの存在はまだ打ち明ける気になれなかった。親しみやすく、結婚相手には最適だと見なされているバチェラーに対してはとくに。

ふたを開けてみると、ダービーが先に話しはじめ、会話は思わぬ方向へと進んだ。

「誰がきみを殺害しようとしているか、心当たりはあるのか?」ダービーは体をひねってひとけのない中庭を見まわし、にっこりした。「きみといるときは、ぼくも甲冑《かっちゅう》を身につけて盾を掲げたほうがいいのかな?」

アレックスは肩をすくめた。「必要だと思うなら、そうすればいい。誰にも頼れない状況だからな」

　ダービーが大声で笑う。「きみが公に助けを求めるまではね」

「そのとおりだ」アレックスはうなずいた。グラスの縁に丸く浮かんでいるエールの泡を見つめる。「ずっと考えているんだ。具合が悪くなったのと馬車の事故のふたつは、偶然が重なっただけという可能性はあるだろうか？」

「ありえないと思うね。まず最初に、きみは紳士クラブで毒を盛られた。そして、その数週間後に馬車の車軸が理由もなく折れただろう？　何かよからぬことが進行中なんだよ」ダービーが鼻息も荒く言う。

「もしかすると、実際には毒は入っていなかったのかもしれない。たまたま飲んだブランデーが悪くなっていたか、単に気分が悪くなっただけかも」

「そんなばかな。きみは雄牛のように健康だったし、病気になったというには症状が出るのが早すぎる。それに、ぼくの飲み物も同じデカンターから注がれたんだ」

「そうかもしれないし、そうではないかもしれないな」

　ダービーが身を乗り出して、テーブルに肘をついた。「いいか、きみは青い顔をしてけいれんを起こしていたんだぞ。事実を認めろよ。誰かがきみの飲み物に毒を入れたんだ」

「ああ、思い出した」実際には覚えていなかったが、友人の言葉を信じることにした。アレックスは三日間ずっと瀕死《ひんし》の状態で、医師からも助かったのは運がよかったと言われた。

　彼自身はむしろ、毒を入れられたのは運が悪かっただけだと思っている。

　ようやく快復して歩けるようになると、紳士クラブへ行って目撃者と手がかりを探したが、何ひとつ見つからなかった。

「毒を盛られたと考えるのが妥当だというのは認めよう」アレックスは言った。「でも、馬車の事故は……」

「あれは事故じゃない」ダービーは考えこむようにエールに目を落としている。「きみも今日、ドッドの顔を見ただろう。馬車の車軸に欠陥があったのかもしれないとほのめかしただけなのに、彼の額に浮き出た血管が破裂するかと思ったよ。彼の馬車の評判は確実だ。車軸に問題があるとしたら、誰かが細工したに違いないんだ」

「ぼくの使用人はけっしてそんなことはしない」吐き捨てるように言った。

「暗くなってからなら、誰でも馬車置き場に忍びこめるさ」ダービーが指摘する。「あるいはきみがパーティーやオペラ、舞踏会などに行っているあいだに、どこかの悪党がのこぎりで切ったのかもしれない。車軸が折れるまでどれくらい走っていたかなど、わからないんだから」

「たしかに。御者のアルフレッドが定期的に点検しているが、最近ではだんだんと目が悪くなっているしね」

「おいおい、アレックス。視力に問題のある御者を雇っているのか？」

「つい先日、彼が厩舎《きゅうしゃ》のネズミに魚のあらをやっているところを見たんだよ。彼はそのネズミに子猫ちゃんと呼びかけていた。だが、アルフレッドは長年にわたって忠実に仕えてくれているんだ。以前よりも視力が落ちたからといって、簡単には解雇できない」

信じられないと言わんばかりに、ダービーが眉をひそめた。「彼には別の仕事をさせたらどうだ？　それとも眼鏡を買ってやるか」

「ぼくもそう言ったんだが、アルフレッドは気を悪くしてしまった」

ダービーはエールを飲み干すと、女給にもう一杯注文した。「今日はぼくの馬車で来ることにしてよかったよ」

アレックスには頑固な御者よりも、気にかけるべきことがあった。誰が彼を殺そうとしているか判明するまで、外にいるときにはいつもうしろを振り返って警戒しなければならない。さらに、自分と一緒にいる人々の安全も気がかりだ。

「そいつがなぜぼくの死を願っているのか理解できないんだ」アレックスは考えこんだ。「それが誰であろうと、ぼくに決闘を申しこんで片をつければいいのに」

「きみに頭を撃ち抜かれるのが怖いんだろう」

一理ある。そうなったら肩や膝を狙うけれど。「では、相手は臆病者だということか」

「正体を現さない理由が何もないならな」ダービーが言った。「きみの敵は誰なんだ？」

「それは難しい質問だな」アレックスは手で顔をこすった。いくつかの理由から、社交界の人々の不興を買っている。第一に、彼は世間話が嫌いだった。突っ立ったままで社交辞令を口にするのは拷問にも等しい。とはいえ、愛想に欠けることが殺人まで犯すほどの怒りを駆りたてるとは思えない。

第二に、名うての女たらしという噂に多くの夫たちが怒りを覚えて――脅威さえ感じて

——いる。そうだ。嫉妬にさいなまれた夫というのが妥当な線かもしれない。

「ニュートン卿は、ぼくのことを気に入らないはずだ」控えめに言っても、それは確実だろう。この子爵はアレックスが彼の妻を誘惑したと思いこんでいる。レディ・ニュートンはロンドン中の舞踏室で、アレックスがベッドではどんな技巧を凝らすかを吹聴《ふいちょう》しているのだから無理もない。彼の魅力にあらがえなかったと言い張っているのだ。どんな女性でも屈してしまうだろうと。

実際、それはまったくのでたらめだった。

しかし社交界では、事実はほとんど重要視されない。怖いのは、話が広まって、それが真実であると信じられてしまうことだ。

「彼がまだきみに決闘を申しこんでいないのが驚きだね」ダービーは見事な胸の谷間を彼の鼻先に突き出してエールのグラスをテーブルに置いた女給に、うれしそうに笑いかけた。

「そんなことをすると妻を寝取られた夫だと公に認めることになるだろう？　プライドが高すぎて、そうはできないのさ」

なるほどというようにダービーがうなずく。「ニュートンがきみを殺そうとしている可能性はあるな。でも、自らの手を汚すとは思えない。ならず者を雇っているのかもしれないぞ」

「愉快な話ではないね」

「その悪党が誰であれ、利口なやつじゃないことは証明されている。二度もしくじったのだから」

「そのとおりだ。しかし、三度目の正直ということもある」

ダービーの顔から笑みが消え、険しい表情になった。「ニュートンには注意しよう。そのほかに、きみの死を願っている者は？」

「ハーヴァーシャムは、ぼくに五〇〇〇ポンドの借りがある。彼の屋敷で開かれたパーティーの席で、ブラックジャックのゲームがひどいことになってね。ひと晩に賭けすぎて負けたんだ。あげくの果てに、ぼくがだましたと言いだす始末さ。だからテーブルの向かいに座っていた彼に、拳をお見舞いしてやった」

「嘘だろう」

「いや、本当だ」

ダービーがヒューと口笛を吹く。「翌朝の朝食の席では気まずかったんだろうな」

「ぼくはその夜に失礼したよ。レディ・ハーヴァーシャムに敬意を表して」

不意に顔をあげ、ダービーが眉根を寄せた。「きみは彼女と……？」

「とんでもない。だが、レディ・ハーヴァーシャムのほうにその気がなかったとは言いきれない」アレックスが肩をすくめると、ダービーが含み笑いをした。

「五〇〇〇ポンドか。それは大金だな」

アレックスは鼻先で笑った。「実際のところ、やつは金庫にたっぷりとためこんでいるとぼくはにらんでいるがね」

「では、ハーヴァーシャムもきみを憎んでいるんだな」ダービーが言った。「ちょっと待ってくれ」まるで自分を戒めるかのようにまばたきをする。「われわれは、もっとも大切な問題を見過ごしていたよ」

「というと？」

「きみが死んで、いちばん得をするのは誰だ？　きみの爵位と財産を受け継ぐ人間だろう。いまごろは、触れるものすべてが金になるミダス王にも匹敵する金持ちになっているはずの人物だ」

アレックスは首を横に振った。「はとこに当たるリチャード・クールセンだが、彼は信用のおける男だ。そのうえロンドンに住んでいない」

ダービーは目を細めて記憶をたどっている。「ああ、わかったぞ……ぼくも彼を知っている。クラヴィル侯爵家の管財人だな。礼儀正しいスポーツマンだ。クラヴィル家のパーティーで会ったことがあるよ。だがロンドンから離れて暮らしているからといって、殺人を計画できないわけではないからな」

「殺人という言葉を使うのはやめよう」アレックスはうんざりした声を出した。「いつになくいい気分なのに水を差される。それに、クールセンは尊敬に値する男だということしか思いつかないよ。実際には、少しばかりまじめすぎるがね」どんな人間にも欠点はある。

「よくわかった」ダービーは考えこんでいる。「彼が爵位を継ぐにはきみが邪魔なんだと言っておきたいだけだ。それが殺——いや、犯罪に手を染めるにはじゅうぶんな動機だと考える人もいるからな。でも、きみが彼のことを模範的な人間だと言うのなら、ひとまず脇へ置いておこう。それでなくても、きみを中傷する人々はたくさんいるんだろう?」

世間からどう思われようと少しも気にしないというふうに、アレックスはほほえんだ。

けれどもときおり、ひどい人間だと見なされるのに疲れを覚えることがある。ダービーでさえ、アレックスを無垢《むく》な女性を誘惑する男だと思っているのだ。それは友人がひどいのではない。アレックスが一度もその思いこみを正したり、噂を打ち消そうとしたりしてこなかったからだった。

悪者のふりをしていると利点もある。ひどい噂は便利だった。多くの場合、人々はアレックスをそっとしておいてくれる。誰も近寄ろうとはしないし、あれこれ質問しようともしない。冷淡で非情な女たらし以外の面を見ようとする者は誰もいなかった。

そして、それはまさにアレックスが望んでいたことだったのだ。

7

夕方になって、アレックスは屋敷に帰った。正面玄関から入って玄関広間のテーブルに置かれた手紙を確認していると、思わず手が止まった。廊下の奥から笑い声——しかも女性の声——が聞こえてきたのだ。

午前中に馬車を注文しに行き、午後は〈ゴート&グース〉でのんびりしてしまったので、たまった契約書や台帳を処理しなければならない。これから二、三時間は書斎にこもって仕事をしてから、ダービーと紳士クラブで夕食にしようと考えていた。毒を盛られた件についても、さらに調査したい。

だが、アレックスは客間へ足を向けた。こんなふうに彼が柄にもなく人のいるほうへ行こうとする原因はただひとつ、ミス・レイシーだ。

静かにドアへ近づいた。こそこそするつもりは毛頭ないが、かといって、これ見よがしに入るのもはばかられる。中をのぞくと、祖母のコンパニオンが背もたれと肘掛けのない長椅子《オットマン》に腰かけ、メイドが彼女の髪を異様に高く結いあげていた。「いかがでしょう?」髪で作った塔がいまにも倒れそうなので、メイドは静かに離れてからきいた。

祖母が眼鏡の位置を直して頭をかしげている一方で、ミス・レイシーはメイドから手鏡を渡された。その鏡をまず正面に掲げ、それから左右に動かして髪型全体を見る。

「先ほどよりは、だいぶよくなったみたいね」夫人が励ますように声をかける。「それに背が高く見えるわ。あなたはどう思うの？」

ミス・レイシーは手で髪のかたまりを触っていた。「まるで、この髪の中にパイナップルを隠しているみたいだわ」

メイドは手で口を覆ったが、くすくすと笑い声がもれた。

祖母も同じだった。「シャンデリアの真下を通ってはだめよ。髪に火が燃え移ってしまうから」いまにも大笑いしそうなのを、なんとかこらえている。

ミス・レイシーが吹き出すと、結いあげられていた髪がほどけ、巻き毛が流れ落ちるように肩にかかった。

その様子にアレックスは魅了された。

参った。彼女から目が離せない。咳払いをしたり、何か言ったりして、彼がいることを告げるべきだ。だがそんなことをすれば笑い声がやんで、ミス・レイシーはいつもの礼儀正しく上品な、きちんとした態度に戻るだろう。それはあまりにも残念だ。

「せっかくの髪型を壊してしまってごめんなさいね」彼女が詫びた。

「気になさらないでください」メイドが笑顔で応える。「遅かれ早かれ、重力との勝負に負けていたでしょうから」

その言葉にふたたび笑いが起きた。ミス・レイシーは頬をピンク色に染めながら、絡み合った豊かな巻き毛からピンを抜いている。そのつややかな髪を指ですきながら、彼女の頭を抱きかかえている手の感触をアレックスが想像していると――。

「アレクサンダー！」祖母が叫んだ。その声には、かすかにとがめるような響きがあった。「どうして入口でこそこそしているの？　こちらへ来て、きちんとご挨拶しなさい」

なんてことだ。一瞬にして魔法は消えてしまった。メイドはあわててオットマンのまわりに落ちたピンを拾い集め、エプロンのポケットにしまっている。ミス・レイシーは髪をうなじでまとめながら、その髪をおろしているだけでなく、あたかもドレスを脱いでいるところを見られてしまったかのように顔を赤くしていた。そんな姿が妙になまめかしい。

アレックスは退屈そうな表情を装って女性たちのほうへ行き、おどけた口ぶりで言った。「邪魔をして申し訳ない。屋敷へ戻ってきて、まさか客間が女性の着替え室《ドレッシングルーム》になっているとは思わなかったのでね」

ミス・レイシーはオットマンから落ちそうになったが、なんとか姿勢を保った。

メイドがはっと息をのみ、小声で謝りながら、そそくさと部屋を出ていく。

「どうしてそんなに険しい顔をしているの、アレクサンダー？」夫人が肩をすくめた。「ドレスが乱れた女性を見るのは、エリザベスがはじめてというわけではないでしょう？」

ミス・レイシーが、自分もこの場にいて、状況を説明できると言わんばかりに咳払いをした。「ひとこと、お伝えしたいのですが」歯を食いしばりながら言う。「わたしはきちんと身だしなみを整えてドレスを着ています。ピンが外れて、髪がまとまっていないところをお見せして申し訳ありません、閣下。以後、気をつけます」

残念だ。彼女がいつも髪をおろしていてもかまわない。つややかな巻き毛が歩くたびに揺れ、太陽の光にきらめくところを想像する。彼の枕の上に広がっているところさえも。

「それを聞いて安心だ。さて、ぼくは失礼しよう――」

「その前に」ミス・レイシーが引き止めた。「おばあ様から閣下にご相談したいことがあるそうです」

祖母は気にしなくてもいいというふうに手を振った。「あとでもいいのよ。アレックスの機嫌が直ってからで」

「ずっと待っていらっしゃったのに」ミス・レイシーがつぶやくように言う。

「どうしようかしら?」夫人は眼鏡の下で目を細めた。

「いまおっしゃるのが最適かと」ミス・レイシーがアレックスを鋭い目で見る。

その意図をくみ取り、彼は肩をすくめて椅子に腰かけた。「お話をうかがいましょう、おばあ様。どんなご相談があるんですか?」

「エリザベスにきかれたのよ、ヴォクソール・ガーデンズで花火を見たことがあるかどうか。そういえば、なかったのよね。あそこを訪れたのも、ずいぶん前のことだわ」懐かしむようにため息をつく。

ミス・レイシーのほうを見ると、ヘアピンを見つけて、頭のうしろでまとめた髪を留めようとしている。アレックスと目が合うと、彼女は小さくうなずいた。

つまり、これは祖母のひとつ目の願いというわけだ。花火を見に行くこと。とくに問題はないし、簡単にかなえられる。この調子でいけば、今週末にも祖母と、この美しいがおせっかいなコンパニオンを屋敷から引っ越しさせることができるだろう。

「善は急げと言いますからね。おばあ様のご都合がよければ、明日にでもヴォクソール・ガーデンズへお連れしましょう」

「まあ、うれしいわ！」純粋に喜ぶ夫人の顔を見て、アレックスの心にうしろめたさがよぎった。こんなふうに祖母を笑顔にしたのは久しぶりだ。

「せっかく行かれるのでしたら、あちらでお食事もなさったらどうですか？」ミス・レイシーが提案した。

「あら、あなたも一緒に行くのよ、エリザベス」夫人が言う。「あなたを置いていくなんてとんでもないわ。せっかく夕食の席《サパーボックス》を手配するのだから、小さなパーティーにしましょう」

しまった。これは大げさな話になる可能性がある。「なるべくこぢんまりとした集まりのほうがいいでしょう」ミス・レイシーが厳しい目を向けてくるのを無視して、きっぱりと言う。

「大がかりなことはしませんよ、アレクサンダー。多くても六、七人かしら。エリザベス、あなたのおじ様と妹さんのジュリエットをご招待しなくてはね」

その誘いに戸惑うかのように、ミス・レイシーが眉をひそめた。「お気持ちは感謝します。

でも、本気ですか？」

「もちろんよ」夫人が断言する。「おじ様には感謝しているのよ。あなたを紹介してくださったんだもの。あなたはまさに、わたくしの天使だわ」

ミス・レイシーが頰を赤らめた。天使と言われ、さらにはそのようにふるまわなくてはならない状況に気まずさを感じているようだ。彼女は言うことを聞くようにとアレックスを脅迫したも同然なのだから。

「あなたの妹さんも一緒だと、お出かけも楽しくなるわ。快活な若い人たちがいると、パーティーが盛りあがるから」夫人は続けた。「あなたとアレクサンダーが退屈だという意味ではないけれど。もちろん、そんなことはありませんよ」あわてて言い添える。

アレックスは小さく笑った。「気にしていませんよ、おばあ様」

「よかったわ。パーティーにお招きする人の名簿だけれど……」

彼は頭をかいた。ヴォクソール・ガーデンズへ行くだけなのに、なぜ招待客名簿が必要なほど大層な話になるのだろう？

「……あなたのお友達のダーバーヴィル卿もご招待しなくてはね」この計画が楽しみで仕方ないといった様子で、夫人がぱちんと手を打ち鳴らした。

アレックスはダービーのことをよく理解している。参加者の平均年齢が六〇歳になるような晩餐会に耐えるくらいなら、あの友人は鞭打ち刑を受けるほうを選ぶだろう。だが、それはなんとかしよう。「ダービーも喜ぶでしょう。招待状を送っておきますよ」

自分が退屈な目に遭うなら、ダービーも道連れにしてやる。

「せっかくガーデンズへ行くので、あなたのおばあ様は円形広間《ロタンダ》で楽団の演奏会を聴きたいとおっしゃっていますわ」

「いいだろう」アレックスはクラヴァットに指をかけてゆるめようとした。

「演奏会は二部構成なんです」ミス・レイシーが可憐《かれん》な声でつけ加える。

「それはすばらしい」彼はコンパニオンをにらみつけ、そろそろ我慢の限界が近づいていることをわからせようとした。

「ちょっと、ちょっと」夫人がやさしく声をかける。「わたくしのような弱った老人の相手をひと晩中してもらおうなんて思っていませんよ。花火と夕食だけでも思いがけないプレゼントなんだから。わたくしはそれだけで幸せだわ」

なんという展開だ。これでは彼が完全に悪者ではないか。「まず、おばあ様は弱ってなどいないと請け合います。舞踏会ではいつも靴のかかとがすり減ってしまうくらい踊れるし、女学生のようにきびきびと階段をのぼれるでしょう。それにヴォクソール・ガーデンズへ行って演奏会を聴かないなんて、せっかくの夜が台なしですよ」アレックスはミス・レイシーにほほえんでから、祖母のほうを向いた。「二部とも聴きましょう」

あまりのうれしさを抑えきれずに、夫人は椅子から立ちあがってアレックスを抱きしめると、頬を合わせてささやいた。「こんなふうに愛情を示すのはいやがられるとわかっているわ。でも、我慢できないの。どうもありがとう。きっと忘れられない夜になるわね」

「ぼくもそう思います」彼は祖母の細い肩越しにミス・レイシーを見た。彼女はこのうえなく満足した様子で、ベルベット張りのオットマンからふたりを見つめている。すべて彼女の計画どおりというわけだ。

残念ながら、これはまだまだ始まったばかりなのだろうとアレックスは思った。

8

「ケニントン・レーンまで馬車で行くべきだったよ」ブラックシャー公爵がベスの耳元で文句を言った。

「あとの祭りですわね」彼女はやり返した。

まったく。急に突風が吹き荒れて、土砂降りになるなんて思いもしなかった。そうなるとわかっていたら、川を渡ってヴォクソール・ガーデンズへ行く楽しみも夫人に味わってほしいなどと、けっして言わなかったのに。

不幸にも、テムズ川を横断してガーデンズへ向かうために公爵が手配したボートは、大西洋横断航路を行くかのようにひどく揺れた。冷たい雨に打ちつけられ、夫人はベルベットの天蓋の下にいるにもかかわらず、吹きこむ雨に濡れないようにベスが日傘を差しかけなければならなかった。けれども日傘はすぐに裏返しになってしまい、強風との戦いにあえなく敗れた。

「まったく、大変だわ!」夫人が叫んだ。ベスは役立たずになった日傘をしっかりと握りしめ、ののしり言葉を口にするのをなんとかこらえていた。

ブラックシャー公爵の友人であるダーバーヴィル侯爵は手の関節が白くなるくらいにボートの縁をぎゅっと握りしめ、ボートが波に乗りあげて急降下するたびにぼやいている。

その一方で、ベスの妹のジュリエット——ジュリーは悪天候を喜んでいた。目を閉じて顔を空に向けながら笑っている。「今夜は大冒険になったわね」

「お楽しみは始まったばかりだ」公爵がそっけなく言う。「次に大きな白波がこのボートにぶつかったら、全員で泳がなくてはならない」

ダーバーヴィル卿は胃のあたりを押さえてうめき声をあげている。

公爵は席を移動して、祖母に強風が直接当たらないように向かい合って座った。ベスの日傘を指さして大声で言う。「見せてくれ」

彼女はしぶしぶ差し出すと、公爵が器用に日傘をもとの形に整えるのを見た。骨が何本か折れ、シルクの生地が破れてしまったのは目をつぶるしかない。ため息をつきながらできるだけきれいに日傘をたたむと、ベスはずぶ濡れになる覚悟を決めた。

「さあ」公爵が上着を脱いで彼女の肩にかけてくれた。ぬくもりに包まれ、清廉でかすかにスパイシーな香りに鼻腔《びこう》をくすぐられる。

気を取り直し、彼女は首を横に振った。「あなたの上着は羽織れません」

「その言葉には同意しかねるな」公爵がすげなく言う。「もう着てしまっているんだから」

そのとおりだった。彼が身につけているのはベストとシャツだけだ。その両方がたちまちずぶ濡れになっていた。

「そういう意味ではないわ。わかっていらっしゃると思うけれど」だが、ベスは公爵の上着を脱ごうとはしなかった。本来ならさっさと脱ぎ捨て、突き返すべきだ。もちろんそうするつもりだった。骨身にしみた寒さがやわらぎ、雨がもう少しおさまったら。

「男性用の上着を羽織っている姿をさらすくらいなら、びしょ濡れになってひどい風邪を引くほうを選ぶというのか？」

公爵があんなふうに上着を肩にかけたのは非常識に見えたに違いない。この場においてはベスのプライドとは無関係に、噂から身を守ろうとする防衛本能が働いていた。

未婚の若い女性――あるいは、やや若い女性――が男性の上着を身につけるのは不適切な行為だということを、彼は知っておくべきだ。ブラックシャー公爵の上着となると、状況は格段に悪い。完全に許容範囲を超えている。これではまるで、ベスが公爵の最新のお相手だという広告を『レディース・マガジン《ローネット》』誌に掲載してロンドン中に知らせているようなものだ。近くを走る船の乗客の手持ち眼鏡がこちらに向けられ、背中に穴が開いてしまいそうなほどの視線を感じる。

「ご親切には感謝します」ふたりのやりとりを公爵の祖母と自分の妹が興味津々で見ていることに、ベスは気づいた。「ただ、他人からは誤解されかねないと……」

「どう誤解するというんだ、ミス・レイシー？」前髪からしたたり落ちる水を片手でぬぐいながら、公爵が尋ねる。

感情を抑え、上着を肩から落として返したが、彼は受け取ろうとしない。

「わたしたちのことを早とちりする人がいるかもしれないと……。もちろん間違いですけれど。つまり、あなたとわたしのことを誤解する人が……」

大変だ。雨に濡れているにもかかわらず、ベスの顔が熱くなってきた。

公爵は濃い眉を片方あげて、続きの言葉を待っている。

彼女は思いきって口にした。「あなたとわたしが関係している、つまりわたしたちがつきあっているという、まったく不正確な結論に至る人たちがいるかもしれないということです」ああ、言ってしまった。最高に優雅な言葉遣いではなかったけれど、伝えるべきことはきちんと口にできただろう。

公爵の顔色が変わるのを見て、ベスの鼓動は乱れた。明らかに傷つけてしまったようだ。

「くだらない」彼がぴしゃりと切り捨てる。「そんなことを考えるなんて、冗談じゃない」

「わたしもそう思います」彼女も同意した。

夫人が舌を鳴らしたが、それがどちらに対してかはわからない。

だが、ベスは自分が何か間違いを犯してしまったのは感じていた。

その誤りを彼女が見極める前に、公爵が上着を受け取って腕を通した。魅力的な笑みで、傷ついたような表情がかき消される。

「もうすぐ桟橋に着く」彼が声をかけた。「ミス・ジュリエット、この船旅が安全すぎて、がっかりしたんじゃないか？」

「ボートが転覆しなくて残念でしたわ」ジュリーの気の利いた冗談に、その場の空気が明るくなった。

ぐっしょりと濡れた靴のつま先を見つめながら、ベスは自分も妹のようになれたらと思った。明るくて、冗談を言うのが上手で、楽しいことが好きな女性に。部屋に入ってくるだけで、雰囲気がぱっと華やいであたたかくなるような人に。

それに比べて、ベスは灰色の靄《もや》のようだ。冷ややかで、何を考えているのかまわりからはよくわからない。相手を不快にしてしまうことさえある。彼女の心を閉じこめている分厚い殻が築かれたのは、三姉妹があまりにも多くの嘲りを受けたり、からかいの対象になったりしてきたからだろう。ベスは相手に気を許したとたんに裏切られてしまうと確信しながら生きていた。つねにそういう結果になってきたからだ。

「ついに上陸だ、ダービー」公爵が言った。「ボートの縁を握りしめる手を離せ。下船しよう。ブランデーがたっぷり待っているぞ」

ダーバーヴィル卿は桟橋にあがり、公爵は祖母が船からおりるのを助けた。それから、ふたりは残った女性に手を貸した。

「アリステアおじ様は馬車で来ることにしてよかったわ」ジュリーが言う。「荒波でこれほどボートが揺れてしまうなんて、おじ様には耐えられなかったでしょうから」

「大げさね」夫人は眼鏡を外し、ショールの端で水滴をぬぐった。「うちの浴槽に立つ波のほうが、もっと大きいくらいよ」

夫人の言葉に全員が笑う。雨がおさまり、吟遊詩人の奏でる楽しい音楽が弱まった風に乗って聞こえてきた。この様子では楽しい夜になるかもしれない。夫人のためにも、ベスはそう願った。

公爵が祖母をエスコートするように腕を差し出し、一行は埠頭《ふとう》を離れてヴォクソール・ガーデンズの入口へ向かった。「まず最初に何をしようか？」おかしなことに、彼は夫人ではなくベスに問いかけてきた。

「八時にロタンダでおじと待ち合わせしているんです」

「わかった。祖母とぼくについてきてくれ」公爵は入場料を払うと、石畳の道をゆっくりと歩いていった。夫人が園内にしつらえられた遺跡の模型に歓声をあげるたびに、辛抱強く立ち止まっている。彼が祖母に愛情を示しているのを見て、ベスはうれしくなった。今夜の楽しい思い出は、公爵の屋敷から引っ越したあとも夫人の心をあたためるだろう。

ベスとジュリー、ダーバーヴィル卿はふたりのうしろに続きながら、人々が陽気に浮かれ騒ぐ雰囲気を満喫していた。ベスはヴォクソール・ガーデンズにぜひとも来てみたかった。訪れるのははじめてだが、これまでにいろいろな三面記事を読んでいたので、ここが〝娯楽の公園《プレジャー・ガーデン》〟と呼ばれていることをあらゆる意味で理解していた。有名なヤシの蒸留酒《アラック》のカクテルは、けっして飲むまいと決めている。そう思いつつも、漂ってくる蘭の香りや揺らめくランタンの光、曲がりくねって続く小道などにすでに心を奪われていた。

ロタンダに近づくと、人の数が多くなった。公爵が振り返り、ダーバーヴィル卿に向かって叫んだ。「女性たちのそばにいてくれ。彼女たちから目を離さないように」

公爵のほうへさっと顔を向けたので、ベスの巻き毛が揺れた。「わたしたちは手のかかる子どもではありませんわ、閣下」

ふたりの男性が、やれやれと言いたげに目を見合わせる。「人込みの中で離ればなれにならないほうがいいと思っただけだ」公爵がきつい声で言い返した。

彼女はむっとしたが、どんなに気の利いた言葉であったとしても——実は何も思いついていなかったが——口論になれば夫人にとって特別な夜のひとときを台なしにしてしまう。

「ご心配なく。迷子になるようなことはありませんから」ベスは言った。

ほどなくしてロタンダの中に入ると、その大きさと壮麗さにみな息をのんだ。ベスは顔をあげて、ドーム型の天井に丹念に描かれた絵を見た。

「すてきね」ジュリーがため息をつく。

「舞台の近くに席を取ろう」ダーバーヴィル卿はそう言うと、ジュリーを従えて足早に会場の中を進んでいった。

「アリステアおじ様を探さなくては」ベスは喧騒《けんそう》に負けまいと大声で妹に告げた。この大勢の人々から探すのは大変だけれど、背の高いジュリーなら見つけやすいだろう。

ベスのほうは、おびただしい数の派手な帽子や巻き毛の乱れた頭が行き交う中に、逆立った白髪頭を探した。おじはとても知的なのだが、注意散漫なのだ。この場の雰囲気と人の多さに圧倒されて、ふらふらと歩いているのだろうと容易に想像がつく。いまごろは方向がわからなくなって、途方に暮れているに違いない。

ステージのほうへ流されながら、ベスは首を伸ばして会場を見まわした。背後の開いた扉の向こうに、風にそよいでいる白髪の頭が目に入った。

「ジュリー」ベスは叫んだ。「おじ様がいたわ」

「なんと言ったの？」妹には聞こえなかったようで、手を耳に当てている。

「アリステアおじ様を連れてくるわ。すぐに戻るから。舞台の近くにいてね」

妹が反対する前に、ベスはきびすを返して出口のほうへ向かった。周囲に気を使いながらできるだけ速く歩こうとするのだが、思うようには進まない。

ふらふらと歩いていた男性はおじに間違いない。すぐ追いついて、みなのところに戻れるだろう。

少なくとも、ベスはそう思っていた。

人々が一気にロタンダに入ってきて、彼女のほうに押し寄せてくるかのようだ。ようやく扉から出ると、生け垣に沿った小道に目をやって、年老いたおじの姿を探した。さまざまな男女や泥酔した若者の集団が、ベスの前を通り過ぎていく。

「アリステアおじ様！　どこにいらっしゃるの？」人目も気にせず、彼女は叫んだ。

クラヴァットのゆがんだ若者が近寄ってきた。そのうしろでは、仲間らしき男たちがにやにやしている。「エスコートが必要なようだな」若者が言った。

「人違いよ」ベスはそのまま立ち去ろうとした。この一五分ほどのあいだに二度も、男性からエスコートなしにはどこへも行けない女性という扱いを受けたことに腹を立てていた。

酔っ払った男たちがはやしたてる。「彼女はおまえに気があるぞ、ロスコー。逃がすんじゃない」

胸がどきどきしていたが、ベスは彼らを無視して砂利が敷かれた小道を進んでいった。ただの酔った若者たちにすぎないと自分に言い聞かせる。厄介ではあるけれど、危険はないはずだ。からかわれるのに取り合わなければ、あきらめて別の相手を探すだろう。

とはいえ、早く離れたほうがいい。急ぎ足で歩いていると、すぐに霧の立ちこめた木立のほうへ向かう人々に気づいた。おじもその流れにのみこまれてしまったのだろうと考え、ベスもついていった。張り出した枝の下で、羽根飾りのついた帽子をかぶって、管楽器や打楽器を演奏している五人の吟遊詩人のまわりに大勢の人々が集まっている。

見物人のあいだを歩いて、おじの白髪頭といつもしわくちゃの深緑色の上着を探した。あきらめかけた頃にようやく、端のほうで太鼓のリズムに合わせて手を叩いているおじの姿を見つけた。

「アリステアおじ様、ずっと探していたんですよ！」少し怒った口調で言う。

おじはびっくりしたように目をぱちくりさせたが、すぐに目尻にしわを寄せてほほえんだ。「エリザベス！　わしもずっとおまえを探しておったんだ。だが、ちょっとこの人たちの面白い芸を見ようと思ってね。ほら、ひとりでふたつの楽器を弾いているんだぞ」しわだらけの顔を子どもみたいにほころばせるのを目にすると、ベスはそれ以上怒っていられなくなった。

「すごいわね」シンバルの音に負けないように大きな声を出す。「でも、みんな待っているんですよ。早く行きましょう」

おじはがっかりしたようだが、黙って足を引きずるようにしながら、吟遊詩人たちから離れた。「公爵夫人をお待たせしてはいかんな」

おじがすでに夫人を待たせていて、ジュリーはおそらく心配で気が気ではないだろうということはあえて言わなかった。おじの腕をやさしくつかみ、ゆっくりとロタンダへ続く道のほうへ促す。

半分ほど戻りかけたところで、先ほどの酔っ払いたちに道をふさがれた。ベスに絡んできた若者が前に出てきて、体を揺らしている。「こいつがおまえの相手だというんじゃないだろうな」アリステアおじを指して、ろれつのまわらない口調で言った。

ベスは首筋の毛が逆立つように感じ、おじの腕をつかむ手に力を入れた。

「この若い紳士は何を言ってるんだ？」おじは明らかに混乱している様子で、彼女の耳元にささやいた。

「紳士などではないわ」小声で言う。「気にしないで」

それから彼女は精一杯虚勢を張り、男たちに言い放った。「脇に寄って、わたしたちを通してちょうだい」

「ちょっと待て」その中のひとりが興奮したように言う。「こいつを知ってるぞ。ウィルトモア卿だ。ということは、この女は……」ぶしつけにベスを指さす。「〝枯れかけた壁の花〟

のひとりだ」

「なんだって?」怒ったアリステアおじはベスの手を振り払うと、四〇歳は年下と思われる男たちにふらつく足取りで立ち向かいながら、脅すように言った。「わしの姪を侮辱するとはけしからん。これほど愛らしく、心やさしい娘はおらんのだぞ」

なんてこと。ベスはこのまま体が溶けて地面の中に姿を消してしまいたいと思った。おじはよかれと思ってやっているのだろうけれど、事態を悪くするだけだ。彼女はおじの袖を引っ張った。「わたしをかばってくださってうれしいわ。でも、彼らの言葉を真に受けてはだめよ。あちらからロタンダへ戻りましょう」

「わしはこの場を離れんぞ。こいつらがおまえに謝罪するまではな。誹謗《ひぼう》中傷と名誉危険を許すことはできん」

ああ、大変。酔った男たちは黙って一瞬顔を見合わせると、いっせいに笑いだした。ベスを侮辱した男が、アリステアおじの肩を突き飛ばす。「噂のとおり、頭がどうかしてるんだな」

怒りがこみあげ、彼女の頭の中で何かが弾けるのを感じた。「愚かで……無礼な……酔っ払い!」壊れた日傘で相手の腕を打ったが、男はびくともしない。悪態をついて彼女から日傘を奪い取り、自分の背後に投げ捨てた。

「うるさい女だ」吐き捨てるように言う。「ひどい目に遭わせてやる」男はベスの手首をつかむと、酒くさい息がかかるほど引き寄せた。

おじが助けに入ろうとするが、男たちのひとりに地面に叩きつけられた。

ベスはまわりを見まわして、必死で助けを求めた。人々はそろって足を速め、見て見ぬふりをしている。手首をよじってなんとか逃れようとしても、さらに強く握られてどうにもできない。

「アリステアおじ様」彼女は毅然《きぜん》とした声で言った。「立ちあがってちょうだい。なんとかロタンダへ行って。ジュリーたちを探して、わたしがここにいると伝えて」この窮地を脱するのに、ほかの方法は思い浮かばなかった。

「おまえを置いていくことなどできん」おじが地面に横たわりながらも勇敢に言う。「この紳士に手を離すように断固として要求する」

「おまえにはおれに要求する権利などないんだよ、老いぼれの偏屈じじい」

「よかろう」おじはつらそうに息を切らしてよろよろと立ちあがり、ベスの手首を握っている男と向かい合った。「彼女を放せ。さもなければ代償を支払うことになるぞ」

よりによって、こんなことになるとは。喉が締めつけられ、目が熱くなってきた。

「おれに決闘を申しこもうというのかい、おじいちゃん？」信じられないといった顔をして、男は鼻で笑った。

「いいや、彼じゃない。このぼくだ」低く迫力のある声が、ベスのうしろから響いてきた。首をねじるようにして振り向くと、彼の姿が目に入った。広い肩幅に握りしめた拳、小鼻をふくらませたその姿は、まるで悪魔のようだ。

いっそのこと本当に悪魔が現れればいいのに。

けれどもそこに姿を現したのは、癪《しゃく》に障るほどハンサムなベスの宿敵――ブラックシャー公爵だった。

9

アレックスはミス・レイシーをとらえている男に見覚えがあった。彼の間違いでなければ、ロスコーだ。アレックスがたまに行く賭博場に出入りしている若者。その汚い手が彼女の細い手首をつかんでいるのを目にすると、何かを、あるいは誰かを殴りつけたくなった。しかも思いきり。

「ちょっとした誤解があったようだ」ロスコーが口ごもりながら言い訳をして、ようやく彼女を放した。

ミス・レイシーが泣くのをこらえているような顔で、おじのそばに駆け寄った。

「けがはない？」おじの上着についた草や泥を払う。

「いや、大丈夫だ。だが、申し訳ない。わしのせいで、おまえを危険な目に遭わせることになってしまった」

酔った男たちがにやにやと笑いだすと、アレックスは彼らの前に進み出て指の関節を鳴らした。

すぐに笑いがやむ。

「ミス・レイシー」アレックスはロスコーをにらみつけながら言った。「きみとおじ上はロタンダへ行くんだ。ぼくもじきに合流する。だがその前に、ロスコーと片をつけなければならないことがある」彼女は余計なものを目にする必要はない。気分のよいものではないからだ。

「大丈夫なの？」ミス・レイシーがきいた。心配してくれるのはうれしい。だが、その懸念は侮辱的でもあった。アレックスひとりではこの泥酔した男たちに対処できないと思われているかのようだ。

「まったく問題はない」そう答えたが、ミス・レイシーはその場を動こうとしない。たった一度ですら、彼の言うとおりにするのがそんなにいやなのだろうか？

「閣下」ロスコーが卑屈な態度に出た。「ウィルトモアと彼の姪があなたのご友人とは知らなかったんだよ。それに、からかっていただけなんだ。ちょっとふざけただけで」

「武器を選べ」

若者の顔から血の気が引いた。「あなたにけんかを売ったわけじゃないんだ、ブラックシャー公爵」

「いや、こちらは売られたと思っている。おまえがミス・レイシーに手をかけた瞬間に」アレックスは拳を握りしめた。いったい彼女はどうしてまだここにいるのだろう？　なぜ言うことを聞いてロタンダへ戻らずに、おじの横に立って心配そうに見ているんだ？

「彼女にけがはなかった」ロスコーがしどろもどろに言う。「それに、夜明けに決闘するつもりなどない」

アレックスは相手の胸とぶつかりそうなくらいまで詰め寄った。「では、いまここで決着をつけたいんだな？」

「閣下」ミス・レイシーが割って入る。「もう行かないと、演奏会に遅れてしまいますわ」

「時間厳守という規則は過大評価されすぎだ」アレックスは両手でロスコーの胸ぐらをつかんで体を地面から浮かせると、目の玉が飛び出そうになるくらい揺さぶりながら命じた。「レディに謝れ。そうすれば命だけは助けてやってもいい」

「許してくれ」ロスコーが息苦しそうにあえぐ。

ロスコーの体を持ちあげているアレックスの腕の筋肉は、ぴんと張りつめていた。

「そんな言葉ではとても足りない」歯をきしらせながら言う。

ロスコーは手足をばたばたさせて、懇願するような目でアレックスを見ている。

「ミス・レイシー、大変申し訳なかった」クラヴァットで首を締めつけられているみたいに声を詰まらせて言った。「おれのしたことは弁解の余地がない。もし寛大な心で許してもらえるのであれば……」ひとしきり咳きこんでから、さらに続ける。「一生恩に着る」

「あなたの謝罪を受け入れるわ」ミス・レイシーが心配そうに応える。「閣下、もうおろしてあげて」

アレックスは肩をすくめた。「きみがそう言うなら」ロスコーを仲間のほうへ投げつけ、彼らがボウリングのピンのように倒れこむのを眺める。

ロスコーの顎に拳を食らわせたり、鼻血を流させたりするほどの爽快感はないが、ミス・レイシーが暴力を目の当たりにして悪夢にうなされるのは望むところではない。

彼女がこちらの指図に素直に従わなかったとしても。

地面に横たわったまま、ロスコーが苦しげにうめいた。彼の仲間たちは酔いでぼうっとしながら頭をかきむしり、立ちあがろうとしている。

アレックスは地面に伸びた男の脚をまたいでミス・レイシーのほうへ行き、その手をしっかりと握った。肩越しに声をかける。「ウィルトモア卿、離れずについてきて、誰もミス・レイシーにちょっかいを出さないように注意してくれ」

老人は背筋を伸ばすと、まるでイングランドの英雄ウェリントン将軍に報告するように顎をあげて言った。「お任せください」

「それを聞いて安心だ」ウィルトモアが姪を守るという使命感に駆られていれば、迷子になることもないだろう。

アレックスの頭の中はミス・レイシーのことでいっぱいだった。彼女がロタンダを出ていったと知ったとたんに気が動転し、すぐに怒りがこみあげてきた。そして乱暴者たちが彼女を嘲り、ロスコーが手首をつかんでいるのを目にしたときには、アレックスは紛れもなく、燃えあがるように激怒していた。

ミス・レイシーの手を引いて歩きながら、自分の脈拍が落ち着くことを祈る。もう彼女は安全だ。少なくとも、しばらくのあいだは。問題は、アレックスと一緒にいては誰ひとりとして本当に安全とは言えないことだ。彼が標的なのだから。つまり、まわりの人々はつねに危険にさらされてしまう。

ヴォクソール・ガーデンズは安全だと、アレックスは自分に言い聞かせてきた。誰が彼の命を狙っているにしても、このような人目のあるところでは行動に出ないだろう。そしてダービーが女性の身を守るのを助け、怪しい人物に目を光らせてくれるはずだろう、と。

そもそも、ミス・レイシーが酔っ払い連中に絡まれたのはアレックスのせいではない。ひとりでロタンダを離れるべきではなかったのだ。アレックスは彼女に文句を言うつもりだった。あとで、しかるべきときに。いまはただ、彼女の手の感触を味わっていたかった。彼の手に包まれている、やわらかくてあたたかい女性らしさを。人前でミス・レイシーと手をつなぐのが不適切だったとしても、彼はまったく気にしていなかった。

彼女の手を放すつもりはない。

貝殻の形をした噴水の横で、ミス・レイシーがアレックスを立ち止まらせた。

「演奏会を聴きたいんじゃないのか?」声にいらだちがにじむ。

「ええ。でも、おじがわたしたちの歩く速さについてこられないみたいなの。ここで待ったほうがいいと思うわ」

振り向くと、たしかにウィルトモア卿が数メートルうしろをよたよたと歩いていた。愛する姪からけっして目を離そうとはせずに。

「この調子ではクリスマスの頃までかかりそうだな」アレックスはぶつぶつと言った。

ミス・レイシーが眉根を寄せ、反論しようと口を開きかけたが、そのまま閉じた。それがアレックスには少し残念だった。

「何か言いたいことでもあるのか、ミス・レイシー？」

「ええ」勇気を振り絞るかのように、一瞬目を閉じる。「あの男性たちとのいざこざについて、説明しなくてはと――」

「あとにしてくれ」すげなく返す。

「ひとこと言わせて――」

「あとにするんだ」その話を聞くには、まだ気持ちが高ぶりすぎていた。彼女に対して怒りをあらわにしたくない。ロンドンに住む半数の人々が集まっているかのような、この楽しい夕べに。かなり大きな騒ぎを繰り広げてしまった。ロスコーと仲間たちを相手にけんかした一部始終が三面記事として明日の新聞に掲載されなければ、それは小さな奇跡と言えるはずだ。

「わかったわ」ミス・レイシーがため息をつく。

アレックスの口調はきつかったのだが、彼女は動じていない様子だ。むしろ退屈そうだった。

彼女と手をつないだままウィルトモア卿を待っているあいだに、アレックスはふと気づいた。ミス・レイシーは彼の前で委縮することのない、ほんのひと握りの人々のひとりかもしれない。彼の評判の悪さと不愛想な態度に、まともな独身女性の多くはひるんでしまう。それは仕方ないとも言えるのだが、彼女には関係ないらしい。気難しく、品行の悪い公爵という表向きの顔の下にある人物像を見抜いているのかもしれない。

だが、ミス・レイシーにそんなことができるわけがない。ありがたいことに。本当のアレックスの姿を、そして彼の行為を真に理解している者など、祖母以外には誰ひとりとしていないのだ。彼はこの状況を変えるつもりはなかった。

その夜、夕食のあいだもずっと、ベスはミスター・ロスコーや彼の仲間たちとの出来事についてあれこれと考えていた。もちろん、彼女がみなと一緒にロタンダにいれば、騒動に巻きこまれずにすんだというのは承知している。けれどもまだブラックシャー公爵に謝る機会すら与えられていないので、まるで父親からの罰におびえるいたずらっ子のような気分になっていた。腹立たしい限りだ。

幸いにも、夫人とジュリー、ダーバーヴィル卿の三人には何があったか知られていないのが救いだった。公爵は途中で席を離れたことを詫びたが、吟遊詩人の余興に見入ってしまったのだと説明しただけだった。アリステアおじは四〇歳ほども年下の男に衝動的に決闘を申しこんだことなど忘れてしまっているようだ。

優雅なサパーボックスでくつろぎながら、みなは給仕が運んでくる薄く切ったハムや新鮮なサラダ、おいしそうな料理に歓声をあげている。ダーバーヴィル卿は、先日参加したパーティーで起こった少しきわどい話を披露して楽しませてくれた。ジュリーははじめて、そして唯一、自分たちで主催した舞踏会についてあれこれ説明している。このときに、いちばん上の姉があきれてしまうほどロマンティックな婚約をすることになったのだ。夫人はショールに身を包んでクッションのきいた椅子に腰かけ、彼女特有の鋭い意見を口にしたり、うれしそうに顔をほころばせたりしている。

ベスとブラックシャー公爵だけは、みなよりも口数が少なかった。でも、その理由はそれぞれ少し違う。彼女のほうは、もし公爵が駆けつけてくれなかったらどうなっていただろうと考えていた。アリステアおじはベスの名誉を守るために、決闘で命、または手足を失う羽目になっていた可能性がある。彼女は泥酔した男たちに痛めつけられ、傷を負っていたかもしれない。

「もうすぐ花火が始まるのではないかしら？」興奮したジュリーが頬を上気させている。「早く見たいけれど、この楽しい夜が終わってしまうと思うと残念だわ」

「まだ夜は始まったばかりだよ」アリステアおじが言った。「ワインを持って、芝生のほうへ行こう。あちらのほうが花火がよく見えるだろう。たれから聞いても、すばらしいという話だよ」

「いい考えだわ」夫人はアリステアおじの言い間違いに気づかないふりをして、彼の腕を取りながら言った。「それについているわね。まるでわたくしたちのために、空が晴れてくれたみたいだわ」

年長のふたりが芝生のほうへ歩きだすと、ダーバーヴィル卿とジュリーがそれに続いた。

自然に、ベスとブラックシャー公爵が並んでそのあとを行くことになった。

公爵が当然とばかりに腕を差し出す。ベスは肩をすくめ、彼のあたたかく、かたい肘の内側に手を預けて、花火を楽しむことにした。

ぽっかりと空き地になった場所に近い、背の高い生け垣の脇に、公爵がみなを誘導した。ベルベットのような暗い夜空を見あげると、ちょうど打ちあげられた花火が赤く弾けるところだった。

ジュリーが笑いながら両手で耳を押さえる。

人々は歓声をあげ、いちばんのお楽しみがようやく始まったことに喜びつつ、それぞれに楽しんでいた。

ベスは公爵から離れて、手を自分のウエストのうしろで握り合わせた。ちょっと目を離すとどこへ行くかわからないとは困ったものだという目で公爵ににらまれたが、先ほどのような小競り合いに巻きこまれたあとでは文句は言えない。

ふたりは何気ない様子で黙って空を見つめていたものの、ベスは公爵がすぐ横に立ち、自分の肩に彼の筋肉質な腕がいまにも触れそうになっているのを強く意識していた。白く光り輝く花火に夫人が喜んで拍手するのを目にした公爵が、なんとも魅力的な笑顔を向けてくる。危険なほほえみだ。でも彼は純粋に、祖母の楽しそうな姿がうれしいだけなのだろう。

そんな夫人の姿にはベスもうれしくなった。

ところが花火が続くうちに、公爵がそわそわしはじめた。風向きが変わり、灰色の煙が見物人のほうに漂ってくる。彼は左右の足にしきりと重心を移しながら、髪をかきあげたり、つかんだりしていた。

ベスは一歩近づき、耳元でささやいた。「どうかしたのですか?」

「いや」小声で答えたが、額には汗が浮かんでいる。「煙のにおいが苦手なんだ」彼はつらそうな顔で白状した。

ああ、そうだった。ベスは公爵がやけどを負ったことを忘れていた。噂によると、彼は火事で両親を亡くし、自分自身も命を失いかけたのだ。つんと鼻をつく煙のにおいや花火が炸《さく》裂《れつ》する音に接して、落ち着きをなくすのは無理もない。

「これ以上花火を見ているのがつらいようなら、先に馬車へ戻られては?」

「ミス・レイシー、まさかとは思うが、ぼくを遠ざけたいと思っているように聞こえるぞ」

「違います」素直に言った。「心配しているだけです」

「ありがとう」公爵が袖口で額をぬぐう。「このままずっと話しかけていてくれ」

「わかりました。先ほど言おうとしたことなのですけど……わたしとおじを助けてくださって感謝しています。借りができました」

「気にすることはない」彼は肩をすくめた。「酔っ払いに絡まれている若い女性がいたら、相手が誰でも同じことをする」

騎士道精神にあふれる行為を謙遜しているだけなのだろうけれど、ベスは公爵の言葉に少し傷ついた。自分が彼にとって特別な女性だと想像していたからではない。彼はベスが危険な目に遭わされたので激怒したように見えたのだが、それは深読みのしすぎだったらしい。

公爵の顔色が少しよくなってきたので、彼女は話を続けた。「あなたには大したことではないのでしょう」やさしく言う。「でも、わたしにとっては大したことではなくないんです」

「きみが家庭教師《ガヴァネス》ではなく、コンパニオンでよかったよ。きみの文法はひどいからね」彼がからかった。

「文法が得意だなんて言ったことはないわ」ベスは言い返した。「わたしの才能は別の場所で発揮されるんです」

公爵がいたずらっぽく片方の眉をあげる。「きみの才能について、もっと詳しく聞かせてほしいね、ミス・レイシー」

彼の当てこすりと自分の胸のときめきを無視しながら、ベスは目をぐるりとまわしてみせた。「どうしても知りたいというのなら申しあげますけれど、園芸と裁縫が得意なんですの」それは違うとは言えないだろう。

「たしかにきみの才能はいろいろあると思う。だが日傘で戦う才能はまるでないというのは、きみも認めるところだろう?」

「日傘で戦う、ですって?」目をぱちくりさせる。

「ロスコーは日傘で腕を殴られても、びくともしなかったぞ。こつんと叩かれたようなものだったに違いない」

「武器の調子が悪かったのよ」証拠を見せるように、彼女は壊れた日傘を振ってみせた。

「では調子がよければ、ちゃんと攻撃できたんだな」

ベスはあきれた顔をしかけたが、やめておいた。花火はまだ続いており、依然として煙が漂っているにもかかわらず、公爵は気分が落ち着いてきたようだ。

「それほどおっしゃるのなら、あなたは日傘で戦うのがお得意なんでしょうね」

公爵が肩をすくめる。「武器として日傘を選ぶことはまずないが、手にしているものはなんでも利用しなければならないときもある」彼はベスの手から役立たずの武器を取り、手本を見せはじめた。「クリケットのバットみたいに振るのではなく、両手で握って、火かき棒を使うみたいに鋭く突き刺すんだ」

「鋭く突き刺す？」疑わしげにきき返す。

「そのとおり。そして、この先端でロスコーのいちばん弱いところを突く。たとえば目や首、それから――」

ベスは彼の手から日傘を奪い返した。「それ以上、言う必要はないわ」ふたりは小声で話していたのだが、近くにいた人々には花火が炸裂する音の合間にその会話が聞こえていた。彼女は公爵に詰め寄った。「わたしが彼に重傷を負わせればよかったというんですか？ヴォクソール・ガーデンズの真ん中で？」

「あの男はそうされて当然だった」公爵がさらに真剣な顔で言う。「一撃で身を守らなければならない場合もある。そのときには、騒ぎが大きくなるのを恐れたりして、機会を失ってはいけない。自分の身を守ることだけを第一に考えるんだ」

「ご忠告は覚えておきます」ベスは彼の気遣いに心を打たれた。「でも、もう二度とあんな目に遭うことはないはずよ」

「何が起こるかは誰にもわからない」公爵がまじめな声で言う。「準備は怠らないほうがいい。どんなときでも」

彼女は思わずほほえんだ。恐るべきブラックシャー公爵が、祖母のコンパニオンである自分に護身術を教えてくれるなんて――しかも、レースの縁取りがついた日傘を持って手本を見せてくれるなど、信じられなかった。

先のほうに目をやると、アリステアおじが遠くを指さし、花火の光の下で綱渡りが行われているのを夫人に教えていた。夫人は綱渡りに夢中になり、周囲の人々もそちらに目を向けている。その曲芸師は船のマストのような二本のポールのあいだに張られたロープの上を、ゆっくりと歩いていた。

ベスはほっとした。夫人は心から楽しんでいるようだ。夕方の暴風雨やロスコーの事件――幸い、あの騒ぎについてはまったく気づかれていない――が、この特別な夜を台なしにすることはなかった。あと三〇分もすれば花火も終わり、家路につく。ブラックシャー公爵は祖母の望みをひとつかなえたことになる。

それはつまり、夫人――そしてベス――がロンドンを去るまでにかなえられる願いが、あとふたつになってしまうということだ。ロンドンでの時間を引き延ばしたいとは思わないけれど、夫人には残りの数週間を思う存分、孫と一緒に楽しんでほしかった。

煙越しに曲芸師がロープの上を一歩ずつ進んでいくのを見て、ベスは息をのんだ。まるできらめく星の合間を歩いているような姿に、誰もが心を奪われていた。

突然、花火が横にそれて、群衆の中を突っ切ってきた。まさにベスたちのほうへ。ヒューと鳴りながら飛んできて、背後にある生け垣に命中した打ちあげ花火の熱までもが感じられる。

「逃げろ！」ブラックシャー公爵が叫び、ベスや夫人たちを急《せ》きたてるのと同時に、その花火が弾けた。

10

アレックスは急いで祖母とミス・レイシーを暴発した花火のそばから離れさせた。ダービーがウィルトモア卿とジュリーを引っ張って避難させる。全員が煙の中から姿を現すと、アレックスは火の粉が服に降りかかって燃えたりしていないか、ひとりひとりを確かめた。

くそっ、火は大嫌いだ。

心臓が口から飛び出てしまいそうなほど動悸《どうき》がしている。鼻腔にやけどを負い、爆音のせいで耳鳴りがやまない。まるで悪夢のようなあの日と同じだ。子どもだったアレックスは炎に首筋をなめられ、皮膚を焼かれながら、息もできずにただ父親にしがみついていた。

「何があったというの？」祖母が弱々しい声できいた。

「打ちあげ花火の誤発射でしょう」アレックスは答えた。「みんな大丈夫か？」

ウィルトモア卿とふたりの姪が返事をした。ダービーもうなずいている。「なんともないよ」

「上着の背中に燃えさしがついているわ、閣下」ミス・レイシーが眉をひそめる。

彼女は閉じた日傘を体の脇に押しつけた。

「これでいいわ」アレックスの袖から灰を払い落とす。「もう火は消えているけれど、上着が台なしになってしまったみたい」

服のことなど、どうでもいい。「ほかにけがをしている者は?」

「誰もいないようだ」ダービーが言った。「生け垣の被害がひどいな。大雨のせいで濡れていたのが幸いだった。乾いていたら、公園全体が火の海になっていたかもしれない。われわれは運がよかったよ」

アレックスは片方の眉をあげた。今夜の自分が幸運に恵まれているとは思えない。何事もなかったかのように、花火の打ちあげは続いていた。曲芸師も綱渡りをしている。すべてが普通に戻ったように見える一方で、アレックスはまだ体中を駆けめぐっている恐怖感を懸命に抑えようとしていた。

ミス・レイシーが彼の腕に手をかけ、耳元でやさしく語りかけた。「夫人にもう帰る時間だと言いましょうか? 花火を最後まで見られなくても、気になさらないと思うわ。今夜はもうじゅうぶんというくらいに楽しんだから」

いますぐにでもここを出て、花火が打ちあげられて炸裂する音や、息苦しくなるような煙のにおいから逃れたかった。けれどもミス・レイシーが頬をピンク色に上気させて目を輝かせているのを見て、アレックスは首を横に振った。彼女は綱渡りや花火に大いに魅了されているようだ。そして、もし正直になるとしたら……彼はミス・レイシーに魅了されていた。

「いや。花火もそろそろ終盤だ。最後まで楽しもう。終わったらすぐに帰ればいい」あと一時間もすれば書斎でくつろぎながら、無駄な努力とは知りつつも、恐ろしい悪夢にうなされずにすむようにゆっくりとブランデーを一杯――いや、三杯くらいは――飲んでいるだろう。

ミス・レイシーは彼の顔を見ると、心配そうに目を細めた。まるですべてを見通しているかのようだ。

アレックスは綱渡りの曲芸師に目を奪われているふりをしながら、実際にはふたつのことをしていた。生け垣に命中した花火の燃え残りがふたたび発火しないか、注意を怠らなかった。そして、打ちあげそこなった花火がまた突如として飛んできた場合に逃げる方法を算段していた。

彼から目を離すまいとするかのように、ミス・レイシーがそばに立っている。もちろん、そんな必要はまったくない。しかし、悪い気はしなかった。彼女がいてくれるだけで、心に巣くう暗い影が姿を消すようだ。たとえわずかな時間だったとしても。

アレックスは彼女が持っていた日傘を手に取り、折れた骨と焼け焦げたシルクの生地を見て眉をひそめた。「壊れた日傘をまだ持っているなんて、信じられないな。もう使い物にならないだろう。新しいのを注文して、請求書をぼくにまわしておいてくれ」

「捨てる気はないわ。黒いしみと、開いたときに粋な曲がり具合をしているのが好きなの」ミス・レイシーは日傘を取り返し、先端で彼の脇を狙いながら片方の眉をあげた。「もちろん、まだまだ武器としても使えるし」

「一本取られたな」アレックスが日傘の先をつかんだので、持ち手を握っている彼女と綱引きをするような格好になった。するとふたりの視線が絡み合い、何かが弾けた。

ひと呼吸かふた呼吸のあいだ、どちらも動かなかった。そこへ、うしろにいた女性が聞こえよがしに話す声が耳に入ってきた。ワインを飲みすぎているらしい。「ブラックシャー公爵に新しい愛人ができたようね」

「彼女に祝いの言葉を送ればいいのか、お悔やみを言うべきなのか、わからないわ。彼はひとりの女性では満足できないから」相手の女性が言う。

アレックスと向き合って日傘をつかんでいるミス・レイシーのほほえみに影が差した。

「いったい誰なのかしら?」最初の女性が尋ねる。

「わからないわ。でも、公爵がウィルトモア卿と一緒にいるところを見かけたから、もしかすると……」

「……〝枯れかけた壁の花〟のひとりっていうこと? 公爵のお相手が? 賭けに負けた罰ゲームとしか思えないわね」

「それとも、彼女を誘惑するようにと誰かに挑発されたのかしら」そう言ってすぐに女性らしくないしゃっくりをすると、ふたりは笑い転げた。

ミス・レイシーの瞳の輝きがすっかり消え失せている。そんな様子を目にしたアレックスの気持ちも沈んだ。彼女は日傘をさげると遠くを見やった。

「気にするな」アレックスは言った。「愚かな女たちが酔っ払っているんだ」

「わかっているわ」彼女が暗い顔で応える。「でもあの人たちが口にしているのは、世間の人々が考えているのと同じことよ」

「ぼくが話をつけてこようか？　きみの気が晴れるなら、そうするが」

「いいえ。騒ぎが大きくなるだけだわ」

彼は無力感にさいなまれた。先ほどはミス・レイシーがアレックスを慰めてくれたのに、いまの彼には口にすべき言葉も見つからなかった。「帰ろうか？　そうしたければ、みなを呼んでくる」

「大丈夫よ。わたしのことは気にしないで。侮辱されるのには慣れているから。ジュリーとアリステアおじ様の耳に入らなくてよかったわ」

ちくしょう。自分が低俗な劇の悪役になったように感じられる。ミス・レイシーと知り合う前に、アレックスが軽率にも三姉妹に〝枯れかけた壁の花〟というあだ名をつけたのだった。そしていま、その心ない言葉が彼女を傷つけているのを目の当たりにした。なぜあんなに無神経なことを口走ってしまったのだろう？

「醜聞の種になるのがどういう気持ちか、ぼくにはわかる」それは本心だった。彼の場合はただの噂ではなく、事実が語られていることもあったのだが。「いちばんいいのは、気にしていないふりをすることだ」

「あなたはそんなふりをする必要もないのでしょうね」

ミス・レイシーには彼の気持ちがわかっていないのだろう。「きみの言うとおりかもしれない。もしくは、気にしないふりをするのが上手になりすぎただけなのかもしれないな」

すべてをあきらめたように、ミス・レイシーがため息をついた。「今日はあなたにとっても、わたしにとっても、大変な夜になってしまったわ」

「悪いことばかりではなかったよ」衝動的に彼女の手を取り、指を絡めてぎゅっと握りしめる。

ミス・レイシーが驚いて目をしばたたき、彼の顔を見あげた。

手を離されてしまうのではないかと心配しながら、アレックスは息を詰めた。このまま離さないでほしい。

こうして彼女の手を握っているのが、アレックスにとっては今日いちばんの出来事だった。正直に言うと、今年最高のうれしいことかもしれない。

ベスは手を引っこめなかった。そうするべきなのはわかっていたけれど。ほんの数秒前までは、見知らぬ女性たちの言葉に悲しくなり、みじめな気持ちになって怒りさえ覚えていた。いま彼女が感じているのはブラックシャー公爵の手のぬくもりと、このわずかな接触が体全体にもたらす、ぞくぞくするような興奮だった。

こんなふうに手をつないでいるのは、意地悪な噂話に油を注いでいるようなものだろう。でも自分がそんなことを気にしているのかどうかも、ベスにはわからなくなっていた。ふたりの手はスカートの陰に隠れている。公爵の親指に手の甲をさすられていると、甘くやさしい感覚が腕を駆けあがり、脈拍が速くなった。

公爵はこちらが思っているほど心の冷たい人間ではないのだろう。ベスを慰めたところでなんの得にもならないのに、思いやりにあふれている。彼女に恋心を抱いているのとは違うだろうけれど……それとも、そうなのだろうか？

まったくありえない。昨日の公爵は彼女を嫌悪しているようだった。

気を取り直して言葉を口にできるようになると、ベスは話題を変えた。

「今夜は思いどおりにならないこともあったけれど、夫人のあとふたつの願いをかなえるのはこれほど大変ではないと思うわ、閣下」

かしこまった呼び方をされて、彼が顔をしかめる。「アレックスと呼んでくれ」

「いいえ、無理よ」そんなことは論外だ。

「ぼくもエリザベスと呼ぶから」

「ミス・レイシーに、ご不満でも？」

「いや、きみの名字には何も問題はない。何ひとつとして」

「承認していただけてうれしいわ」ベスは冷ややかに言った。

「人前ではそう呼ぼう。だがふたりきりのときには、エリザベスがいい」

「姉と妹はベスと呼ぶの。両親も。ふたりが生きていたときには」どうしてこんな話をしているのか、自分でもわからなかった。

「そうか。では、ぼくもベスにしよう」

頭のいいやり方だ。まるで彼女の望みをかなえているみたいで。けれど、そんなことはさせられない。「わたしには賢明なことに思えないわ。わたしはあなたの使用人のひとりにすぎないのだから」

「それは違う。きみはぼくのために働いているわけではない」

公爵の言うことは正しい。取り決めを考慮に入れたとしても、そのとおりだ。でも、細かい点にこだわっても意味がない。公爵が祖母を田舎へやってしまったら、ベスはもう彼と顔を合わせることもないのだ。

実のところ、愛撫するように手の甲をさすられている状態では、議論するのも難しい。

「結構よ。どうぞお好きなように呼んでちょうだい」ああ、なんてこと。こちらの負けだ。賭けに大勝したかのように、公爵がにっこりする。「ありがとう……ベス」

彼女は涼しい顔でうなずこうとした。ハンサムな紳士に手を握られながら、夜空にきらめく花火の下で名前をささやかれることにも慣れているかのように。「あなたのおかげで夫人は喜んでいらっしゃるわ。感謝します」

「祖母はたしかに幸せそうだ」彼も同意する。「ひとつ気になるんだが。きみは幸せか?」

ベスは驚いて目をしばたたいた。そんなことは考えてもみなかった。両親を乗せた馬車が凍結した橋から川に転落し、彼女たち姉妹が孤児になってからは、生き延びるだけで精一杯だった。そして姉のメグが伯爵と恋に落ちて結婚し、三姉妹は経済的な困窮からは脱した。メグはたしかに幸福で、ベスもそんな姉を見ていて幸せだ。けれど公爵の質問は、そういう意味ではないのだろう。

「わからないわ」正直に答えた。「わたしはいつも、何かを心配しているようだから」それは本当だった。幼い頃からそうだ。猩紅熱《しょうこうねつ》や、甚大な被害をもたらす嵐、あるときには家族が実際に救貧院の世話になりそうになったことまで、あらゆることにおびえていた。ベスには厄介事の種を見つけ、その脅威が去るまであきらめずに解決法を探るという才覚があった。おじと妹を守っていくには、ほかにどうすればいいというの？

「いま現在は何を心配しているんだ？」とても大切な答えを待つかのように、公爵は真剣に彼女を見つめている。

ベスは暴風雨の中を船に乗ってきたこと、ロスコーの事件、花火の暴発、見知らぬ女性たちからの中傷などを思い出した。だが、こうしたすべての心配事はすべて溶けて消えてしまった。公爵の存在を強く感じているせいか、彼の落ち着いた声のためか、あるいは彼の親指を手の甲に感じているからなのだろうか？　彼女はなんの憂いもなく、ただこの瞬間を味わっていた。肌に夜風の口づけを感じ、うなじの巻き毛が揺れている。そして花火の光で、あたりがまるで魔法にかかったようにきらめいていた。

「何もないわ」彼女は詰めていた息を吐き出し、笑顔になった。「はじめてよ、何ひとつ心配がないなんて」

目を閉じて深呼吸をした。気持ちが軽くなり、自由を感じる。

打ちあげ花火が立て続けに炸裂する音が響き、ベスは現実に引き戻された。見物客が拍手をして歓声をあげている。

「これで終わりだな」公爵がつぶやいた。

彼がベスの手を放すと、まわりの人々の動きがあわただしくなったように見えた。噂話をする声が大きくなり、生け垣の近くでたむろする酔っ払いが騒ぎだす。アリステアおじが混乱したように、ふらふらと歩きはじめた。

彼女は大きくため息をついた。どうやら魔法は解けてしまったようだ。

11

数時間後――普段なら、すでにぐっすりと眠っている時間――ベスはベッドに横たわりながら、ヴォクソール・ガーデンズでの出来事をひとつひとつ思い返していた。

花火が終わると、アリステアおじとジュリーは馬車で帰っていった。ほんの一瞬だが、ベスはふたりについていきたいという衝動に駆られた。描きかけの絵や縫物、出しっぱなしの楽譜などで雑然とした、居心地のいい居間へ戻りたくなった。彼女のことを本当に理解し、愛してくれている人たちと一緒に、自分の居場所へ帰りたいと思ったのだ。

でも、夫人への務めをないがしろにはできない。これから数週間のあいだに、ベスの支えがいままで以上に必要になるだろう。自分の屋敷から祖母を出ていかせようとしているブラックシャー公爵の言い分に納得はしていない。けれども彼を助けるのに同意してしまったし、約束は守るつもりだ。

ヴォクソール・ガーデンズからメイフェアにある公爵の屋敷まで戻る馬車の中は、とても静かだった。夫人は平和そうにうとうとしており、フラシ天の座席に預けた頭が馬車の振動に合わせて揺れていた。公爵は窓の外を眺めながら、ひとりで考え事をしていた。そんな態度を見て、少し前に彼に対して感じた心のつながりは思い違いだったのだろうかとベスはいぶかった。

そしていま、寝つけない自分がいる。公爵にたやすく操られるうぶな少女みたいにふるまっているなんて情けない。彼はまさにベスをうまく利用しているのだ。夫人がカントリーハウスへ引っ越しするのを納得させるように協力を求められた。でもその役目が完了したら、ベスはすぐ用済みになるのだろう。

この点は心に留めておかなければならない。

結局のところ、ブラックシャー公爵は自分の思いどおりにすることに慣れた、強い権力を持つ男性なのだ。身分の高い女たらしで、女性を誘惑する手腕には定評がある。

困った。気持ちが高ぶりすぎて眠れない。ベスはシーツをはねのけ、椅子の背にかけてあったガウンを手に取った。袖を通して腰のベルトを結ぶと、寝室のドアを開けて暗い廊下をのぞいた。

すでに公爵家の使用人たちは寝室に引き取っているに違いない。屋敷の中はしんとしている。ちょっと図書室へ行くくらいなら、何も問題はないだろう。本棚からいちばん退屈そうな本を選んで寝室へ戻り、二、三ページほど読んだらすぐにまぶたが重くなるはずだ。

スリッパを履くのももどかしく、ベッドサイドに置いてある小さなランプを手に取ると、こっそり廊下に出て、大階段のほうへ足音をたてずに歩いていった。大胆な行動にどきどきしながら、階段を駆けおりて廊下の角を曲がり、公爵の図書室へと向かう。これまで足を踏み入れたことはないけれど、膨大な数の本が並んでいるのを目にしたことがあり、一度ゆっくり見たいと思っていた。今夜はちょうどいい機会だ。

図書室へ近づいたところで物音が聞こえてきた。うめき声。苦しげな低い声だ。

まさか。夜は寝室の戸締まりをきちんとするように、公爵に言われていたのを思い出す。こちらを怖がらせようとしただけではなかったの？　ちゃんと理由があって注意していたのだろうか？

空耳ではないかと疑いつつ、ベスはごくりとつばをのみこんだ。古い建物は思いがけない音をたてることがある。

幽霊という可能性もあるだろう。まだ目にしたことはないし、姉や妹にはさんざんばかにされていたが、いるかもしれないとは思っていた。

姉妹は妖精や空想上の生き物が好きなベスをからかうのが好きだった。彼女がそんなものに興味を持ちはじめたのは、居間の暖炉の前で団欒《だんらん》をしているときに、父親がよく怖い話をしてくれたのがきっかけだったかもしれない。身も凍りそうな話を聞くたびに、ベスはぞくぞくしながら楽しんでいた。あるいは、目の前に広がる以上の世界があると信じたいだけなのだろうか？　普通や退屈でない何か、あるいは心躍るようなものが。

まったく、ばかばかしい。彼女は自分をたしなめた。にもかかわらず、廊下を歩く足が速まってしまう。

図書室——古い本があふれ、居心地のいい読書空間のある、妖精にとっては格好の隠れ場所――は幸いにも静まり返っていた。ベスはギリシア神話に登場する怪物の本を見つけた。最初に借りようと思っていた種類の本とは違うけれど、我慢できなかった。人目を気にする必要はない。九つの頭を持つ海蛇のヒュドラや牛頭人身のミノタウロス、ひとつ目の巨人キュクロプスの話――細部まで詳細な色刷りの挿し絵付き――を読んでいれば、気分が変わってぐっすりと眠りにつけるかもしれない。

ベスは本を抱え、寝室へ戻ることにした。だが廊下に出ると、またうめき声が聞こえた。間違いない。しかも、その声は公爵の書斎からもれてくるようだ。

書斎のドアのほうに近づくにつれ、声が大きくなった。この世のものではないような低い声が反響しているのを耳にすると、背筋に冷たいものが走る。

すぐにその場を離れ、まっすぐ寝室へ戻ってドアに鍵をかけ、ベッドにもぐりこむべきだった。それがもっとも賢明な行動だ。体中の全神経が逃げろと叫んでいる。

ところがベスは書斎の前で立ち止まり、ゆっくりとドアを開けてみた。うめき声がやむ。それはごく自然のことに思えた。自信満々の幽霊が姿を見せて、自己紹介することなどないだろう。

ランプの明かりが書斎の入口付近を照らしているが、とくに変わった様子はなさそうだ。空中には何も漂っていなかった。机の引き出しが勝手に開いたり閉まったりもしない。

少し残念に思いながら、ベスは耳を澄ませた。何かを引きずるような音がする。ブーツを履いた足で床の上をこすっているみたいな音。それに続いて苦しげなうめき声が、しかもこれまで聞いたことがないほどつらそうな声が響いてきた。

いったい何？　ランプが手から滑り落ちて火が消えると、あたりは真っ暗になった。反射的に跳びあがったので、ドアの枠に肘をぶつけてしまった。しかも思いきり。本が落ちて大きな音をたてた。ベスはぎゅっと口に手を押し当て、喉の奥にこみあげてくる悲鳴を抑えようとした。

恐怖が突きあげてくる。いったいどんな怪物が公爵の書斎を徘徊《はいかい》しているのだろう？　寝室に戻らなければならない。一刻も早く。けれど、ランプと本を廊下の真ん中に落としたまま立ち去るわけにはいかない。ベスはひざまずくと手探りで、必死になってそれらを見つけようとした。

そのとき足音が聞こえてきた。床がきしむのが手のひらを通して伝わってくる。ベスはその場に凍りついてしまった。

大きな手が上腕をつかみ、彼女を立ちあがらせる。「誰だ？」その声はしゃがれていたが、たしかに人間のものだった。そして、それは間違いなく……。ああ、なんてこと。

「すみません、閣下」ベスは声を絞り出した。

「いったい何を――」

「邪魔するつもりなどなかったの」そう言った瞬間、頬がかっと熱くなった。ベスは恋人たちの密会について詳しいというにはほど遠かったが、公爵が行っていること――つまり、お楽しみ――を中断させてしまったのだと思った。はっきり言うと、彼が女性と交わっているところに踏みこんでしまったのだ。公爵の評判とうめき声をかけ合わせれば、それは火を見るよりも明らかだった。

ということは、もうひとり——若くて美しい女性というのは言うまでもないだろう——部屋の中にいるわけで、ベスは恥ずかしさが倍になるように感じた。

「みなが寝静まった夜中に、なぜきみは廊下をうろついているんだ？」

「閣下の部屋をのぞこうとしていたのではないわ。誤解されても仕方ないけれど」

「来るんだ」公爵が命じる。ベスの腕をつかんだまま真っ暗な書斎に引き入れ、ドアをぴたりと閉めてしまった。「そこを動かないように」

彼女に選択の余地はなかった。公爵は机のところで何か探している。おそらくろうそくだろう。そのあいだにベスはガウンの前をしっかり合わせて、部屋が明るくなってすぐに公爵の愛人と対面するための心の準備をしていた。

だが暗闇の中にろうそくのやわらかな光が灯ると、書斎にいるのは彼女と公爵のふたりだけだとわかった。彼の上着はどこにも見当たらない。ベストとクラヴァットも部屋の中にはなかった。シャツの首元のボタンは外されており、袖がまくりあげられているので、筋肉質の力強い腕があらわになっている。そのすべてが魅力的だ。

公爵は机の端に腰かけて腕を組み、彼女のおろした髪からガウンの胸元、つま先まで順に目をやっている。「こんばんは、ベス」

まったく。彼にベスと呼ぶのを許すなんて、どうかしていた。

ずいた。

「閣下」彼女は服を着ていないも同然の状態だったが、できる限り堂々と見えるようにうなずいた。

公爵が顎の筋肉をぴくりとさせる。「何をしていたんだ?」

自分のことを彼に説明するのは気が進まないけれど、その質問はもっともだ。「眠れなかったの」

「だから、ぼくの書斎をのぞこうと思ったのか?」

「違います」飾り気のない部屋を見まわして肩をすくめる。「あなたが思っているほど、わたしはこの部屋に関心はありません」

彼は冷笑するように片方の眉をあげた。「そうは言っても、いまきみはこうしてぼくの部屋にいる」

そのとおりだ。「勝手に申し訳ないけれど、閣下の図書室へ行っていたのよ。お気に障ることはないかと思って」

「それはかまわない。だが、なぜぼくの書斎の前で這いつくばっていたのかという説明にはなっていない」

「どうしてもと言うなら申しあげますけど、この書斎から物音が聞こえてきたの」

公爵は興味を引かれたような表情で、頬に伸びたひげをさすっている。「だから自分で調べてみることにしたのか? 何が見つかると思ったんだ?」

幽霊か情事の現場。だが、そのどちらも口にすることはできなかった。幽霊などと言えば頭がどうかなった思われるだろうし、もう片方は……好色だと思われてしまう。

「わからないわ。でも、その音は……誰かが苦しんでいるように聞こえたのよ」公爵の潤んで血走った目を見て、ようやくわかった。「具合が……悪いの?」


ベスの察しがよすぎるのが、アレックスは気に入らなかった。自分が悪夢にうなされていることは秘密にしておきたかったのだ。誰に対しても。それには理由があった。ときおり、汗びっしょりになって目覚めることがある。顔が濡れているときもあった。それはつまり……夢を見ながら泣いているのだ。これは紳士クラブで言いふらされたい話ではない。そしてベスから同情されるなど、もってのほかだ。

彼は最高に魅力的な笑顔を作って身を乗り出すと、何も隠し事はないとばかりに両腕を広げた。「ぼくが苦しんでいるように見えるか?」

彼女はつばをのみこみ、アレックスの全身を探るように見た。「出血はしていないようね。ひとまず安心だわ」

「もちろんだ。けがなどしていない」

ベスが眉間にしわを寄せる。「ということは、気分が悪いのかしら。熱はあるの?」

「看護婦さんごっこをしたいのかい、ミス・レイシー?」ぜひとも彼女に看病されてみたい。頬を上気させ、髪が肩にかかり、そして裸足でいる姿は、まるでボッティチェリの絵画から抜け出してきたかのようだ。その美しさは恐ろしい悪夢や、命を狙われていることなどを忘れさせてくれる。彼女の体のくびれを包んでいるつややかなシルクのガウンを見つめていると、自分の名前さえ思い出すのが難しくなるほどだ。

「いいえ。わたしはコンパニオンの役割だけでじゅうぶんよ」ベスが冷たくあしらう。「いずれにしても、あなたはこれ以上ないほど元気だわ。健康な体の見本みたいに」

「もし、きみがもっと詳しく調べたいのなら……」意味深にほほえんだ。「ぼくに異存はないよ」

「そんな必要はありません」

「では、何も問題ないわけだ。心配する必要もない」自分の言葉に説得力があるように祈りながら、アレックスは書斎全体を指し示した。

「たしかにそう見えるわ」ベスが眉根を寄せる。「でも、わたしにはうめき声が聞こえたの。苦しんでいるようなうめきが」

なんてことだ。彼女は引きさがらない。「声が聞こえたような気がしただけじゃないのか？もう夜も遅い。何か勘違いしたんだろう」アレックスは肩をすくめた。

「違うわ」ベスが反論する。「ちゃんと聞いたのよ」

「本当に？」机から離れ、わざとゆっくり彼女のまわりを歩きはじめた。「いろいろな種類のうめき声があるんだよ、ミス・レイシー。苦痛から出る声……そして快感から。そのふたつは驚くほど似ている」

ベスが大きく目を見開いた。「わたしはうめき声の専門家ではないから。でも、おっしゃ

ると おりだと思うわ、閣下」

「アレックスと呼んでくれ。そして同意などいらない」

「どういう意味?」彼女が頭をあげると波打つ髪が流れ、華奢な首筋があらわになった。

「ぼくの言葉に納得する必要などない。快感から出るうめき声というのは、経験するべきものだからね。自分自身で」

12

公爵はこういうふざけた言葉を舞踏場、パブ、寝室や居間といったあらゆる場所でささやいているのだろう。数えきれないほど多くの女性が、同じ言葉を聞かされているのは容易に想像がついた。

実際には、そんなせりふは大笑いしてしまうほど滑稽なはずだ。もし普通に呼吸ができるくらいに冷静であれば。

公爵の言い方が水の流れのように自然で、あまりにも現実味を帯びているので、一笑に付すのは難しかった。

ベスは腕組みをして、彼の申し出――そう呼べるのだとしたら――を思案しているふりをした。「わたしが何を考えているか知りたい？」

公爵は彼女の背後に来ると、体を寄せてきた。接触はしていないものの、あたたかい息が首筋にかかるのが感じられる。「教えてくれ」彼がささやいた。

鼓動が静まるように願いながら公爵に向き合う。「あなたはわたしの注意をそらそうとしているのね」

彼の視線がベスの唇に注がれた。「何から?」

「あなたは何か隠しているわ。わたしが前を通りかかったとき、この部屋の中で本当は何が起こっていたか、わたしに言いたくないのよ」

「悪いことや、取りたてて面白いことではないというのはたしかだ」公爵は言った。「それは本当だよ」

「秘密を持つのはあなたの自由だわ、閣下。わたしに——おばあ様のコンパニオンなどに打ち明ける義務はないのよ。あなたが何を内密にしようとしていても」

「それを聞いて安心した」彼が静かに笑った。ベスの血を熱くするような、低く深みのある声だ。

少しのあいだ、どちらも黙りこんでいた。やがて彼女は口を開いた。「とはいえ、興味があることは認めるわ」

公爵がベスの肩にかかる長い巻き毛に触れ、やさしく指でもてあそんだ。

「いいかい、興味を持つのはけっして悪いことではないんだ」もしその言葉に彼女を牽制《けんせい》するような響きがなかったら、意味ありげに見つめる視線から、公爵の意図は明白になっていただろう。

ベスは喉の奥で息が詰まりそうだった。透けるように薄い綿の寝間着とガウンの下で胸の先端がかたくなり、足のつま先は丸まっている。目を縁取る濃いまつげや顎に少し伸びたひげ、シャツの首元からのぞく胸毛が見えるほど近くに公爵が立っていた。

　正直に言うと、ベスはたしかに興味があった。彼に対して。祖母を遠くへ追い払いたいと思う一方で、深い愛情を抱いている人。ヴォクソール・ガーデンズで勝手にみなから離れたことでベスを叱りながらも、花火の下で手を握ってきた男性。そして、ロンドンでもっとも美しい女性たちを喜ばせていると噂されながらも、有名な壁の花——ベスを誘惑しようとしている色男。

　さらにもっと正直に言えば、彼女の興味はもう少し別のところ、つまり公爵のシャツの下にあった。

　ああ、神様。ベスはばかなことをしようとしていたが、好奇心で頭がいっぱいで、冷静には考えられなかった。公爵と視線を絡ませたまま、手のひらで筋肉質のかたい胸に触れる。手の下で彼の筋肉がこわばり、鼓動が速くなるのがわかった。ベスも彼を動揺させられるという証拠だ。

「きみは眠れないと言っていたね」公爵がしゃがれた声で言う。「ぼくはよく寝られる方法をふたつ知っているんだ」

「当ててみるわ」指先が彼の胸を覆っている薄くなめらかな生地に触れながらも、普通に言葉が出ることに驚いてしまう。「まずひとつはブランデーね」

「そのとおり」公爵は彼女の髪に手を入れ、首のうしろをやさしく撫でた。「もうひとつはなんだと思う？」

「そうね。ヤナギ《ウィロー》の樹皮《バーク》のお茶？」ああ、脚がいまにも立っていられなくなりそうだ。

「全然違う」彼が小さな声で言う。「これだよ」

公爵は腕をベスのウエストにまわし、強く引き寄せた。それから唇を重ねる。彼と触れ合っている肌がぞくぞくした。触れていない部分までも。思わず指で公爵のシャツをつかむ。まるで必死にすがりつくように。

これはベスがずっと心待ちにしていたキスだった。それは実際にやってみて、はじめてわかった。

部屋中のすべてがまわり、傾き、滑り落ちていくような感覚だ。公爵以外のすべてが。彼だけは強く、揺るぎなく、ベスを求めるように抱きしめている。彼女を欲しているのだ。彼のあたたかい唇が、ベスの口角をくすぐるように触れてくる。少し伸びたひげが肌を軽くこする感触に刺激された。唇を開くと、公爵がさらに深く口づける。彼女をむさぼり尽くすかのように、舌が口をまさぐってきた。

ロンドンでもっとも有名な色男の腕に抱かれているなんて、くらくらしてしまう。こうしてキスをするまでは、知的な若い女性たちが彼と一夜を過ごし、自ら評判を落とすのが理解できなかった。けれども公爵の指が髪をまさぐり、唇が首筋を這うのを感じていると、彼女たちの気持ちがよくわかる。

分別を捨てて、完全に彼に身をゆだねるのは簡単なのだろう。

でも、ベスはそこまで許すつもりはなかった。キスだけで満足だ。そして愛撫を少し。できれば彼の胸も見てみたい。

大きな手を彼女のヒップにあてがいながら、公爵がゆっくりと歩を進めた。ベスの肩甲骨が、閉まっている書斎のドアにぶつかる。不自然な感じがしたけれど、それも彼がベスにぐっと体を押しつけるまでのことだった。

ドアを背にして体はそれ以上動けなかったが、手は自由だった。彼女は公爵の肩をつかみ、思いきって首に手を伸ばした。彼の素肌だ。そのあいだもずっと、公爵の世界の中心にいるのはベスだけであるかのように、彼はキスを続けていた。

そんなことはないと頭ではわかっていても、そう思うだけで心が酔いしれてしまう。

「ベス」公爵がささやく。「やめろと言ってくれ。そうしないと……」

そうするべきなのだ。いえ、もっと早く言うべきだったのは間違いない。けれど、この夢が終わってほしくなかった。

しかもベスの好奇心はいつも理性を負かしてしまう。彼女は公爵のシャツの下に手を入れて、厚い胸板をうっすらと覆っている毛を撫でた。そしてもっと激しく彼にキスをする。

公爵もそれに応え、ふたりの情熱は新たな段階へと進んだ。さらにキスを深めながら彼が腰を押しつけ、下腹部のこわばりを感じさせる。欲望を隠そうともせずにベスのガウンをはだけて手を差し入れ、薄い寝間着の上から胸を包みこんで、先端をもてあそんだ。

たまらない。痛いほどのうずきが体を貫いて芯が熱くなる。これまで男性にキスを許したことはなかったし、まして胸を愛撫されたことなど一度もない。きっと真夜中という時間のせいで、夢見心地になっているのだろう。守るべき礼節や人生の教訓話といったあれこれを忘れてしまっていた。

あるいは、公爵と彼の危険なまでに熟練した口のせいかもしれない。

うしろにドアがあるのをありがたく思いながら、ベスは背中をそらしてこの瞬間に身を任せた。強く、美しく、冷酷な公爵をひとりじめしているという、夢のようなひとときに。

背後に伸ばされた手がヒップにあてがわれ、ドアにもたれたまま体を持ちあげられた。腿のあいだにぐっと押しこまれた公爵の腿が動き、ベスはさらに先へ進みたくてたまらなくなった。

なんてこと、もっと欲しいと感じるなんて。

心に抱いた願いが聞こえたかのように、彼が寝間着の裾を持ちあげて脚を愛撫する。

ベスはうめき声をあげた。

公爵がキスをやめて、ベスと額を合わせた。全速力で走ったあとのように息をはずませながら、彼女の目をのぞきこむ。「これできみも、快感から出るうめき声を経験できたな」勝ち誇ったような口ぶりだ。

彼にとって、これはゲームなのだろう。挑戦したいと思っただけだ。深い意味はない。けれどもベスには……膝が震えて立っていられなくなるような、まったく新しい世界への入口だった。

「よかったかい？」傷つきやすい心を感じさせるような、意外な声だった。

「ええ」気の利いた返答をできればと願ったものの、口をついて出たのは本心だ。

「ぼくもだ」口元をゆがめてにやりとした顔は、ベスを完全にとろけさせた。

でも、彼を味わうのは……これではまだ足りない。自分でも意外なほどの大胆さで、ベスは公爵のシャツをズボンから引っ張り出し、その下に手を差し入れた。手のひらで腹部から上半身の張りつめた筋肉を撫でていると、口が乾いてきた。「脱がせたいわ」シャツを胸までまくりながら言う。

「だめだ」手を払いのけられて、ベスは息をのんだ。

平手打ちを受けたように感じ、公爵の腕から飛び出して数歩離れた。体を切り刻まれるようだ。恥ずかしさがこみあげてくる。こういう経験ははじめてとはいえ、状況を考えると彼女の行為は自然なものに思えたのだけれど。

「すまない」公爵は言った。「きみは何も悪くない。ただ……」首のうしろに手をやってシャツの襟元を整えながら、小声で悪態をつく。

その姿を見て、ベスは思い出した。傷。彼は傷を見られたくないのだ。

衝撃は薄らいできたものの、完全には消えない。愛を交わす女性たちの前では、公爵だってシャツを脱ぐはずだ。ということは、ベスに対してはまだそこまで自分をさらけ出したくないと思っているのだろう。

「わかったわ」その声は冷たかった。「実際、ここでやめにしたのは正しいのよ。あなたにお礼を言わなくては」

「ベス」公爵が彼女の手を取った。「そんなことはしないでくれ」

彼女は手を引いた。「わたしは何もしていないわ」理性をかき集める以外のことは何もしていない。

「怒っているんだな。ぼくに説明させてほしい」

「わたしが怒りを覚えているのは自分自身に対してよ。あんなふうにわれを忘れるべきではなかったわ」真夜中という時間が呪わしい。抱くべきではない欲望のせいだ。

「ぼくたちはふたりとも、われを忘れてしまったんだよ」彼が言う。

「あなたもわたしも、今夜のことを忘れられるとは思えない」明朝、気まずさに顔を赤らめたりせず、公爵や夫人と一緒に朝食の席についているところを想像してみた。

「なぜ忘れなければならないんだ？」彼が大きく息をついた。「ぼくは忘れたくない」

その力強い言葉にベスの体がうずいた。ロンドン中の女性の半数が、お気に入りの真珠のネックレスと交換してでも彼と一夜をともにしたくなる気持ちがわかる。

はだけたガウンの前を合わせて、ベルトをしっかりと結んだ。「それぞれの役割――公爵とその祖母のコンパニオンであることを考えると、わたしたちは単なる顔見知りでいるのがいちばんいいと思うわ」

「顔見知り」彼が信じられないという声で繰り返す。

「ええ。互いに友好的で普通に接するの。これまでみたいに」

「なるほど」シカを追いつめる猟師のように、公爵が一歩近づいてくる。「では、礼儀正しくきみの家族について質問したり、天気について意味のない会話をしたりするのか？　きみの唇に口づけしたり、抱きしめたりしたことなどなかったかのように――」

「もう遅いわ」暖炉の上の時計を見て、ベスは言った。夫人は早起きだ。あと三時間もすれば夜が明ける。「行かなくては」

「引き止めはしない。きみがきちんと睡眠を取ってから、この問題についてもう一度話し合おう」

もう何も話し合うことなどない。けれども公爵がベスを出口まで促し、ドアを細く開けて廊下の様子を確認するあいだも、彼女は反論しなかった。彼はドアを開けて廊下に出ると、しゃがみこんでベスが落としたランプと本を拾ってくれた。

「これはきみのだな」その口調は彼女の心が傷ついてしまうほど、あまりにも普通だった。本とランプを渡そうとしたとき、公爵が本の題名に目をやった。『神話の幻獣』か」感心したように言う。「図書室にある数多くの本の中から、九つの頭を持つ海蛇やひとつ目の巨人の本を選ぶとはね」

ベスはあわてて本を脇にはさむと、言い訳をしなくてはという衝動に駆られた。

「怪物たちに同情を覚えるの。彼らは自ら進んで迷宮をさまよったり、人を石に変えたりしたいわけではないと思うから。なのに、人間や神格化された人たちはみな、そんなかわいそうな怪物を退治することを使命としているのよ」

公爵は戸枠にもたれ、感心と驚きの表情で彼女を見ていた。「では女神様、きみがミノタウロスに同情を示すのであれば、ぼくにも望みがあるということだな」

「おやすみなさい、閣下」ベスはきっぱりとそう言って、まるで生贄《いけにえ》にされた乙女がその運命から逃れようとするかのごとく、足早に書斎から逃げ出した。

低く、あたたかな笑い声が彼女を追いかけてくる。「おやすみ、ベス。ぐっすり眠るといい」

13

「ニュートンと対戦するというのは本気なのか？」ダービーは信じられないようだ。「きみを殺そうとしている犯人は彼だと目星をつけている状況で、賢明な選択だとは思えない。ぼくを相手にスパーリングすればいいだろう」

アレックスは歯を使いながら、手に巻きつけている布をきつく締めた。「ぼくにはふさわしい対戦相手が必要なんだ」

ダービーがアレックスの胸を軽く押す。「ぼくでは物足りないと？　きみはいやみなやつだな、わかっているか？」

「ああ、きみが何度も教えてくれるからね」

〈ジャクソンズ・ボクシング・サロン〉の熱気にあふれる部屋の反対端では、ニュートンが頭を振りながら、ジャブを繰り出す練習をしている。アレックスにパンチを叩きこむのを待ちきれないようだ。

「歯の二、三本くらい折られるかもしれないぞ」ダービーが腰に手を当てて言う。「ニュートンはいやらしいアッパーカットを打ってくるから、顔をしっかり守れよ」

「わかった」アレックスは腕を振り広げながらリングにあがった。ニュートンも同じようにあがり、ふたりは探り合うように小刻みに動きはじめた。アレックスより少し年上の子爵はボクシングには自信があり、週に三回は練習に来ている。胸板は厚いが細身で、アレックスよりも五センチほど背が高い。

とはいえ、ニュートンに勝算があるとすれば、それは怒りを抱いていることにあった。彼の妻はアレックスと情熱的な関係を持ったという噂を自ら流していて、社交界ではそのまま受け入れられている。アレックスが否定したところで、誰も信じないだろう。

今日の試合はニュートンの面目を保つために行われるようなものだ。もし彼がアレックスの鼻の骨を折ったり、肋骨《ろっこつ》に数本ひびを入れたりすることができれば、男らしく敵を討ったことになる。上流階級の人々に対しては、それでじゅうぶんに名誉が回復できるのだ。

アレックスは肩をうしろにぐるぐるとまわし、両方の拳を打ち合わせた。彼にも戦う理由があった。第一に、ロスコーの手がベスの腕をつかんでいた昨夜の光景が頭から離れない。あの男を地面に押し倒したくらいでは、うぬぼれた顔に拳を食らわせるほどの満足感は得られなかった。ロスコーを叩きのめせないのなら、誰か別の男を打つまでだ。

第二に、アレックスは自分自身に憤っていた。自尊心が邪魔をして、ベスとの情熱的な展開に水を差してしまった。上半身裸の男たちがあふれるこの場にあってさえ、彼はシャツを着たままだ。傷自体をそれほど気にしているわけではない。その傷が意味すること――両親、あたたかな家庭、そして幸せな子ども時代を失ったこと――のほうが大きかった。引きつれて変色した皮膚を人目にさらすのは、まるで彼が喪失したものを露呈するように感じられるのだ。同情されるなど、誰からもごめんだった。

第三の、おそらくもっとも重要な理由は、打ち合いを通してニュートンがアレックスを殺害しようとしている犯人かどうか確かめることだった。この子爵が毒を盛ったり、馬車に細工したりしたことを自ら認めるとは思えない。だが対戦で熱くなると気持ちが高ぶって、思わず本音が口からついて出るかもしれない。アレックスは激しい試合になるのを期待していた。血に飢えた戦いになれば、なおいいだろう。

レフェリーがルール——ラウンドとラウンドのあいだには三〇秒空け、ベルトの位置から下は打たない——を再確認している中、アレックスがニュートンの目をのぞきこむと、そこには憎しみが燃えたぎっていた。息苦しくなるほどの熱気に包まれているにもかかわらず、アレックスはうなじの毛が逆立つような寒けを感じた。

試合開始の合図が出るやいなや、拳が飛び交った。アレックスの右手がニュートンの頬に届くのと同時に、ニュートンの拳がアレックスの腹部に命中して息ができなくなった。

体をふたつに折ってあえぎながら、ニュートンから離れる。油断した。倒されたくなければ、もっと集中しなくては。

次の連打はかわしつつ、ニュートンの顎にパンチを命中させた。彼は口の端から血を流し、床の上につばを吐いた。「完全に一線を越えているぞ、ブラックシャー」息をあえがせている。「ただではすまないからな」

「どんな一線を越えたのかわからないね」アレックスは言い返した。

「わからないわけがないだろう」ニュートンの左フックが耳に当たったので、耳鳴りがした。くそっ。

頭を振って意識をはっきりさせると、アレックスは右にフェイントをかけて身をかがめ、ニュートンの力強いフックをぎりぎりのところでかわすことができた。

体を起こしたアレックスは相手の顎めがけてまっすぐに拳を叩きこみ、ニュートンはふっ飛ばされて床に転がった。

「このラウンドは終了だ」レフェリーが宣言した。ニュートンの友人が彼を部屋の隅まで引きずっていき、頭から水をかけた。まだぼうっとしているようだが、顔は怒りにゆがんでいる。

反対側でアレックスはひしゃくで水をがぶ飲みし、ダービーが放ってくれたタオルで額を拭いた。

「やつは報復を考えているぞ」ダービーが忠告する。「できるだけパンチを避け続けて、相手を疲れさせるんだ。彼の拳が顔に当たったら、すぐに逃げろ」

「いや、やつのほうを先に退散させてやる」とはいえ、ダービーの言うことが正しい。アレックスは落ち着いて、攻撃の瞬間を見極めるべきだった。

「第二ラウンド!」レフェリーが叫び、両者が用心深くリングの中心に出てきた。ニュートンの顎が腫れはじめている。アレックスの耳は火がついたように熱いが、その痛みのせいで、かえって集中力が研ぎ澄まされていた。

「これからは」ニュートンが言う。「自分の所有物でないものには手を出すな」

アレックスは左右の足に交互に体重を移動させ、相手がどこから打ってきてもよけられるようにしていた。「紳士クラブできみの新聞を読んだことを言っているのか？」

ニュートンが悪態をついて頭を狙ってきたが、間一髪でよけられた。

「ふざけているのか？」ニュートンの顎からは血が流れている。「代償も払わずに、誰とでもベッドへ行けると思いあがっているんだろう」

「それは違う」飛んでくるであろうパンチをかわすために拳をあげる。「ぼくからはベッドに連れこんだりしない……相手が望むんだ」

「なんと……いまいましい……ろくでなしだ！」ニュートンはアレックスが予測していたように頭を狙ってはこなかった。その代わりに足をあげ、ブーツのかかとでまっすぐ膝を蹴りつけた。

アレックスは床に倒れこんだ。痛みが膝から脚全体に広がる。ダービーがニュートンに食ってかかり、ベルトから下を攻撃するのは反則だと叫んでいる。ニュートンの仲間が反撃しようとダービーを取り囲んだ。騒ぎたてる男たちに向かって、レフェリーがリングから離れるように叫ぶ。

痛めつけられた膝を抱えながら床に倒れて身もだえしているうちに、アレックスの視界がかすんできた。そこへ頭の上にニュートンのゆがんだ顔が現れた。

「もっとひどいことになっていたかもしれないんだぞ、ブラックシャー」ニュートンがつばを吐く。「まだ死んでいないだけ幸運だと思え」

アレックスはうめいた。ニュートンが彼の死を望んでいるのは間違いない。

だがこの子爵がこれまでの殺害計画をくわだてた犯人なのかどうか、いまだに確信が持てなかった。

こんなに膝が痛くてはどうすることもできない。この瞬間にアレックスが望んでいるものは、ベッドと強い酒だった。

ベスは午前中、ブラックシャー公爵と顔を合わせずにすんでいる幸運に感謝していた。三時間しか寝られなかったので、神経はすり減り、感情は高ぶっている。もし朝に――ふたりの熱い密会のほぼ直後に――彼を見かけていたら、髪の生え際まで顔が赤くなってしまい、何かいけないことが起こったとすぐ夫人に感づかれていただろう。

そう、いけないことだ。ベスは無意識に指で唇に触れていた。公爵とキスをしたせいで、まだ少し腫れている。キスを許すなんて、頭がどうかしていたに違いない。さらに自分からも求めるなんて、もっとひどい。彼の魅力の餌食になった大勢の女性たちのひとりに加わってしまったと思うと、自分自身を蹴りたくなった。公爵のお相手たちは彼の愛人のひとりに数えられるのがうれしいという噂だったけれど、ベスには関係なかった。彼女はそんな女性ではないからだ。

それとも同じだろうか？　自分はもっと強い人間だと思っていた。賢くて自制心があると。でも、結局のところは彼女もほかの女性たちと同じように弱いのだ。公爵の腕の中で、身も心もとろけてしまっていたのだから。

これで午後になってからベスがずっと、公爵はいったいどこへ行ったのか、彼女を避けようとしているのだろうかと思案しどおしだったことの説明がつく。彼の魅力的な笑顔を探してそこら中に目を配り、夫人と一緒にくつろいでいる客間の入口にあの広い肩が現れはしないかと心待ちにしていた。

雨が窓に当たる音を聞きながら、夫人はヴォクソール・ガーデンズでの胸躍る思い出にひたって、午後のお茶を飲んでいる。この雨模様とあたたかい紅茶とシナモンのスコーンでお腹がいっぱいのベスは眠気を感じていたのだが、夫人は活力にあふれていた。

「アレクサンダーに何か特別なことをしてあげたいわ」うれしそうな声で言う。「わたくしのような老人を大切にしてくれるお礼をしたいのよ」

「閣下は夫人に喜んでもらうのがうれしいみたいですよ」ベスは言った。もちろん彼女が公爵に祖母の言うことを聞くようにさせているのだけれど、夫人がそんなことを知る必要はない。傷つくだけだ。

「いいことを思いついたの」この部屋にいるのはふたりだけなのに、夫人は声をひそめて言った。「あなたも聞きたい？」

「もちろんですわ」公爵が好きなデザートでも用意させるのだろう。あるいは彼のハンカチに刺繡《ししゅう》をするか。

夫人は眼鏡の位置を直し、ベスのほうへ身を乗り出した。「あの子の書斎を改装してあげようと思うの。すばらしい考えでしょう?」

ベスは思わず目をぱちくりさせた。「閣下はびっくりなさるでしょうね」彼がその案を喜ぶとは思えないけれど。

「アレクサンダーは書斎で仕事をするから、あの部屋で長い時間を過ごしているでしょう。なのに、もう何十年も同じ内装のままなのよ。もっと豪華な家具を入れて、新しい装飾にしてあげないと」

やれやれ。公爵は書斎に関しては人から余計なことをされたくないだろう。もし新しくするにしても、祖母の趣味と大きく異なるのはたしかだ。「すてきな考えですわね。ただ、わたしは――」

「あなたも自分の目であの子の書斎がどれほど質素か確かめれば、わたくしがこれほどまでに言うのがわかるはずよ」夫人はティーカップを受け皿に置いて立ちあがった。「ついていらっしゃい、エリザベス」

すでに書斎は見たことがあると告げるのは賢明ではないとベスにはわかっていた。しかも一度ではない。あえて言うなら、昨夜の薄暗い光の中で目にした限りでは、調度品の様子まではよくわからなかった。それに、まわりに目を配っている余裕などなかったのだ。

夫人は国王からの使命を託されたかのように廊下を闊歩《かっぽ》していく。書斎に着くと、公爵の領域に立ち入るのもためらわないようだった。ドアを開け、擦り切れたオービュッソン織の絨毯《じゅうたん》の真ん中まで歩いていった。部屋を見まわして舌を鳴らす。

ベスはあとについて入りながら、ドアを背にしてキスをした記憶を断固として追い払おうとした。熱くなった頬に赤みが差していないことを祈る。部屋の中を客観的な目で見ようと努めた。人が頻繁に使っている部屋だという雰囲気が感じられるけれど、これは公爵の趣味なのだろう。「それほどひどいとは思いませんが」あえて言ってみた。

夫人は愕然《がくぜん》とした様子で、胸を手で押さえている。「机には水のしみがついているわ。椅子に張ってある革は色があせて、ひびが入っているし。壁紙は二〇〇年前のウィリアム三世の頃に流行った柄よ。なんて恥ずかしい」

「何が恥ずかしいんですか？」公爵のよく通る声が響いてきた。

驚いたベスは、彼の顔を見る前に落ち着こうとして大きく深呼吸した。

「アレクサンダー！」夫人が叫ぶ。「いったいどうしたの？　まるで戦場から戻ってきたみたいよ！」

ベスがどきどきしながら振り返ると、ダーバーヴィル卿の肩に腕をまわしている公爵がいた。片方の頬に傷を負い、左脚をかばいながら立っている。その足にはブーツも履いていない。すぐに駆け寄ってけがの詳細を調べたいという衝動を、彼女は懸命に抑えた。

「こんにちは、おばあ様、ミス・レイシー」公爵が礼儀正しくお辞儀をする。「なぜぼくの書斎に集まっているのか、説明してもらえませんか？　最近こういうことが多くて」彼はベスに澄ました顔を向けたが、彼女は無視した。

「わたくしの質問をはぐらかすんじゃありません」夫人がつんと顔をあげる。「説明してちょうだい」

公爵はダーバーヴィル卿から離れると、足を引きずって手近な椅子まで行き、どすんと腰をおろした。「今日は〈ジャクソンズ・ボクシング・サロン〉でスパーリングをしてきたんですよ。でも、心配する必要はありません。死ぬわけではありませんから。まだね」包帯が巻かれた脚を伸ばして顔をしかめる。「ダービー、酒を注いでくれないか」

ダーバーヴィル卿がサイドボードへ行った。夫人が腰に手を当てて言う。「ボクシングは健康を保つためにやるものだと思っていたわ。そうではなくて、男性が野蛮人のようなふるまいをする言い訳に使われているようね」

「おっしゃるとおりですよ」ダーバーヴィル卿が公爵にブランデーのグラスを渡しながら言った。それから夫人とベスに説明する。「ニュートン卿が試合のルールを破ったんです」

「おばあ様は、そんなむさくるしい話になど興味はないよ」公爵が言い放った。

たしかにそうかもしれないけれど、ベスはもっと知りたかった。

「誰が膝の手当てをしたの？」夫人が批判的な目で包帯の巻かれた脚を見ている。

「偶然にも医者がサロンでトレーニングをしていましてね。彼が包帯を巻いたほうがいいと言ったんです」

「そのお医者様の診断は？」夫人が問いただした。ベスもまさに聞きたかったことだ。

公爵はブランデーをゆっくりと喉に送りながら肩をすくめた。「こうして生きています」

しばらくのあいだ、夫人は何も言わなかった。それから目尻にしわが寄るほど大きな笑みを浮かべた。「そう、これからも生きていくのなら、書斎の内装を新しくしたいと思うでしょうね」

14

ブラックシャー公爵は両方の眉をつりあげた。「なんですって?」

「エリザベスにこの部屋の内装を変える計画を話していたところなのよ。もちろん、あなたの許可を得てからね」夫人がやさしくほほえむ。

「とてもありがたいお話ですね」公爵は慎重だ。「ですが、この部屋が気に入っているんですよ。いまのままで」

「そうは言ってもね……」夫人の顔がゆがむ。「あなたのような地位の男性にはそぐわないわ」

「この書斎がぼくに似合っているのはたしかです。必要のないことに金と努力を費やすなんて無意味ですよ」

夫人が気を落としているのが手に取るようにわかった。「改装してあげたかったのよ」とても残念そうだ。「あなたのためにね。だけどそれほど反対するのなら、あなたの意志を尊重するわ」

ベスは夫人の心が打ち砕かれるのを目にして忍びなかったが、断った公爵を責めることもできない。書斎は彼の要塞なのだ。男性らしさと権力を象徴する砦《とりで》。いくら祖母でも、花柄やひらひらした装飾を施そうとするのは許されない。

けれど、もしも——。

書斎の改装を夫人のふたつ目の望みにすれば、公爵も許すかもしれない。ベスは提案してみることにした。

「閣下」愛想のいい声を出す。「けがをした脚をのせられるように、オットマンを持ってきましょうか？」

彼は何かを警戒するかのように部屋の中を見まわした。「この書斎にはオットマンはないが」

「では、スツールはどうでしょう？」ベスは無邪気にきいた。

「ここにはスツールもないよ、ミス・レイシー」彼女の意図をいぶかるように、公爵が歯をきしらせて言う。

「オットマンもスツールもないんですか？　お気の毒ですわね。書斎の改装を許して、おばあ様の〝望み〟をかなえて差しあげれば、すぐに不便も解消されるのではないかしら」

ベスの言わんとすることはわかったという目をして、彼がうなずいた。「オットマンがあれば便利だし、入れ替えたほうがいい家具もいくつかある。一日か二日、考えさせてください」

「まあ、ありがとう、アレクサンダー！」まるで公爵から全権をゆだねられたかのように、夫人が喜びの声をあげた。「約束するわ、けっして後悔はさせないから」

彼は反論しようとしたが、仕方ないという表情で祖母に向かってほほえんだ。その光景に、ベスは胸が熱くなった。

「そういえば」彼女は言った。「客間に小さなスツールがあったと思います。すぐにお持ちしますね」

「その必要はない」公爵はそう応えたものの、彼が痛みに口元をゆがめる様子を目にすると、ベスは何かしてあげたいという気持ちに駆られた。

「気になさらないで」

「ぼくが取ってこよう、ミス・レイシー」ダーバーヴィル卿が礼儀正しく申し出た。けれどもベスはすでにドアのほうへ駆けだしていたので、振り返って肩越しに言った。

「すぐに戻ってきますわ」

廊下に出てひとりになると、壁にもたれて目を閉じた。少しのあいだ、誰にも邪魔されずに鼓動を静める必要がある。昨夜の出来事が生々しくよみがえってきた。この瞬間にも、公爵のたくましい体が押しつけられる感触を思い出すことができる。キスの味や、濃いまつげに縁取られた目がじっと見つめる熱を感じられる。

さまざまな思いを振り払うと、客間へ行って、分厚い詰め物が施された小さな足のせ台《フットスツール》を選んだ。

それを腰で支えながら脇に抱えて、ゆっくりと書斎へ戻る。いまでは書斎のことを、心の中でひそかに〝魅惑の舞台〟と呼んでいた。ベスが魅力で惑わしているほうなのか、惑わされているのかはよくわからない。おそらく、その両方なのだろう。ひとつだけたしかなのは、自分はもう昨日までの女性とは違うということだ。

公爵がベスに及ぼしている影響について自覚するようなことがあっては困る。彼はいつでも高慢なのだ。公爵にただ見つめられるだけで彼女の肌がぞくぞくするとわかったら……同じ屋根の下で暮らしていけない。それでなくとも、彼の影響力は大きいのだから。

大きく深呼吸をして、控えめなほほえみを浮かべると、ベスはフットスツールを持って書斎に入っていった。「お待たせしました」戻ったことを告げたが、何かがおかしい。

眉をひそめて室内を見まわす。公爵以外の人たちの姿が見えない。「みなさんはどちらへ?」

「ダービーは帰った」

「あなたのおばあ様は?」

「昼寝をすると言って出ていったよ」公爵がそっけなく言う。「だが、ぼくの書斎を飾りたてる装飾品を探すために、『レディース・マガジン』でもめくっているんだろう」

なんてこと。昨夜の出来事からベスが何かを学んだとすれば、公爵とふたりきりになってはいけないということだ。そそくさとスツールを彼の座っている革製の椅子の前に置くと、用事はすんだとばかりに言う。「では、どうぞおひとりでゆっくりなさって。そうすれば……早く治るでしょう」

「座りたまえ」公爵が命じる。

ベスは腕組みをした。「わたしはあなたからの命令は受けないわ、閣下」

「なぜ臆病者のようにふるまうんだ？」彼は挑戦的だ。いらだちを見せるよりも巧妙だった。

「おっしゃる意味がわからないわ。あなたのためにフットスツールを取りに行ったのに、わたしを臆病者呼ばわりするなんて。独特の言いまわしで感謝を表すのね」

「きみの心遣いはとてもありがたいと思っている」公爵は健常な脚を伸ばしてスツールを自分のほうへ寄せると、両腕を椅子の肘掛けで支えながら、けがをしたほうの脚をあげた。

「お手伝いしますわ」頭で考えるよりも先に、一方の手で彼のかたい腿を、もう片方の手で脛《すね》を抱えていた。書斎の気温が一〇度はあがったように感じられる。ああ、神様。

公爵の目は見ないようにして立ちあがる。「大丈夫ですか？」

「ああ、ありがとう」彼は楽しんでいる様子を隠そうとしなかった。「さあ、座ってくれ」

「あなたは人並み外れて失礼ね」ベスは顔をあげて抗議した。

「話し合うあいだずっと立っていたいのなら、そうしたまえ」彼が肩をすくめる。

大きく息を吐き出して椅子を探したが、公爵に向かい合って置いてあるものはない。

「もうひとつ椅子を動かさなければいけないのね。この午後だけでふたつ目だわ」ベスは当てこするように言った。

「ぼくの膝に座ればいい」公爵がいたずらっぽく笑うのを目にすると、困ったことに下腹部に震えが走った。

「けがをして、すっかり参っているのかと思っていたけれど」冷たい声を出した。「みだらな行為をする気は失せていないようで安心したわ」

「問題ない。もしきみが確かめてみたいというのなら――」

「話し合うって、何をですの、閣下？」

彼は引きしまった腹部の上で手を組み合わせている。「まずはぼくの書斎について。祖母に自由に改装されるのはごめんだ」

ベスは顎をつんとあげた。「それなら、むやみに期待させるべきではなかったわ」

「もし祖母の言うとおりにしたら、ぼくの書斎は女性用の居間みたいになってしまう」

「それは恐ろしいこと」嫌味をこめて言う。「かわいらしいレースや羽根飾りを恐れているなんて言いださないでね。そんなものは平気なくらい、断固として男らしいのかと思っていたわ」

「もちろん男らしいさ」公爵は太い眉を片方つりあげた。「披露しようか？」

「遠慮しておきます」そっけなくあしらった。「正直に言って、夫人があなたの書斎の改装を手がけることの何が問題なの？」

なぜわからないのだという表情で、彼は目をしばたたいた。「何が問題かって？　ぼくの机を取り換えようとしていることだよ。それに大切な絵も」

「それがそんなにひどいこと？　夫人の趣味は申し分ないわ。あなたにぴったりのものを選んでくださるでしょう」

「きみはわかっていない。この机には、ぼくが父と隠れんぼをして遊んだ思い出が詰まっているんだ。父は表からは見えないところに、ぼくのイニシャルを彫らせてくれた」

まあ。ベスも両親との思い出の品を大切にしている。「その机は残すようにしなければいけないわね」

「そして、この絵は」彼は曲がりくねった緑色の川と不格好な馬が描かれた趣味の悪い風景画を指し示した。「どんな状況下にあっても、動かすことは禁じられている」

「これもご両親のものなの？　それともあなたが子ども時代に描いたとか？」

「このひどい絵を？」公爵は気を悪くしたようだ。「ぼくは芸術家ではないが、目隠しをしながらでも、もっと上手に描けるだろう」

ベスはため息をついた。「では、どうして残しておきたいの？」

「賭けているからだよ。その賭けはいまも進行中だ。ダービーが言った、ぼくがこの絵を一〇年間飾り続けたら一〇ポンドくれると。いまで四年になる」

聞き間違いではないかと思い、彼女は目をぱちくりさせた。「たった一〇ポンドを手に入れるために、嫌いな絵を一〇年間も見続けるというの？」

「そうじゃない」彼はベスが地球上でいちばん頭の鈍い人間であるかのように説明した。「ぼくが嫌いな絵を一〇年間にわたって眺め続けるのは、ダービーとの賭けに勝つためだ」

彼女は頭を傾けて、その風景画をじっくりと見た。もう一度見直せば、よさがわかるかと思いながら。だが、何も変わらない。「妙な形をした馬ね」

「ちゃんと名前があるんだよ。フィリスというんだ」

「わかったわ。お望みなら、フィリスも残しましょう」

たとえわずかながらも、公爵は安心したらしい。「祖母にこの部屋の改装をしてもらうのに同意すれば、ふたつ目の望みをかなえたと見なしてくれるんだね?」

「ええ、夫人の好きにさせてあげる限りは。あなたの書斎をもっとよくするのが楽しみで仕方ないのよ」

公爵が手で顔をこすった。「どうしてもいやな予感がする。代わりにオペラに連れていくというのではだめかな?」

「だめよ! 夫人はもうあなたが同意したと思っているのよ。前言を撤回したら、どれだけがっかりなさるか」

「いいだろう。祖母がこの部屋の内装を一新してもいい。ただし、ひとつ条件がある」

ベスはあきれたように目をぐるりとまわしてみせた。「わかっているわ。フィリスは置いておくんでしょう」

「われわれはすでにフィリスについては合意した。こちらの条件というのは、ぼくが受け入れられるものを祖母に選ばせるように、きみが責任を持つということだ」

ベスは女性らしからぬ態度で鼻を鳴らした。「あなたの趣味なんてわたしは知らないわ。家具についても、美術品や装飾品に関しても。あなたが受け入れるかどうか、どうすればわたしにわかるというの?」

「簡単だ」公爵がこともなげに言う。「ぼくにきけばいい」

ベスの頭の中で警報が鳴り響いた。こうした計画には数多くの意思決定が伴う。いちいち彼に確認を取っていたら、とてつもなく長い時間を一緒に過ごすことになる。しかもふたりきりで。それがいやなのではない。だからこそ危険なのだ。

「書斎の雰囲気を左右する重要なものを選ぶときには、あなたも一緒に決めると夫人に直接おっしゃったら？」彼女は提案した。

「そんなことはできない」公爵が断言する。「何ひとつ祖母と決めるつもりはない。さらには、心をこめて選んでくれた壁紙から絵画、小物やほかのすべてにいたるまで、ぼくの書斎よりも売春宿に置くほうが似合うなんてことを愛する祖母に告げる羽目になるのは絶対にごめんだ」

「それはひどいわ。夫人はけばけばしいものを選んだりしないもの」

彼が疑わしげに眉をひそめた。「祖母が昨日かぶっていたボンネットを見ただろう？　羽根飾りを作るために、異国の鳥が少なくとも二羽は犠牲になっているはずだ」

「あなたが鳥を心配する気持ちは称賛に値するわ」冷たい口調で言う。「でも、書斎が羽根を使った装飾品であふれるという心配は無用よ」

公爵は考えこむように、顎に伸びたひげを撫でた。「もしきみが主張するように祖母の趣味が洗練されているとすれば、きみの仕事は難しくないはずだ。祖母を正しい方向に導くだけなのだから」

ベスはゆっくりと、長い息を吐いた。「その正しい方向を決めるために、こっそりあなたに相談するというわけね？」

「密偵のようにふるまう必要はないさ。ただ、祖母の心遣いに敬意を……」

あきれた表情をしないようにするのが精一杯だった。祖母を田舎へ追い払おうとしている男性が、当人の気持ちを思いやっているのだ。だが、彼の言うことにも一理ある。夫人には孫から信頼されているという印象を持ってもらうほうがいい。それが本当ではないにしても。

「わかったわ」ベスは同意した。「あなたの書斎が破産した紳士クラブのような雰囲気を保ち、女性らしさを加味しないようにするために、努力は惜しまないと約束します」

「すばらしい」公爵が気取った口調で言う。

「問題は解決したようだから、わたしはこれで失礼するわ。ほかには動かしてほしい家具や、外してほしいレースなどないでしょう？」立ちあがり、かわいらしくまばたきをする。

「まだ終わっていないよ」公爵が言った。「昨日の夜のことを話す必要があるだろう」

15

「昨日の夜のこと？」ベスは一瞬で警戒するような目つきになり、首筋を赤くした。「話し合うことなどないわ」

「ぼくにはいくつか思い当たるが」正面に立つ彼女は、この場をすぐに離れたいという表情を浮かべている。くそっ。アレックスは話し合いが苦手だった。しかし、ベスは彼にとってただの戦利品などではないと理解してもらう必要がある。「せめて飲み物くらいはどうだい？」

彼女がゆっくりと息を吐いた。「いいわ」

アレックスは椅子からなんとか立ちあがり、サイドボードのほうへ向かった。膝に体重がかかるたびに悪態をつきそうになるのをこらえる。デカンターからワインを注ぐ頃には、痛みをこらえているせいで冷や汗をかいていた。サイドボードの縁を手で握りしめながら、鼻から何度か大きく深呼吸をする。

ベスがそっとそばに来て、腕に手を置いた。「手伝わせて」

「いまさら遅いよ、と言ったらどうする？」冗談だと思わせるように、なんとか笑顔を作った。実際それは本心だったが。

「そんなの信じないわ」心配そうに唇を噛みながら、彼女はアレックスのウエストに手をまわして椅子のほうへ連れていった。

体を支えてくれるのはありがたいが、それより助かるのは痛みから気をそらしてもらえることだった。巻き毛がはねてアレックスの顔をくすぐり、胸の谷間がまともに見おろせる。

「さあ、どうぞ」ベスには重労働だったらしく、息が切れていた。「脚をぶつけないようにして座れるかしら？」

「もちろんだ」強がりを言った。椅子の肘をつかみ、座面にどさっと体を落とす。

ベスが油断していたのか、彼女の腕がアレックスの体に巻きついていたせいかはわからない。彼に引っ張られるようにして、ベスが腿の上に横向きに座る体勢になってしまった。やわらかなヒップが彼の脚に押しつけられている。

驚きのあまり、ベスは皿のように目を丸くして彼を凝視した。「膝は大丈夫？」

アレックスは一瞬考えた。「ああ、大丈夫だ」欲望のほうが苦痛をうわまわっている。はるかに。

「けがをした膝に当たらないように、気をつけて立ちあがるわね」

「このままでいるのも悪くないんじゃないか？」彼は言った。「ぼくはとても心地いい」

彼女が目を細める。「お医者様に診察してもらったとき、ひょっとしたら、ベッドで安静にするように言われたんじゃないのかしら？」

ベスの髪から漂う柑橘《かんきつ》系の香りとヒップの感触、そして彼女の唇がすぐそばにあることで、アレックスは冷静でいるのが難しかった。なんとか会話の糸口をつかむ。「きみがいま言ったことの中でぼくの頭に残っているのは、ベッドという言葉だけだ。いいかい、きみが心配してくれるのはありがたいと思っている。実際のところ、ぼくの膝は少し腫れているが、骨は折れていない。数日でよくなる」ベスの体を引き寄せて昨夜の続きをしたい気持ちを抑えながら、彼はヒップの丸みに手を置いていた。

「それはよかったわ。でも、わたしの質問に答えていないわよ。ベッドでおとなしく寝ているべきではないの？」

まさにそうするべきなのだ。ぼくはベッドに、そしてベスもその横にいるべきだった。横ではなく、下でも上でもかまわない。だが、全裸でいることは譲れない。

「医者からはそう言われたかもしれないな」

「スポーツと称して人と殴り合ったり、お医者様の指示を無視したりするような男性にどうして同情してしまうのか、自分でもよくわからないわ」

「わかっているはずだよ」

ベスはため息をつくと、彼の肩に頬を寄せた。「本当に数日で治ると思っているの？」

「だんだんと気分はよくなってきている」ためらいがちに彼女の背中をさすりながら、額に口づける。

雨が窓を叩き、突風に木の枝が揺れていた。昨夜、暗がりの中でベスにキスしているときは夢の中にいたようだったが、いまはこれが現実なのだと感じられる。彼女はわざと腿の上に倒れこんできたわけではないものの、あわてて逃げようともしなかった。ベスは彼と抱き合いながらここにいるのだ。昼日中にもかかわらず。

ベスが求めるように顔をあげたので、アレックスは唇を強く押しつけた。ああ、彼女のキスはおいしい。うめいてしまいそうになるのをこらえる。ベスが彼のうなじの髪に指を絡ませて、さらに唇を重ねてきた。それがアレックスに対してどんな意味を持つのか、おそらくわかっていないのだろう。心臓はどうしようもないくらいに高鳴り、下腹部はすでに岩のようにかたくなっている。彼女に馬乗りになってほしい。できることなら、すぐにでも寝室に連れていって、いろいろなやり方で愛を交わしたい。言うことを聞かない膝がいまいましい限りだ。

しかし、頭の片隅に冷静な考えがよぎった。純潔なベスにはふさわしい相手がいるだろう。もっといい男性が。アレックスとの関係がほのめかされただけも、彼女の評判は永久に傷ついてしまう。ベスと近づきすぎるわけにはいかない。自分のような男はふさわしくない。そして彼自身、これ以上誰かを失うことには耐えられなかった。

不本意ではあったものの、アレックスはなんとかキスをやめた。

呆然《ぼうぜん》とした表情で、ベスが彼を見つめる。かわいらしい青い目が問いかけていた。

「アレックス？」

彼女の声が名前を呼ぶのを耳にするだけで、どうかなってしまいそうだ。

「きみとずっとこうしてキスしていたい」正直に認めた。「だが、それは賢明ではない。誰かに見つかっては大変だ」

「あなたの言うとおりね」ベスが夢から覚めかけているように頭を振る。「わたしったら、どうしてしまったのかしら」

「欲望のせいだよ」アレックスはほほえんだ。ほかにもふたりを結びつける要因があるとしたら……。でも、そんなことを考えるのはばかげている。この関係は長く続くわけがないのだ。彼が命を狙われていなかったとしても。

ベスには彼女と同じように寛大で、思いやりのある男性がふさわしい。彼女が人のことを気にかけるように、ちゃんと気遣ってやれる人間が。残念ながら、その男性はアレックスではないだろう。

彼の心の炎は何年も前に燃え尽きてしまっていた。

ベスが気まずそうにほほえむ。「立ちあがるのを手伝って。あなたの膝に負担がかからないように」

「待ってくれ、きみに言っておきたいことがある」白状しなければならない。軽い気持ちから彼女に〝枯れかけた壁の花〟という残酷なあだ名をつけて、それを定着させてしまった張本人はアレックスだということを。誰から見ても彼女は可憐で、壁の花からはほど遠い。ふたりの仲がもっと深まる前に事実を認めるのがいちばんだろう。

「何かしら？」ベスは頭を傾け、彼をじっと見つめている。愛情をたたえた目はきらきらと輝き、キスの直後で唇が少し腫れていた。そのやさしい表情は、下腹を殴打されるくらいの衝撃がある。くそっ、言えない。ゆうべも彼女の心を傷つけた。また傷つけることなどできない。少なくとも立て続けには。

「昨夜はぼくの気にしすぎだった。やけどの跡がひどいから、きみに見せたくないと思ってしまったんだ。ちゃんと説明するべきだったよ」

「では、なんと言うつもりだったの？」ベスの口調は挑発的だった。「わたしのような女性は醜いものを見るべきではないとでも？」

「見るべきではないね」それは事実だ。

彼女はアレックスの指に自分の指を絡め、ふたたび肩に頭を預けた。「わたしはいやなものを目にしたことがないと思っているのね？　ところがいろいろあるのよ。いい年をした大人がおじを嘲るのを見たわ。デビュタントが妹につばを吐いた。双子の娘を捨てた母親もいたわ。その子たちは、なんとわたしの姪になったの。だから、アレックス、わたしは傷跡を見ても動揺したりしないのよ」

「いまはそう言っているだけだ」首のうしろを撫でると、引きつれた肌を感じる。

ベスが背筋を伸ばし、片方の眉をつりあげた。「あなたがそれほど見栄を張る人だとは思わなかったわ」

これは見栄ではなく個人的な問題だった。アレックスがこれまで耐えてきたことや、心が折れそうになった理由などを他人が知る必要はない。誰もそんなことを目にする権利はないのだ。強いて言えば祖母以外には。本心とは裏腹に、彼は平然として肩をすくめてみせた。

「ぼくはとんでもなく軽薄でもあるんだよ」

「教えてくれてよかったわ」彼女が軽く返す。「立ちあがるのに手を貸してちょうだい」

アレックスは彼女を椅子の肘掛けの上に座らせて、そこから床におりられるようにしてやった。

「きみのワインがあちらにある」サイドボードのほうへ頭を傾ける。「もし飲みたいのであれば」

「遠慮しておくわ」ベスは取り澄まして言った。「今日は進展があってよかった」

「そうだな」希望のようなものが彼の心に花開いた。たしかにふたりは進展していた。こうなることを誰が予期しただろう？　もしかすると、口論にならずに会話が続けられるようになる日も近いかもしれない。

「ふたつ目の望みがかなえられて、あなたのおばあ様もお喜びになるでしょう。あなたの書斎が男性らしく、雑然とした雰囲気を残しておけるように、わたしも精一杯努力しますから」

まったく。進展があったというのは、祖母の望みをかなえることか。ふたりのあいだの話ではないらしい。「今日の夕食のあとで会うのはどうだろう？」思いきって提案した。「書斎の改装について、詳しいことを話し合うために」ベスとふたりきりになる口実だというのはあからさまだったが、思わず言ってしまった。

「覚えていらっしゃるでしょうけれど、今夜は夫人と出かけるのよ。レディ・クラヴィル主催の舞踏会へ」

しまった、完全に忘れていた。「もちろん覚えているさ」祖母とベスに危険が及ばないように見守っていてほしいとダービーに伝える必要がある。いまのところはアレックスひとりが標的だが、不満を募らせた犯人は次に誰を狙ってくるかわからない。

ベスはゆっくりとアレックスの前を行ったり来たりしていた。揺れるヒップがなまめかしい。「夫人はあなたにエスコートしてもらうのを楽しみにしていたわ。でも、舞踏会には出席できなくなったわね。あえて言わせてもらえば、けがをするなんて、わたしたちに同行するのを避けるには賢いやり方――というか、思いきった手段を考えたものだこと。義務を回避するためにそこまでするなんて驚きだわ」いたずらっぽく目を光らせているので、冗談を言っているのだろう。おそらく。

「言わせてもらうが、弱い男なら死んでいるようなけがをしながら、勇敢にも足を引きずって歩くぼくのことをみなに話すのを、祖母は喜んでくれるはずだ」

「まったく、謙虚なお言葉ですこと」ベスが言い返す。そして今度はまじめな声できいた。「ほかに必要なものはあるかしら？　飲み物や、脚の下に置くクッションとか」

必要なことはたくさんあった。しかし、その多くは口に出すのもはばかられる。

「いや、大丈夫だ。今夜はくれぐれも気をつけてくれ」

「どういう意味？」

「怪しいやつには近づかないように」アレックスは真剣だった。

「クラヴィル家の招待客に、それほどたくさん不審な人がいるとは思えないわ」ベスが目尻にしわを寄せておかしそうに言う。

「わからないぞ。彼らはぼくを招待したくらいだからな」

「あなたの言うことにも一理あるわね」彼女はほほえむと、書斎から出ていった。

16

「またこうして集まれたわね」ベスは感慨をこめて言った。「〝枯れかけた壁の花〟の再結成よ」

夫人とアリステアおじにはあらかじめシャンパンを運んできて、ふたりが友人たちと話せるように居心地のいい椅子に座らせておいた。ベスはいま、姉と妹と一緒に飲み物が置かれたテーブルのそばに立ち、混み合ったダンスフロアで多くの男女が音楽に合わせて踊るのを眺めている。

「昔を思い出すわ」メグが懐かしそうに言った。ばかにされたり、見下されて無視されたりするのがどれくらい屈辱的かを忘れてしまったような口ぶりだ。美男子の伯爵と結婚すれば、物事の見方が変わるのだろう。ベスの状況には姉の生活ほど大きな変化はないものの、最近ではたしかに考え方が違ってきている。

すべてアレックスのせいだ。

この数日、ベスは幾度となく彼と対等に渡り合ってきた。議論、交渉、キス……そしてどういうわけか、大して痛手を受けていない。公爵——しかも、ただの公爵ではなくて悪名高いブラックシャー公爵――との言葉の応酬を乗りきれるのだから、この舞踏室にいる誰にでも自信を持って接することができるだろう。

だからといって、ダンスの相手や言い寄ってくる男性がたくさんいるわけではない。メグの夫のウィルとダーバーヴィル卿が、ベスを気遣ってダンスに誘ってくれた。ふたりが声をかけてくれたのは義務感からだろう。だが、おかげでこの部屋の隅に飾られた鉢植えの観葉植物と並んで、ひと晩中立ち尽くす羽目にはならなかった。アレックスが来ていたら、今夜は違ったものになっただろうかと想像してみる。ロンドンの貴族たちが集う中で、彼はベスをダンスに誘うだろうか？　それとも彼女はただの気晴らし、たまに家で夜を過ごすときに都合のいい相手？

「どうして公爵は公爵未亡人やあなたと一緒にいらっしゃらなかったの？」ベスの心を読んだかのように、メグがきいてきた。

ジュリーが意味ありげに眉を動かす。「愛人のところにいるんじゃない？」

「愛人がどういうものか、わかっているの？」メグがたしなめる。

「詳しくは知らないわ」ジュリーがため息をついた。

「愛人ではないの」ベスはそっけなく言った。その声は少し大きすぎたかもしれない。メグのけげんそうな表情に気づき、声を落として続ける。「公爵がこの場にいない理由は、ジュリーが信じたがっているような不道徳なものではないのよ。昼間にボクシングの試合で脚にけがをしてしまったの」

「公爵はその相手と女性をめぐって戦ったんじゃないの?」ジュリーが食いさがる。

「友情を深めるために試合をした可能性だってあるわ」ベスは妹の言葉を打ち消した。

「友情を深めようとして殴り合うなんて、矛盾していない?」メグが言う。「男性の心って理解できないわ」

「ヴォクソール・ガーデンズでは、公爵は感じのいい人に見えたけれど」ジュリーが言った。「でも、彼に対する評価がさがったわ。おばあ様を田舎へ追いやろうとするなんて許せないもの」

「しいっ!」ベスはあたりを見まわした。「夫人はまだご存じないのよ。そのときが来たら、わたしが動揺させないように伝えなければならないの」やれやれ、アレックスがベスにキスをしたことがばれたら、姉と妹は彼のことをもっと悪く言うだろう。断頭台に送るべきだと騒ぎたてるかもしれない。

「田舎へ引っ越すのは夫人のためだと公爵は言うのよ」ベスはアレックスをかばった。彼の説明に納得しているとは言えないけれど、それが本当だと信じたい。

「そうなの」メグは疑わしげだ。

「振り向いてはだめよ。ダーバーヴィル卿がこちらへやってくるわ」ジュリーがベスを肘でつついた。「お姉様にまたダンスを申しこむのではないかしら」

「わたしではなくて、お相手はあなたかもしれないわ」ベスは腕を撫でながら言った。

「こんばんは、レディ・キャッスルトン、ミス・レイシー、ミス・ジュリエット」ダーバーヴィル卿は挨拶をすると、連れの男性を紹介するために脇へ寄った。「こちらはミスター・リチャード・クールセン。クラヴィル卿のケントにある屋敷の管財人だ。去年、侯爵の主催するパーティーで出会ってね。フェンシングの試合では危うく負かされそうになったよ」

「実際はぼくが勝ったんですよ」ミスター・クールセンはメグ、ベス、ジュリーと順番に手を取って挨拶をしながら目配せをした。

「すばらしいわ」メグがぼそぼそと言う。「あなたも血を流す競技がお好きなのね」

「よかったですわね」姉の言葉が聞こえなかったふりをして、ベスは目の前の紳士に笑顔を向けた。爵位を与えられた貴族の男女であふれかえる舞踏室で、彼女とほぼ同じような社会階層の人物と出会えるのはうれしいことだった。ミスター・クールセンは背が高く、ブロンドで、采配を振るうのに慣れている人特有の自信にあふれた立ち居ふるまいをしている。

「白状させてください」彼が声を落として顔を近づけてきた。まるで本当に秘密を打ち明けるかのようだ。「あなたに正式にダンスを申しこみたくて、ダーバーヴィル卿に紹介をお願いしたんです。受けていただけますか、ミス・レイシー?」

ベスは右側に立つ妹をちらりと見た。ミスター・クールセンの言うミス・レイシーは、ジュリーのことだろうと思ったのだ。でも、彼の目はまっすぐにベスを見つめている。

ジュリーがまた肘でつついてきた。「彼はお姉様に申しこんでいるのよ」

驚きを隠そうとして、ベスは目をしばたたいた。出会ったばかりだけれど、ミスター・クールセンと踊っても問題はないだろう。それに、メグとジュリーが鷹《たか》のような目でダンスフロアを見つめているはずだ。「もちろんですわ」

あっというまに、ミスター・クールセンはベスを飲み物のテーブルのそばという目立たない場所から、ダンスフロアの中心部に連れ出してくれた。

「いつもあなたのお相手をする男性のようには洗練されていないかもしれないが、許してください。舞踏会にはあまり出席したことがないんです。とくに今日のような会には」彼は頭上に輝く壮麗なシャンデリアを指さした。

「あなたのダンスを見ていると、舞踏場で生まれ育ったかのようだわ」ベスはからかった。

「とんでもない」ミスター・クールセンは控えめにほほえむと、ほかの男女のあいだを縫って上手に彼女をリードした。「不満を口にしたわけじゃないんです。ぼくが仕えているクラヴィル卿には感謝しています。今夜ぼくを招待してくれたことに」

「わたしはブラックシャー公爵未亡人のコンパニオンをしているの」

彼が濃い眉をあげる。「ぼくたちには共通点があるようですね」

「なぜわたしをダンスに誘ってくれたの？」ぶしつけな質問に聞こえるかもしれないが、どうしてもきいてみたかった。

「あなたはお姉さんと妹さん――ぼくは姉妹に違いないと思ったんだが、ふたりのあいだに立っていたでしょう」ミスター・クールセンが肩をすくめた。

「わたしが姉と妹のあいだに立っていたのが、ダンスに誘ってくれた理由なの？」

「真ん中というのは、結構難しい立場なんですよ」

ふざけているのかとベスは思ったが、彼の表情は真剣だった。「上と下にはさまれて大変ということ？」

「ぼくにはきょうだいがいません。でもふたつの世界の狭間《はざま》で生きていくのがどういうことか、よくわかっています」

ベスは心臓をわしづかみにされたように感じた。それは不当に扱われたり、侮辱されたりしたときに感じる痛みと同じものだった。ミスター・クールセンが身を置いている不公平な世界を正してあげたくなる。彼のことはまだよく知らないけれど。

「わたしたちには、ほかにも共通点があるようね」彼女は言った。

それからふたりは黙って踊ったが、気まずくはなかった。ベスはミスター・クールセンとのつながりを感じていた。魅力的なアレックスに対して抱く頭がくらくらするような感覚とはまったく別の、安心感のようなものを。

笑顔で踊る彼を見て、ベスは誤解を与えないように注意しなければならないと思っていた。ダンスが終わると、ミスター・クールセンは彼女を姉と妹のところまでエスコートしてくれた。歩きながら話す。「すてきなひとときをありがとう。ずっと踊っていて足が痛いのに、つきあってくれたんでしょう」

「そんなことはないのよ」ベスは応えた。「実は、わたしたち三姉妹は〝枯れかけた壁の花〟として知られているの」

まったく。何が悲しくて、こんなことを打ち明けてしまったのだろう？　もしかするとミスター・クールセンはロンドン中でただひとり、この屈辱的な噂を知らない人物だったかもしれないのに。紹介されて間もなく、こんな話をしてしまった。

彼はけげんそうに眉根を寄せている。「枯れかけた壁の花?」

「わたしたちの後見人は、おじのウィルトモア卿なの。だからこんなあだ名をつけられたんだと思うわ」

ミスター・クールセンが何か言いかけて口を開いたが、声をあげて笑いだした。

ベスは傷つくまいと心を閉ざした。彼とは友達になれるだろうと思っていたのに。彼女の気持ちを理解してくれる相手だと。出会ったばかりの人を信用するべきではないと、わかっていたはずだ。

「すまない」彼が言う。「きみのことを笑ったんじゃないんだ。そのあだ名はばかばかしいのを通り越して、まったく無意味だよ。きみたち三人に会ったことのある人なら、壁の花と呼んだりできない。笑わずには言えないな、そんなことは」

ベスは肩の力を少し抜いた。「つい昨年まで、わたしたちは教会に住むネズミと同じくらい貧しくて、ひどく流行遅れなドレスを着ていたの。新しいドレスを身につけても、あだ名はそのまま。スカンクのにおいと同じね」

ミスター・クールセンが足を止めてベスに向き合った。「きみが何を着ていようと、どれほど貧しかろうと、ぼくは気にならない。きみは壁の花なんかじゃない」

そう言いきると、彼はお辞儀をして歩き去った。

17

翌朝目が覚めると、アレックスの膝はカンタロープメロンほどの大きさに腫れあがり、青黒い痣《あざ》ができていた。曲げることもできず、動かすと強烈に痛かったが、一日中安静にして過ごすなどまっぴらごめんだった。膝に包帯を巻いて、歯を食いしばりながらブーツに足を押しこんだ。ベッドでじっと寝ているという選択肢はない。誰かに命を狙われているのだ。

足を引きずりながらしか歩けないものの、少しなら体重をかけても大丈夫だった。いつも夕食をともにしているダービーには気の毒だが、脚が痛むせいで、アレックスは普段よりも不機嫌だった。

「リチャード・クールセンをミス・レイシーに紹介するなんて、いったい何を考えているんだ?」問いつめるアレックスの声があまりに大きかったので、まわりにいる人々の中には新聞から顔をあげたり、会話を中断したりしてこちらを見る者もいた。アレックスは彼らをにらみつけた。紳士クラブにある食堂のテーブルでダービーと向かい合って座りながら、祖母とベスがクラヴィル家の舞踏会へ行くのを許してしまったことを後悔していた。

ダービーはナプキンで口元を拭き、笑いを押し殺している。「彼はいいやつだと言ったのはきみだろう。ぼくはただ、彼女に引き合わせただけだ。月の光に照らされたテラスに連れていって、ふたりきりにしたわけじゃない」

アレックスの怒りが増幅する。「彼女を見守っていてくれと頼んだんだ。ダンスの相手を紹介するのではなく」

「はっきり言わせてもらうが、彼女にとってはダンスフロアがいちばん安全な場所だった」ダービーはローストビーフをフォークで突き刺し、口の中に放りこんだ。「大勢の人々の目の前では、誰も犯行になど及べないんだから」

「お気楽な意見だな」食欲が失せたので、アレックスはナプキンをテーブルに叩きつけた。「ミス・レイシーも、きみのおばあ様も、危険な目に遭わなかった。ふたりは楽しそうにしていたよ」

友人のなだめるような口調が、なおさらアレックスの気に障った。椅子の肘掛けをぎゅっと握りしめる。「どんなふうに楽しそうだったんだ?」

ダービーがフォークを口へ運ぼうとする手を止めて、驚きに目を輝かせた。「おいおい、壁の花に夢中だなんて言わないだろうな」

いまいましいやつめ。頭に血がのぼり、アレックスはテーブル越しにダービーの上着につかみかかった。グラスが倒れ、食器が大きな音をたてたので、周囲の注目を集めている。

「彼女をそんなふうに呼ぶな」

何が起こったのか理解できないという表情で、ダービーは上着を見おろしていた。

アレックスは自分をののしった。親友にけんかを売るなんて、どうかしている。ダービーから手を離して椅子に座り直した。自らの行動を恥じたが、まだ怒りはおさまらない。

「頭がどうかなったのか?」ダービーが小鼻をふくらませて、歯ぎしりをしながら言う。

そうかもしれない。「ミス・レイシーのことをそんなふうに話すのが気に入らないんだ」

「ぼくの言い方が?」ダービーが鼻で笑った。「それは傑作だな。最初にあだ名をつけたのは、何を隠そうきみじゃないか。それなのに彼女をかばおうとするなんて、とんだ偽善者だな」彼が席を立つと、椅子の脚が床にこすれる音が響いた。「次からはほかのやつにお目付け役を頼むことだ」

くそっ。アレックスは手で顔をこすった。「悪かったよ。反省している。ぼくがばかだったんだ」

「そんなことは世界中が知っているさ」ダービーが言い放つ。

「きみにつかみかかったときに、ぼくが膝をひどくぶつけてしまったと知ったら、きみはいい気味だと思うだろうな」

「もちろんだね、正直に言って」

「座ってくれよ。酒をおごらせてくれ」

「謝罪にしては、つまらない言い草だな」ダービーはテーブルに戻り、椅子にどすんと腰をおろした。「この夕食もきみのおごりだぞ」

「わかった」アレックスは深く息を吸いこんだ。「ミス・レイシーと彼女の姉妹にあだ名をつけたのを後悔しているんだ。くだらない、その場の思いつきだった。口にした瞬間に忘れられるべきだった。なのにどういうわけか、強風に飛び散るタンポポの種みたいに広まってしまったんだ。どれほど撤回したいと望んでも、もう手遅れだ」

「なるほど。その代わりに、〝壁の花〟と口にしたやつを叩きのめそうというわけか。すばらしい考えだ」ダービーがおどけた口調で言う。

「きみならどうする？」アレックスは尋ねた。

友人が肩をすくめる。「まずは謝ったらどうかな」

できればそうしたい。アレックスの気持ちは軽くなるだろうが……ふたりがキスを交わしたいま、本当のことを言ったら彼女を傷つけてしまうだろう。「それはできない」

ダービーはグラスのブランデーをまわしながら、じっとアレックスを見つめている。

「彼女――ミス・レイシーを愛しているからだろう？」

言葉に気をつけろと警告するように、アレックスは友人の顔を見た。「彼女のことは好きだよ」

「きみならなんの問題もなく、彼女をベッドに連れこめるだろう」ダービーはグラスを傾けて酒を飲んだ。アレックスがいまにも彼の歯をへし折りそうになっていることに、まったく気づいていないようだ。

「彼女とベッドをともにしたいとは言っていない。彼女のことが好きだと言ったんだ」

ダービーが片方の眉をつりあげる。「では、彼女とベッドに行きたいと思わないのか？」

くそっ、もちろん行きたい。ベスとキスをして以来、そのことを考えずにはいられなくなっていた。しかし彼女を誘惑しようとすれば、ろくでなしだと思われてしまう。実際には違うのだが、ベスはそう信じこんでいる。

もしかすると、彼女はアレックスの本当の姿よりも、女たらしという仮の姿のほうが好きなのかもしれない。いずれにせよ、ふたりがキスをしたときの彼のふるまいは、紳士的と言うにはほど遠かった。だが、彼女はそんなアレックスとのキスを楽しんでいるようだった。あのキスがベスを情熱的にさせ、彼の腕の中で乱れさせたのだ。

心の奥深くでは、彼女にはつかのまの快楽などふさわしくないとわかっている。そして、冷酷で、傷つきすぎているアレックスには、それ以上のものが与えられないということも。

「ぼくとミス・レイシーの関係は、きみにはどうでもいいことだ」アレックスは言った。「だが、きみが彼女と祖母の安全を守ってくれたらありがたい」

「できるだけ協力しよう」ダービーが応える。「ぼくたちは目に見えない、正体不明の敵と戦っている。この卑怯者《ひきよう》が名乗り出て、正々堂々と――きみに決闘を申しこんで決着をつけることを祈るよ」

「ぼくもそう願っている」

ベスは時計を見るまいとしていた。アレックスは外出中だ。夫人と彼女との夕食にも、食後に客間でくつろいでいるときにも姿を現さなかった。もちろん彼は自分の好きなように夜を過ごす権利があるし、ベスに行き先を告げる義務もない。ふたりの協力関係について何も――口頭でも書面でも――約束はないし、彼女に借りもない。

けれども、ベスはアレックスがどこにいるのか、誰と一緒なのか気になって仕方なかった。いらいらしているのは、夫人の改装計画について大切なことを相談する必要があるからだと自分に言い聞かせる。彼に会いたいからではないし、ふたりのあいだにもう一度火花が散るかどうか知りたいからでもないのだと。

夫人が寝室へ行ってから、もう二時間になる。ベスはまだドレスを着替えていなかった。アレックスと会うには、寝間着よりもこのほうがいいと思ったのだ。でもベッドに寝そべって神話に出てくる怪物の本を読みながら彼を待っていたので、靴は脱げ、スカートはしわくちゃになり、髪はほどけてしまっていた。

深夜零時まで待とうと決めた。それまでにアレックスが帰らなければ、戸締まりをして、ドレスを脱いでベッドに入るつもりだった。

そして朝になったら、ピンクの薔薇とコキジバトが描かれた壁紙を選ぶよう夫人に勧めようと心に決めていた。アレックスの男性らしさも地に落ちるだろう。

あと二分。ため息をついてベッドからおりると、ドレスのひもをゆるめた。そして衣装戸棚の扉を、必要以上の力を入れて開けた。

ちょうどそのとき、アレックスが玄関から入ってくる音が聞こえた。

彼が書斎へこもる前に声をかけたい。そうすれば、〝魅惑の舞台〟あるいは〝魅惑的すぎる舞台〟へ足を踏み入れずにすむ。

ドレスのひもをきちんと締め直す暇がないので、椅子の背にかけてあったショールを手に取り、壁紙の見本をつかんで寝室から飛び出した。階段を駆けおりると、踊り場にアレックスの姿が見えた。足を引きずりながら書斎へ向かう姿は、ライオンがねぐらに戻るさまを思わせる。

アレックスを気の毒だとは思わなかった。けがをしていても、彼はライオンのような存在なのだ。

「閣下」ベスは呼び止めた。

彼は驚いたように頭をあげ、あたりを見まわしてほかに誰もいないのを確認した。

「ベス。まだ起きていたのか？」アレックスの乱れた髪や広い肩、引きしまった臀部《でんぶ》を目にしたせいで、意志に反して彼女の鼓動が速くなった。

「お時間をいただけるかしら？　書斎の件で質問があるの」

「こんな遅くに？」その言葉に、ベスは冷や水を浴びせられたように感じた。彼女に会えて喜んでくれるだろうと無邪気に思っていたのだ。あるいは、一昨日の続きをしたがるかもしれないと。なんてばかなことを考えていたのだろう。

「ええ、そうよ」当然のことのように答える。「九歳のお姫様にぴったりの書斎にするように努力すると言ったのを、お忘れかしら？」

アレックスが力なく笑った。「いいだろう。危機的状況の内装について、書斎で話し合おう」

「客間のほうがいいと思うわ」

まるで一〇キロ近い距離の街道を見るような目で、彼は廊下を見た。「どうしてもと言うなら」平然と歩きだしたように見えるが、左脚がつらそうだ。

「しょうがないわね」ベスは大きなため息をついた。「書斎でも結構よ」

アレックスのあとについていき、ランプが灯されるのをおとなしく待つ。

「さて」彼は机の端にもたれながら、ベスと向き合った。「きみの話を聞こうか。緊急事態を解決しよう」

皮肉を言うアレックスをにらみつけて三枚の見本を渡すと、彼女は革張りの椅子に座りこんだ。「夫人が壁紙をこの三つに絞りこんだの」

彼は腕を伸ばし、顔から離して見本を眺めている。「薔薇とハトの柄は却下だな」無造作に壁紙の見本を肩越しに放り投げた。

ベスは怒って抗議した。「気をつけて！　明日の朝、夫人の書き物机の上にきちんと戻しておかなければならないのよ。持ち出したのがばれないように」

アレックスが片方の眉をつりあげた。「内装を変えるのに、そんなにこそこそする必要があるとは思わなかった」

こめかみを指で押さえながら尋ねる。「花柄が却下されるのはわかっていたわ。残りの二枚のうち、どちらがいい？」

彼は肩をすくめた。「どちらでもかまわない。きみが決めてくれ」とんでもない。意見を聞くために何時間も待っていたのだ。なんとしても答えてもらわなくては。「そうは言っても、好みがあるでしょう」

頭を振りながら、アレックスが見本を返そうとする。「どちらも同じように見える」

「よく見てちょうだい」まったく、信じられない。ベスは椅子から立ちあがった。「腰の高さからいちばん上まで、このどちらかの壁紙が張られるのよ。これで色調が決まるから、少なくともこの先一〇年間の部屋全体の雰囲気を左右することになるわ」

彼は当惑しきったように頭をかいている。「本気でぼくに選べと言っているのか？」

「どうして違う言語を話しているような気分になるのかしら。そうよ。選んでちょうだい。こんなばかげたことに時間を費やしているのは、あなたの書斎の内装を少しでも思いどおりにしたいからでしょう。決定権を放棄することはできないわ」

「きみを信頼しているよ。正直に言って、壁紙などどうでもいいんだ」この話はもう終わりだというように、アレックスが見本を机の上に置いた。

だが、まだ終わってはいない。

ベスは見本を手に取ると、彼の顔の前にかざした。「クリーム色の下地にブルーグレーの渦巻き模様のこの壁紙は、優美でありながらも落ち着いているわ」

彼は腕組みをしてほほえんだ。明らかに、この状況を面白がっている。

「きみが気に入っているのなら、それでいい」

「ただ〝それでいい〟だけではだめなのよ」彼女はもう片方も見せた。白地に銀糸の入った繊細なブロケード織だ。「これにすると壁が白いキャンバスのようになるから、絵画がとても引き立つわ」

そう口にしたとたん、ふたりともフィリスの絵のほうに顔を向けた。

「では」頭が異様に大きすぎる馬の絵を見つめたまま、ベスは言った。「ブルーグレーの渦巻き模様のほうね」

「びっくりするほど簡単に決まったじゃないか。ぼくなど必要ないと言っただろう」アレックスがからかう。

「たしかにそうね」ベスはいらだちながら見本を集め、椅子にかけてあったショールを手に取った。「これからは、こういうささいなことであなたの時間を邪魔しないようにするわ。おやすみなさい」

けれども扉へ向かって二歩も進まないうちに、ドレスの脇に垂れさがっているひもを引っ張られたので、立ち止まらざるをえなくなった。

「きみに邪魔されるのが好きだと言ったらどうする？　ぼくはきみに邪魔される瞬間のために生きているとしたら？　この一五分間が、今日一日の中でぼくにとって最高のひとときだとしたら？」

息が詰まった。「変わった表現の仕方ね、閣下」

「アレックスだ」ドレスのひもを手に巻きつけながら、彼が言い聞かせる。ゆっくりとベスを引き寄せながら、これから驚くような喜びが待ち受けていることを茶色い目が物語っていた。彼の態度に反応して、ベスの体が熱くなる。

「さあ。今夜、壁紙を選ぶこと以外にも何かあるのかい？」

この瞬間を待ち望んでいた。でも正直にそう認めるくらいなら、死んだほうがましだ。

「夫人は新しい絨毯のことも話していたわ。でも、これ以上あなたに負担をかけるのもはばかられたのよ」

「心配してくれてありがとう。壁紙を選ぶだけで、ぼくはへとへとだ」

アレックスはドレスのひもをつかんだまま、キスをしたくてたまらないかのように彼女の口を見つめているが、幸か不幸か何もしなかった。

彼の胸に飛びこんで、欲望に身を任せるのはたやすいだろう。けれどもキスをしたいと望む一方で、彼の戦利品のひとつになりさがるのはいやだった。おそらくアレックスはさっきまで、美しい未亡人か高級娼婦と一緒にいたに違いない。よその女性のベッドから帰ってきたばかりなのだ。そんな想像はベスには耐えがたいことだった。

「もう行かないと」きっぱりと言う。

残念そうに、アレックスがドレスのひもを放した。「わかった」驚き、傷ついた表情を浮かべている。「だがその前に、ひとつ頼みがあるんだ」

18

膝が痛み、ダービーとけんかをしたうえに、自分の命を狙っている犯人がいまだに野放しという状況が重なり、今日はアレックスにとってつらくて不愉快な、何もいいことがない最悪の一日だった。不機嫌な様子をベスに見せたくないという思いから、彼は紳士クラブでずっと時間をつぶし、夜中になってから屋敷へ戻った。門限を破った学生みたいに、誰にも見つからないように入ろうとしたのだ。

にもかかわらず、ベスにつかまってしまった。それほど驚きはしなかったのだが、彼女を見た瞬間、胸が高鳴った。

ベスにそばにいてほしくて、退屈な会話——壁紙や、その他いろいろ——に耐えていた。しかし、いまベスは書斎から出ていこうとしている。渦巻き模様と、ブロケードとかいうよくわからない材質のふたつの見本の中からひとつを選び終えた瞬間に——アレックスがまさにキスをしようとした瞬間に、彼女は自室へ戻ろうとした。

まだベスを行かせる心の準備ができていない。

「頼み？」即座に警戒した様子で、彼女は腕を組んだ。「どんなことかしら？」

アレックスはにっこりしてみせた。「ぼくのブーツを引っ張ってくれないか？」

「あなたのブーツを」あきれているようだ。

「ぼくの従者は、もう寝てしまっていると思う。膝が腫れているから曲げられないんだよ」

これは控えめな表現だった。脚はかたいオークの木と同じくらい曲げるのが難しくなっている。

「男性のブーツを脱がせたことはないけれど、それほど難しいとは思えないわ」ベスは革張りの肘掛け椅子を指さした。「座ってちょうだい」

アレックスは椅子まで足を引きずっていって倒れこむように座り、脚をフットスツールにのせた。

ベスは腰に手を当てて彼の前に立ち、脚を調べるように眺めている。「ブーツを引っ張ったら脚が痛むかしら？」

「ぼくのことは心配無用だ」椅子の肘掛けをぎゅっと握りながら言う。「きみの思うようにしてくれていい」

恐る恐る、彼女はブーツのかかとに手をかけて持ちあげた。「準備はいい？」

「始めてくれ」

ベスがブーツを軽く引いた。それでは到底無理だったので体をそらして、ぐいと強く引っ張った。

ブーツは少しずれたものの、アレックスの脚は皮にはちきれんばかりに詰められたソーセージの肉のようだった。ブーツの革が万力のように脚を締めつけている。

「これでは痛いかしら？」

「まったく問題ない」アレックスは平気な顔を装って心配をはねつけた。

力を入れてブーツを引っ張っているため、ベスの頬がピンク色に上気している。どうしても脱げないので、彼女は大きく息をついて脚をそっとフットスツールの上に戻した。

「こうなったら切るしかないわね」

「ぼくの脚ではなく、ブーツのほうを切るんだろうね」額の汗をぬぐいながら軽口を叩いた。

「そうしてほしいのなら、これからはわたしを怒らせたりしないほうがいいわよ」彼女は前かがみになって膝を調べ、ブーツの上部を指で触った。「脚とブーツのあいだに指も入らないわ」

「もう一度やってみてくれないか？」

ベスが疑わしげな目を向けてきた。「いいわ。これでだめだったら、裁ちばさみを取ってくるわね」彼の脚をふたたび持ちあげる。「三つ数えたら引っ張るわよ。一、二、三！」

彼女がブーツのかかとを持って引っ張る一方で、アレックスは反対側の脚に力を入れて体を持っていかれないようにした。徐々にブーツがずれてきた。「もうすぐ脱げそうだ」歯を食いしばりながら言う。「あきらめないでくれ」

ベスはあきらめるどころか思いきり力を入れているので、彼のほうが椅子からずり落ちそうになった。

もう無理だと思いかけた矢先、シャンパンのコルクが抜けるようにブーツがすぽっと脱げた。

アレックスは椅子の背に叩きつけられ、ベスはうしろによろけて、小さなテーブルにぶつかったあと絨毯に倒れこんだ。

大変だ。彼は急いで近づいた。「けがはないか？」頬にかかった巻き毛を払い、ベスの顔を自分のほうに向けさせる。

目をしばたたいて、彼女が体をずらした。背中の下敷きになっていた本を引っ張り出し、横に置いてから起きあがる。「何も壊れていなくてよかったわ」

アレックスはまだ心配で、心臓がどきどきしていた。「ぼくの質問に答えていないよ、ベス。けがはないか？」

不安げな彼を面白がっているように、ベスがほほえんだ。「ちょっと恥ずかしいけれど、大丈夫よ」ため息をついて、ひっくり返ったテーブルや転がっている燭台《しょくだい》、火打ち石が入った箱、そしてブーツをちらりと見る。

「助かったよ」

「うまくいったわね」彼女は誇らしげに言った。それからブーツを脱いだ彼の脚を見る。

「明日もう一度、お医者様に診てもらったほうがいいわ」

「本当に大丈夫か？」無傷なほうの脚に重心をかけて体を支え、ベスを立ちあがらせる。

「手伝ってくれなどと頼むべきではなかった。きみは従者ではないんだからね」

「いいのよ。わたしは必要とされたいの。それにもしわたしがいなかったら、片方の足にブーツを履いたまま寝なければいけないところよ。もう片方も脱ぐのを手伝いましょうか？」彼女がきいた。「こちらは大したことないでしょうから」

「いや、それには及ばない」アレックスはフットスツールに腰をおろし、たやすく脱いだ。

「なぜきみは必要とされたいんだ？」

「誰もが自分は役に立つと……求められていると感じたいのではないかしら？」ベスは倒れたテーブルをもとに戻し、床に散らばった小物を拾いあげた。

「そのままでいい」そっけなく言った。「置いておいてくれ」

片方の手を本の上に置いたまま、彼女が動きを止める。「あなたは何もわかっていないわ。わたしはものを床に散らばったままにしておけないのよ。乱雑だと眠れないの」

「眠れない夜に効く薬については、すでに教えてあげたと思うが。ブランデーと――」

「覚えているわ」ベスは急いで立ちあがり、手の埃を払った。「もういいわね。これ以上用がなければ……」

用はある。何かをしてもらいたいのではなく、感じさせてほしい。日を追うごとに、その思いが募ってくる。

だが、彼女にそんなことは言えなかった。アレックスの身勝手にすぎないからだ。

「……もう行かなくては。おやすみなさい、閣下。いえ、アレックス」

「おやすみ、ベス」

ドアのほうへ行きかけて、ベスが立ち止まった。「階段はひとりでのぼれるの？」

階段は無理だ。ギリシアの神々が住んだというオリンポス山のようにアレックスを拒んでいる。「ここで眠るよ」彼は古びた革張りの椅子を指さした。

彼女が眉をひそめた。「ベッドのほうが寝やすいのではないかしら？」

アレックスはにやりとしてみせた。「ぼくを誘っているのかい、ミス・レイシー？」

かわいらしく頬を赤らめながら、ベスは腕を組んだ。「階段をのぼるのを手伝うと言っているだけよ」

ほんの一瞬、彼は考えた。手伝ってもらえば、アレックスは彼女の肩に、ベスは彼のウエストに腕をまわし、腰をぴったりとくっつけて歩ける。そんなふうに寝室まで行けるのだ。

結論は明白だった。

「きみの寛大な申し出を受けよう」

彼女が慎重に近づいてきた。「ゆっくりと行きましょう」ほかのことにも言及しているかのように聞こえる。

「きみのいいように」肩に腕をまわそうとすると、ベスはさっとよけて、彼のうしろのほうへ小走りで向かった。

「ちょっと待って。散らかったままにしておけないわ」本や、そのほか床に落ちているものを拾いあげる。もとどおりに立てたテーブルの上にきちんと並べると、ブーツをフットスツールの横にそろえた。

アレックスは片方の眉をあげた。「気がすんだかい？」

「あなたは散らかっていても平気なんでしょうけどね」ベスはアレックスの横に戻り、彼のウエストにしっかりと腕をかけて、空いているほうの手に壁紙の見本を持った。「わたしに寄りかかっても大丈夫よ」

それが簡単にできればどれほどいいだろう。実のところ、アレックスは人に寄りかかるのが好きではなかった。肉体的にも、精神的にも。しかし、今夜は例外を認めよう。彼女には寄りかかってみたい。

ふたりは寝静まった屋敷の中を黙って歩いた。彼がベスのスカートに足を取られて転びそうになったときには笑いをこらえた。階段をのぼるのはゆっくりだったが、アレックスが想像していたほど大変ではなく、痛くもなかった。

それはすべてベスのおかげだろう。

彼女はアレックスのことを恥知らずで冷淡な、道徳的に堕落した男だと思っているにもかかわらず、苦痛にうめいているのを目にすると助けを申し出てくれた。こうしてベスの肩に腕をまわしているのが自然で正しいことに感じられる。ときおり彼女のしなやかで長い脚がアレックスの脚に当たり、形のいいヒップが腿に押しつけられた。ふたりはお互いにぴったりに思える。だが、アレックスはちゃんとわきまえていた。

女好きの放蕩者という評判は不当だというのをベスに納得させることができても、アレックスの本当の姿や、彼が過去に何をしたかは打ち明けられない。

そのうえ、ベスと姉妹、おじにもひどい苦痛を与えているあだ名をつけた張本人がアレックスだと知られるのは時間の問題だった。事実が発覚すれば、ベスはまた新たに傷ついてしまうだろう。

それでもなお、アレックスは彼女を求めていた。ベスは彼の過去の暗い影を追い払い、屋敷の雰囲気を明るくしてくれる。彼女が差し出してくれるものなら、なんでも受け取りたい。たとえそれがアレックスを強欲な怪物に変えてしまうとしても……。

階段をのぼりきり、寝室まで廊下を進んでいく。ここまで来れば、ベスに頼らなくても壁に手をついて足を引きずりながら部屋まで行くことができるが、ここで彼女を帰すのはこの世でいちばんの愚か者がすることだろう。

寝室に着くと、ベスが満足げに息をついた。「さあ、これであなたもベッドで心地よく眠れるわ」

彼女の細い肩に腕をかけたまま、耳元でささやく。「書斎にもベッドを入れるように、祖母に頼むといいかもしれないな」

「どうして？　あなたがこんなにひどいけがをするのを習慣にしないことを強く祈るわ」

「それはない。だが、ベッドがあれば便利なことがあるかもしれない」まったく。意味深な言葉が勝手に口から出て、止めたくても止められない。

暗くてベスの表情はわからないものの、きっとあきれた顔をしているのだろう。

「書斎の真ん中にベッドを置きたいのであれば、どうぞご自由に。でも、夫人にはあなたからちゃんと話をしてね。さあ、ほかに用がないなら……」

「ズボンを脱ぐのを手伝ってもらうというのは無理だろうか？」アレックスは自分を抑えられなかった。

「おやすみなさい」ベスが彼のウエストから腕を離し、すばやく逃れる。

「待ってくれ。きいてもいいかな？」

「何かしら？」彼女は顎をあげた。挑戦的な仕草なのに、アレックスには唇を重ねたいと思わせる効果しかない。

「昨夜の舞踏会は楽しめたかい？」

「ええ」彼女が用心深く答える。「あなたのおばあ様も楽しんでいたと思うわ」

「一緒に行けなくてすまなかった」

その誠実な言葉を疑っているかのように、ベスが彼の顔をじっと見つめる。

「気にしないで。あなたならこの先、持て余すくらいたくさんの舞踏会への招待状が届くでしょうから」その声の冷たい響きも、アレックスには気にならなかった。これまでの経験から、彼女のかたい殻の下にある心はあたたかく、情熱的なことを知っているから。その殻を破ればいいだけなのだ。それにはちょっとした努力を要するものの、やるだけの価値はある。

「そのとおりだな。でも、昨夜の舞踏会に出席できたらよかった……きみと一緒に」

「結局はけがで行けなかったのだから、口ではなんとでも言えるわ」ベスが鼻で笑う。

「心にもないことは言わない」

「では、けがなければ最初のダンスをわたしに申しこみ、舞踏室の中をふたりでまわって、あなたの大切なお友達にもわたしを紹介してくれていたのね？」アレックスは笑い、彼女の手を握って親指で手の甲をさすった。「そんなに信じられないのか？」

ベスが手を引っこめる。「わたしは見かけほどだまされやすくないのよ、閣下」

「アレックスだ。そして、それはどういう意味だい？」下手なことを言って地雷を踏むまいとした。

「あなたが昨夜、ずっとひとりでいたなんて幻想は抱かないということよ。誰かすてきなお相手と一緒だったんでしょう？」

彼は驚いて目をしばたたいた。「きみは昨夜ぼくが女性と過ごしていたと思っているのか？」

「そうよ。昨夜、今晩、そして明日の夜も。わたしには関係ないことだけれど」そう言いながらも、声が悲しげにかすれている。

「ベス」アレックスはやさしく言った。「ぼくは昨日ずっと、この寝室にいたんだよ。ひとりで。今夜は紳士クラブで過ごしていた。ダービーと」

「まあ、ふた晩続けて女性なしだなんて。大記録に違いないわね」

「女性と一緒にいなかったわけじゃない」彼は訂正した。「ぼくは昨日きみといた。舞踏会の前にね。そして、いまもきみといる」

「わたしはあなたのおばあ様のコンパニオンよ。あなたの相手ではないわ」

その言葉にアレックスはほほえみ、彼女のヒップに手をまわして引き寄せた。

「ぼくたちのあいだには無視できないものがあるのを認めるべきだ」

「でも、それが何かなんてわからない」彼女の声はかすれている。

「ぼくだってそうだよ。だが、これだけは言わせてくれ」彼はベスのウエストに腕を巻きつけた。「きみがよその男とダンスをしたのが気に入らないんだ」

19

ベスは憤慨した。「わたしは自分で選んだ人と踊るまでよ」

「だからといって、ぼくがそれを受け入れる必要があるということにはならない」アレックスが腹立たしげに言い返す。

廊下の先にある窓から月の光が差しこんでいた。ベスと夫人の部屋は反対の翼棟に位置しているので、こちら側はアレックスが占有している。夜もふけたいま、こうして彼の寝室の前にふたりで立っていると、この世に存在しているのは自分たちだけのように感じられる。ウエストにまわされた彼の手の感触に心が震えた。

「わたしが誰かと踊っていたことを、どうして知っているの？」

アレックスは長すぎるほどのあいだ躊躇《ちゅうちょ》していた。「美しい女性には、必ずダンスの相手がいるものだ」

「ダーバーヴィル卿が言いつけたのね」

「彼とは今夜、夕食をともにした」彼が認める。「なぜクールセンと踊ったんだ？」

「どうして踊ってはいけないの？　彼は礼儀正しくて、親切な人だわ」

「いいかい、ベス。男の多くは信用などできないんだぞ」

ずいぶん都合のいい話だこと。「では、あなたは女たらしではないとでも?」

その質問を無視して、アレックスが続ける。「クールセンのことは何ひとつ知らないだろう。初対面の相手と踊ったりするべきではない」

「わたしの理解が正しいかどうか、確認させてちょうだい」感情を抑えるために、ゆっくりと話した。「あなたは昼でも夜でも好きなときに、誰とでもつきあっていい。けれど、わたしはきちんと紹介された紳士であっても、人前で踊ることは許されないという意味かしら?」

「そういうことだ」自分がつじつまの合わないことを言っていると少しは承知しているのか、アレックスが顔をしかめる。

ベスは歯を食いしばり、引きさがらなかった。「あなたって傲慢な人ね」

「そんなことは、いまさら言うに及ばない」彼が不満げに言う。

そのときある考えが浮かび、ベスの心があたたかくなった。「わたしが何を思っているか知りたい?」

「もちろんだ」

手のひらをアレックスの胸に滑らせ、彼のほうに顔を傾ける。「あなたは……ミスター・クールセンに嫉妬しているんじゃないかしら」

「そんなことはありえない」ベストの上に置かれたベスの手を見つめ、彼は一瞬ためらった。

「いや、そうかもしれない」

凍りついていた彼女の心が少し溶けたが、アレックスをからかわずにはいられなかった。

「ミスター・クールセンは社会的地位や財産はないかもしれないけれど、ほかの面でそれを補って余りあるわ。あなたがなんと言おうと」

「当ててみようか。クラヴァットの結び方がしゃれているのか？　あるいは、気取った詩でも暗唱できるとか？」アレックスが鼻で笑う。

ベスは彼の首のうしろに手をまわした。やけどの跡に触れても、アレックスがいやがらないのがうれしかった。「念のために言わせてもらうと、彼はダンスがとても上手よ。そして非の打ちどころがないくらい礼儀正しいの」

次の瞬間、彼がベスの手首をつかんで背後の壁に押しつけ、体を寄せてきた。

「礼儀正しさというのは過大評価されすぎだ」

彼女が言葉を発する前に、アレックスが唇を重ねた。彼女は自分のものだと言わんばかりに激しくキスをする。ベスを手に入れることができなければ死んでしまうとでもいうように。

彼女の胸に花開いた欲求が下腹部へと落ちていった。アレックスにもっと触れたくて、体を弓なりにする。

「ああ、ベス」首筋に唇を這わせながら、彼がささやいた。「ぼくの頭がどうかしたのではないと言ってくれ。きみもぼくと同じように感じていると」

その言葉がとても誠実で正直に響いたので、ベスは本気にしてはいけないと自分に言い聞かせなくてはならなかった。彼女はアレックスにとって特別な存在ではない。彼が嫉妬したとしても、それはベスに愛情を抱いているからではない。彼が以前に言っていたように、〝犬はいつだって、よその犬がくわえている骨を欲しがる〟というだけだ。だまされるわけにはいかない。ましてや、恋に落ちるなんてとんでもない。

その一方で、この場を離れる気にはなれなかった。アレックスともっと親密になり、さらに深く結ばれ、彼の傷ついた魂に触れたいからだ。

「ええ」ベスはささやいた。「わたしも感じているわ」

「おいで」アレックスは彼女と指を絡ませると、寝室の中にいざなってドアを閉めた。「ここにいてくれ。ランプをつけるから」

ベスはうなずいて目を閉じた。悪名高い公爵の寝室はどんなふうだろうと想像する。房飾りのついた枕がたくさん置かれた巨大なベッドがあるのだろうか？　シーツは退廃的な赤と黒のシルク？　壁には快楽にふける全裸の男女を描いた絵が並んでいるの？

アレックスの手がヒップに置かれたのを合図に、衝撃的な光景を目にする心の準備をしてまぶたを開けた。

ほの暗い明かりに照らされた寝室は、意外にも普通だった。男性的だが趣味がいい。

「まあ。予想していたのとは違うわ」落ち着いた青と茶色で統一された部屋をじっと見る。

「売春宿のような内装を思い描いていたんだろう？」

「ええ、正直に言うとね」肩をすくめる。

「ベス、きみに知っておいてほしいことがある」アレックスが彼女の手の甲にキスをした。

「すべてを知りたいとは思っていないわ」きっぱりと言った。「たぶん、知らないほうがいいんじゃないかしら」

「この寝室に女性を連れてきたことは一度もない」

高鳴る心臓に落ち着くよう言い聞かせる。「いままでこの屋敷に、あなたが誘惑できるような女性が暮らしていなかったせいよ。もしいたら……」

「ぼくはそんなことはしないさ」彼は怒ったように言った。「なぜきみは、こうしているのが」ベスを引き寄せ、ふたりの体をぴったりと合わせる。「特別なことだと信じられないんだ？」

できることなら信じたい。でもこれまで信頼を寄せた人々からは、ことごとく失望させられてきた。教区牧師だったベスの父親は賭け事にのめりこみ、長女の結婚話をこっそり賭けの対象にしていた。そして両親が不慮の事故で亡くなると、親戚は手のひらを返したように三姉妹を冷遇した。ごく最近では、ベスたちが社交界の笑い物になってしまったせいで、友人たちが去っていった。

けれど、アレックスはベスの考えが間違っていると証明してくれるかもしれない。自信を取り戻させてくれるかも。

「わたしに信じさせて」彼と額を合わせながら、ささやいた。「この瞬間が本物だと証明してみせて」

「本物？」アレックスがやさしく彼女の頰を撫でる。「ドラゴンを信じているかい？」

「それとなんの関係が――」

「きみが読んでいる神話の本に出てくる怪物だ。蛇のような胴体の、舌先が割れたドラゴンを信じているかい？」

わけがわからない。アレックスは膝をけがしただけでなく、頭も打ったのだろうか？

「もちろん信じてなどいないわ。基本的に、神話に出てくる怪物は空想の産物なのよ」

「ぼくがドラゴンを見せてあげると言ったらどうする？」

「本に載っているの？」寝室までついてきたのは間違いだったかもしれない。難解すぎて、彼との会話についていけない。

「本ではない。いまここに、ぼくといるんだ」

「意味がわからないわ」ドラゴンというのは婉曲《えんきょく》的な表現なのだろうか？　つまり彼の……あるものを指して……。

まさかそんな。

アレックスがほほえむと、暗い中でも白い歯が輝いて見えた。「来てごらん」彼女の手を取り、足を引きずりながら天蓋付きのベッドを通り過ぎて窓まで行く。彼は小さなバルコニーに面したフレンチドアにかかっている分厚いカーテンを開けた。そのドアから外へ出て、緑が生い茂る庭を見おろせる錬鉄製の手すりの前にベスを立たせる。あたたかな夜風が木々の葉を揺らし、彼女の頬を撫でた。

「薔薇の植えこみのところにドラゴンを飼っているの？」

「いや、庭ではない」アレックスは北の空を指さした。「あそこだよ」針で開けた穴から差すような小さな光が、漆黒の夜空に輝いている。

「目に見えないドラゴンなの？　それとも飛んでいってしまったの？　どこにいるのかわからないわ」

「あそこだ」彼が自信ありげに言う。「こうやって見るんだよ」自分の前にベスを立たせると、アレックスは頭を低くして視線の高さをそろえ、地平線上のある一点を示した。「向こうのほうに尖塔《せんとう》が見えるかい？」

「ええ」バルコニーの手すりにつかまりながら、彼女は背後にいるアレックスの力強い体と耳元に感じる息遣いを意識した。

「そこからまっすぐ上に行くと、いちばん明るい星があるだろう？　それがドラゴンの耳だ。あの星を起点にして描かれる三角形が顔になる」

「まあ」なぜか心が震える。「星でできたドラゴンなのね」

「本物のドラゴンさ。ギリシア神話に出てくるラードーンだよ。黄金のりんごを守っているんだ」

「その話、覚えているわ。ヘラクレスが一二の功業のひとつとして、そのりんごを取ってくるのよね」

アレックスが腕を伸ばし、ドラゴンの輪郭を描いた。「胴体は左のほうへあがってから右に曲がり、もう一度左のほうに行っている」

ベスは彼のたくましい胸に体を預け、目を細めて星を見ていた。実のところドラゴンは見えていなかったが、まったく気にならない。

「ただの空想に思えることも、本物になることがあるんだよ。いまなら信じられるかい？」

アレックスの声はやさしかった。

「信じはじめようと思うわ」

「始めるだけなのか？　では、もう少し説得力のあることをしよう」

ゆっくりと、まるで世界中の時間を手に入れたかのように、彼はベスの髪を横にやって、うなじに口づけた。肩をもみ、腕のほうへと手を滑らせる。

アレックスがとてもやさしく、思いやりにあふれているので、一年のあいだに一〇人を超える美しい女性たちと快楽にふける女たらしという一面を忘れるのは簡単だった。この瞬間、彼はベスだけを見ている。手は彼女の体を触り、唇は肌をたどっていた。

これ以上に本物だと感じられることは、ほかに何ひとつない。

街は眠りにつき、静けさを破るのはそよ風のささやきと、遠くに聞こえる犬の鳴き声だけだった。ベスとアレックスは目の前に広がる世界の女王様と王様で、月の光に照らされたバルコニーはふたりの玉座だ。

彼女の膝が震えだすと、アレックスは自分のほうを向かせて唇を奪った。ベスも同じ情熱でキスに応え、自制心は消え失せた。錬鉄製の手すりは彼女のウエストの高さだったが、アレックスがしっかりと彼女を抱きしめている。脚のあいだに彼の片方の腿が押しこまれているので、下腹部のこわばりがはっきりと感じられた。

アレックスがベスを求めている。壁の花と呼ばれ続けたこの三年のあいだに、彼女は自信を喪失していた。来る日も来る日もそんなあだ名がささやかれ、舞踏会のたびに我慢し続けるという状況には、どんな女性でも打ちのめされてしまう。けれども今夜、少なくとも彼の腕の中にいるときだけは、そんな名前も流行遅れのドレスと同じように忘れ去ることができた。

そして、殻の下にある本当の自分になれた。

アレックスがうなるような声をもらし、脇から手を滑らせて彼女の胸のふくらみを包むと、先端を親指で愛撫した。ベスは彼のウエストから引きしまったヒップへと両手をおろしていった。

「ベス、どれだけきみと一緒にいようとも、ぼくには足りない」

ドレスのひもはすでにほどかれ、胸元がはだけて、ふくらみが冷たい夜風にさらされている。バルコニーの手すりを握って背中をそらすという官能的な彼女の姿に、アレックスが称賛の声をあげた。顔が近づき、かたくなったつぼみを口に含む。うずくような快感が生まれ、体の芯の部分まで徐々にさがっていった。「アレックス」小声で言う。「あなたが……欲しいの」

彼がベスのために、ゆっくりと進んでくれているのはわかっていた。でも、そんなことは望んでいない。ゆっくりというのはつかみどころがなくて弱々しく、実感に乏しい。彼女が欲しいのは、生々しくも力強く、本物だと確信できることだった。

そんな彼女を理解したかのように、アレックスがドレスの裾をまくりあげて身を押しつけた。ズボンを素肌に密着させ、ベスをあおるように腰を動かす。彼女の血が熱くなった。

ロンドンでもっとも悪名高い女たらしを相手に、真夜中にバルコニーで処女を失うなど、これまで一度たりとも想像したことはない。

でも、まさにそれが現実になろうとしていた。そして困ったことに、ベスは心の底からアレックスを欲していた。

「触ってもいいかい、ベス？　きみを歓ばせたいんだ」

言葉を発することができず、うなずくしかない。戸惑いと欲求がないまぜとなって、彼女の頬を赤く染めている。

アレックスの手がじらすように腿の内側を上へたどり、指が脚のあいだに到達した。熱く潤った部分を刺激されて、思わずわれを忘れそうになる。

「どうすると気持ちがいいか言ってくれ」

「わたしよりも、あなたのほうが知っているはずよ」いちばん敏感なところを指でさすられて、ベスは頭をアレックスの胸に預けた。彼の肩をぎゅっとつかんで体を支える。

「いいだろう？」彼の声は満足げだ。

「ええ」体中が激しくうずき、雲を突き破って美しい嵐が起ころうとしていた。

アレックスがふたたび胸に口づけて先端を舌で転がし、みだらな指使いで嵐を巻き起こそうと躍起になる。彼女はあたかも雷鳴が響き、地面が揺れているような感覚に襲われた。

不意に彼が顔をあげ、眉をひそめた。「感じるか?」

「何を?」快感で頭がもうろうとしている。

アレックスは急に冷静になったかのようにドレスの裾をおろし、足元を調べはじめた。

「バルコニーが揺れている」目を細めて、自分たちとフレンチドアのあいだに走る細い亀裂をじっと見る。「くそっ。危ない、逃げろ!」

20

アレックスはベスを手すりから引き離すと、フレンチドアのほうへ突き飛ばすような勢いで押した。足元では細いひびが深い亀裂となり、バルコニーが不安定に傾いた。

「部屋へ飛びこめ！」

床が傾くのと同時に、ベスは室内に戻れた。アレックスはうしろによろけて手すりに叩きつけられたので、彼女の姿を見失った。バルコニーはかろうじて――いまのところは――建物にくっついているが、四五度くらい傾いている。

ああ、神よ。自分のせいで彼女の身に何かあったら耐えられない。「ベス！」

四つん這いになった彼女が、ドアのところから顔をのぞかせた。

無事な姿を目にして、アレックスの胸を締めつけていたものがゆるんだ。

「動かないで。助けを呼んでくるわ」

「間に合わない」そう言ったとたん、バルコニーがふたたび傾いた。それにもし人が助けに来たら、ベスが彼の部屋にいたことがばれてしまう。「うしろにさがってくれ。飛び移るから」

「でも、脚が！」

「落ちて死ぬよりも、脚の痛みのほうがずっとましだ」

「ふざけないで」

「そこをどいてくれ」手すりを踏み切り板として使えるように体勢を整える。「このバルコニーはいつ落下してもおかしくない」

「気をつけて！」ベスがあとずさりする。アレックスは力を結集し、心の中で数えた。

一……二……三。

彼が建物に飛び移った瞬間、バルコニーは完全に崩落した。体が砕けたれんがと漆喰《しっくい》の壁に打ちつけられて息ができなくなり、手を離しそうになる。なんとか指先で窓枠にぶらさがることができたが、脚は宙ぶらりんだった。

激しい痛みで意識がもうろうとする中、ベスの声が聞こえてきた。「つかまっていて、アレックス。すぐに引っ張りあげるから」

「窓から離れているんだ、危ないから」息も絶え絶えに言う。

「すぐに戻るわ」彼女は姿を消したが、すぐに戻ってきた。シーツを手にしている。「わたしが合図をしたら、このシーツにつかまってあがってきて」

ベスは関節が白く浮き出た彼の手の横にシーツを垂らすと、またいなくなった。何かぶつぶつ言う声が聞こえ、動いている気配がしたあと、叫び声がした。「いまよ！」

ちくしょう！　アレックスの体の重みで彼女が引きずり落とされるような危険は冒せない。

ありったけの力を指先にこめて、彼は体を引きあげようとした。もし落ちたとしても、運がよければ植えこみに着地するだろう。思いきって下を見てみると、それほど甘くはなかった。真下には角の鋭い石や折れ曲がった鉄骨が散乱している。くそっ、落下は選択肢にはない。

横に垂れさがっているシーツを無視して、なんとか肘を曲げて体を持ちあげようとする。もし片方の肘を窓枠の下部につくことができれば、それをてこにして体を引きあげられるだろう。

「アレックス!」ベスが中から呼びかけた。「シーツをつかんで。こちらの端をベッドの脚に結びつけて、わたしもしっかり持っているから。信じてちょうだい」

返事ができなかった。ぶらさがっているので精一杯だ。腕は震えているものの、懸垂の要領で顔は手の高さまであがっている。

「お願いよ!」彼女が叫ぶ。

汗がこめかみから顔を伝い落ちた。前腕の筋肉が苦痛で悲鳴をあげている。右手が滑った。あと二秒もすれば、つかまっていられなくなるだろう。シーツが肩をかすめた。もうベスを信じるしかない。ふたりの命をかけて。

体の右側に垂れさがっているシーツを思いきってつかんだ。最初は片手で、そしてすぐに両手でつかまり、思いのほかしっかりしていることに安心した。そのままの姿勢で一瞬目を閉じると、自分は死なないと信じられるようになった。少なくとも、この場で死ぬことはない。

シーツをしっかり持って、足で壁面をとらえる。窓から寝室へ這いあがったが、うっかりカーテンを引っ張ってしまったので、レールが外れて落下した。

「なんという出迎えだ」息をあえがせ、落ちてきたカーテンをどけようと格闘する。膝が猛烈に痛い。

「アレックス、大丈夫？」ベスがそばにひざまずいた。まだかなり取り乱しているようだ。

「大丈夫だよ、女神様。神に見捨てられたぼくの命を、きみが救ってくれた。使用人たちはバルコニーが崩れたのには気づかなかったとしても、カーテンレールが落下した音で目を覚ましたに違いない。きみは早く部屋に戻るんだ。誰にも見られないように」

ベスは安心しつつもあぜんとした表情のまま、その場を動こうとしない。「どうしてもっと早くシーツをつかまなかったの？」

「きみを巻き添えにして、ふたりとも首の骨を折ることになったらいけないと思ったんだ」

「わたしを信頼してほしかったわ」彼女は傷ついているようだ。

「信じたよ。いまも信頼している。きみを傷つけたくなかっただけだ。いいかい、朝になったらちゃんと礼を言う。ぼくのしたことが間違っていたなら、それについても話し合おう。だがいまは、早くここを離れるんだ」

ベスがため息をついて立ちあがる。疲れているようだが、なぜかこれまででもっとも美しく見えた。

「もし廊下で誰かに出くわしたら、大きな音が聞こえたので何があったのかこちらへ確かめに来たふりをすればいい」

彼女はうなずき、部屋の中を見まわした。まるで略奪にあったような有様だ。

「壁紙の見本を持ってきたときには、こんなことが待ち受けているなんて想像もしなかったわ」

「悪いことばかりでもないさ」軽い調子で言いながらも、彼女もそう思っていてほしいと切に願った。

「ええ、そのとおりね」ベスがためらいがちにほほえむ。「おやすみなさい、アレックス」

翌朝、アレックスとダービーは庭でベランダの瓦礫《がれき》を調べていた。

石材と鉄骨が大きな山になっているのを目にして、ダービーが低く長い口笛を吹く。

「いままでバルコニーの床にひびが入っているのに気づかなかったのか？　裂け目や材質の劣化も？」

「ああ、しっかりしていたんだ。屋敷のほかの部分と同じく、まったく問題はなかった」

ダービーが腰に手を当て、当惑した顔でつぶやくように言う。「誰かが庭に忍びこんで、バルコニーの支柱に細工をしたのかもしれない。のこぎりを使って支柱にところどころ切れ目を入れ、人が上を歩くと崩れるように」

「ぼくもその説に賛成だ」アレックスは同意した。「だが、この残骸からは証拠が見つけられない。支柱を見つけ出せたとしても、故意に傷つけられたのか、崩れ落ちたから折れたのか判断する方法がない」

「でも、全体の状況から……」ダービーは考えこんでいる。

「これもぼくの殺害計画と見なすのが賢明だろうな。危うく成功するところだった」

「真夜中にバルコニーへ出て、いったい何をしていたんだ？」その言葉が終わらないうちに、すべてお見通しだと言わんばかりにダービーが目を光らせた。「美しい女性を楽しませていたんだろう？」

「違う」口調がきつすぎたかもしれない。

「心配するな、友よ。きみの秘密をばらすようなことはしないさ」

「なんのことを言っているのか、さっぱりわからないな」だが、心臓は激しく打っていた。ダービーにベスとのことを知られてはならない。誰にも。

「これですべてに納得がいくよ。堅牢《けんろう》なバルコニーですら、まるで女性のように、ロンドンでいちばんの伝説的な愛人の前では崩れてしまうんだ」

まったく困ったものだ。こうしてまことしやかなことを言う人々がいるから、余計な噂が広まってしまう。「聞こえなかったのか？　誰も一緒にはいなかったんだ」

ダービーはアレックスの様子を面白がるように、かかとからつま先へと重心を移動させて体を揺らしている。「きみがそう言うなら」まじめな口調になって尋ねた。「これからどうするんだ？」

「ニュートンとハーヴァーシャムを見つけ出して、この事故について問いただす」

「ふたりのどちらかの仕業だろうが、素直に認めると思うか？」ダービーは疑わしげな表情だ。

「いいや。しかし少なくとも、支柱に細工する時間と機会があったかどうかくらいはわかるだろう」

ダービーがうなずいた。「妥当な案だな。ふたりで手分けしようか？　きみがひとりを調べて、ぼくがもうひとりを」

真の友人だけが、こうした危うい状況にも手を貸してくれるのだろう。アレックスにとって、ダービーはこのうえない仲間だった。この二日間で、二度も殴りかけたとはいえ。

「そうしよう。きみはニュートンと話してみてくれ。きみのほうが、いろいろききやすいだろう。彼はまだボクシングの試合に腹を立てているからな。噂によると、顎が腫れあがって食事もままならないらしい」

「そしてきみの膝も腫れていて、歩くことすら難しい」ダービーがアレックスの脚を見る。

「ぼくの膝は問題ない」それは嘘だが、少しずつ快方に向かっているのはたしかだ。

「でも、ひどい顔をしているぞ」

「それはご親切に」そっけなく応える。「ゆうべはあまり眠っていないんだ」〝もし……〟という思いに取りつかれて、一睡もできなかった。もしベスがバルコニーから落ちていたら？　もし彼女が夜中にアレックスの部屋にいるのがばれていたら？　さまざまな可能性が生まれては消えていった。「ぼくはハーヴァーシャムと話をしよう。最近、彼はぼくを避けているがね」

「五〇〇〇ポンドも借りがあったら、ぼくだってきみを避けるさ」ダービーが言う。「ちなみに彼を探すには賭博場がいちばんだ。今夜紳士クラブで会って、結果を報告し合おうか?」

アレックスはためらった。「必要以上に屋敷を留守にしたくない。敵は――それが誰であれ、日増しに大胆になっている。祖母やぼくのまわりの人々が巻きこまれないように、目を光らせていたいんだ」昨夜はベスが犠牲になりかけた。「うちで夕食というのはどうだろう?」

ダービーがうなずく。「きみが最初に毒見をしてくれるならな」

21

「目を見張るほどすばらしく生まれ変わるわよ！」夫人が断言した。もちろん彼女はアレックスの書斎について話しているのだ。そのせいで、ベスの頭の中では絨毯と家具、調度品のさまざまな組み合わせがぐるぐるまわっていた。バルコニーが崩落したというのに、その話はほとんど出なかった。

テーブルの向こうから、アレックスがほどほどにしてくれと言いたげな目でベスに訴えかけている。彼女は夫人のほうを向いた。「いまの内装とは大きく違う仕上がりになるでしょうけれど、夫人がお選びになるものは閣下にぴったりだと思いますわ」

アレックスがうめき声をあげる。彼はベスよりも睡眠時間が短かったらしく、目の下にくまができていた。彼女は頭がぼうっとして、理路整然と話すのが難しくなっていた。今夜は早く寝ないと、アリステアおじのようにわけのわからないことを言いだしてしまいそうだ。

ダーバーヴィル卿が夕食に同席していることを夫人は喜んでいた。デザートのときにはベルベットのカーテンについて、彼の意見を求めた。するとダーバーヴィル卿は、落ち着いた色調の深い青なら非の打ちどころのない選択で、公爵の目の色を引き立てるのは間違いないと請け合った。その意見は冗談半分だったが夫人には通じず、アレックスだけが腹立たしそうな声をあげた。

ベスがデザートの最後のひと口をのみこんだところで、アレックスが言った。

「ダービーとぼくは話があるので、それが終わってから客間でご婦人方とご一緒しましょう」

「わかったわ、アレックス。椅子の生地が壁紙に合うかどうか確かめたいと思っているのよ。なのに壁紙の見本をどこへやったか、どうしても思い出せなくて。散らかった書き物机のどこかに埋もれているんでしょうね」

大変だ。アレックスが咳払いをした。ベスは夫人が寝室へ引きあげたら見本を探そうと決めた。バルコニーの瓦礫の下敷きになっていなければの話だけれど。「きっと、どこかから出てくるはずですわ」そう言うと、彼女は夫人に肘を差し出して食堂から出た。

本当はその場に残ってふたりの男性の話を聞きたかった。夫人にひんしゅくを買うのでなければ、ドアに耳を当ててでも聞きたいところだ。話というのはバルコニーのことだろう。昨夜バルコニーが崩落した現場に彼女が居合わせたことを、どうかアレックス以外の人に知られていませんように。

一時間経っても、彼らはやってこなかった。夫人は書き物机で内装案を見ながらうとうとしはじめた。あくびをすると、眠そうに目をこすって机の上を片づける。

「今日はずっと室内装飾の本を見ていたから、目がおかしくなりそう。もうベッドへ行くことにするわ」

「寝室までお送りしましょう」ベスは言った。

「いいえ、あなたはここにいて、アレクサンダーとダーバーヴィル卿にわたくしに代わってお詫びをしておいて。それからあなたも早くおやすみなさい。わたくしと同じように疲れきっているみたいよ。書斎の改装に一生懸命なせいね。あなたの助けに感謝しているわ」

ベスは頬を赤らめた。彼女がどの程度までかいがいしく手伝っているかを夫人が知ったら、衝撃を受けて幻滅してしまうだろう。「続きは明日にしましょう。朝食後すぐに始めるということでいかがですか？」

「それがいいわ。貧乏暇なしね」夫人は目配せをして、ベスの手をぎゅっと握ってから部屋を出ていった。

ベスは客間の縁をぐるりと歩き、食堂にいちばん近い場所を特定した。アレックスたちの話が少しでも聞こえてこないかと耳をそばだてたが、腹立たしいほど厚い壁のせいで何も聞こえなかった。

どうやって盗み聞きしようかと真剣に考えていたときにアレックスが勢いよく入ってきたので、心臓がどきりとした。「ダーバーヴィル卿はどちらに？」

「彼は帰ったよ。長話をするつもりはなかったんだ。祖母はどこだい？」

「お部屋に戻られたわ。眠くて目を開けていられないほどだったのよ」

「では、ぼくたちふたりきりということか」目尻にしわを寄せて口の端をあげ、最高に魅力的な笑顔を見せる。

「でも、まだ起きている使用人たちもいるわ」ベスはささやいた。

「きみに襲いかかろうなんて思っていないよ。だが、そうしてほしいというなら……」彼女の手を取って長椅子のほうへ行く。

ベスは真剣な会話の妨げになるようなことをさせるつもりはなかった。「アレックス、何かが起こっているんでしょう？　わたしも知っておくべきことが」彼の横に腰をおろす。距離は近いけれど、気になって仕方ないというほどではない。

「どういう意味だ？」アレックスはけがをしたほうの脚を伸ばして、顔をしかめている。

「夕食の席で、あなたとダーバーヴィル卿のあいだに深刻な空気が流れているのを感じたわ。バルコニーの事故と関係があるの？　あのときわたしも一緒だったことを、あの人も知っているの？」

「いいや」彼は即答した。「誰も知らないし、知られないようにするつもりだ」

その言葉に安心する。「本当に運がよかったとずっと思っていたの。あなたは死んでいたかもしれないわ。わたしだって、見つかっていたかもしれない。そんな中で犠牲になったのはバルコニーだけだったのよ」

「まさに運がよかったよ」アレックスがおどけた口調で言った。「もっと違う展開を望んでいたんだが」彼女の手を握って目を見つめる。

「そうね」ベスも同感だった。でも、もしかするとあれでよかったのかもしれない。いまの自分はもう、これまでのように無垢ではないかもしれないけれど、少なくともまだ最後までは許していない。

「話す時間ができてよかった」

その声にはベスを緊張させる響きがあった。「何を話すの？」警戒するように尋ねる。

「ぼくたちの取り決めについてだ」

「壁紙のこと？　ブルーグレーの渦巻き模様をやめたいのなら、夫人に伝えるけれど」

アレックスの顔に残念そうな表情がよぎる。「書斎の話ではない。正直、いままでは祖母が壁をピンク色に塗ろうと、どうでもいいんだ。状況が変わった。祖母ときみに、できるだけ早く田舎へ移ってもらいたい」

その言葉に、まるで頬を平手で打たれたように感じた。「でも……あなたはまだ願いをひとつしか、かなえてあげていないわ。たしかにふたつ目にも同意してくれたけど、完全にかなったというにはほど遠い。それに……それに……あなたは約束したじゃない」なんてこと。動揺のあまり、いまの自分の気持ちとは関係のない夫人の願いのことをぐずぐずと話すなんて。

ベスは自分の目の前でアレックスの心に変化が起こったと思っていた。祖母に対してやさしくなり、最近では一緒に過ごす時間も増えた。そんな中、心の壁を少し壊してベスを好きになってくれたように見えた。

なんてばかだったんだろう。ベスは世界一の女たらしの気持ちを変えるのを夢見ていたのに、彼のほうは祖母と彼女が出ていく日を指折り数えていたのだ。そしていま、これ以上待つのに嫌気が差したのだろう。彼女たちの出発を早めようとしている。

「ぼくたちが契約を交わしたのはたしかだ。それはきちんと守りたいと思っている。だが事情があって理由は説明できないが、きみと祖母にはここを出ていってもらう必要があるんだ」

ベスは彼の手を放すと、あとずさりした。「理由は言えないですって?」

「そうだ」アレックスは無表情になり、目を合わせようとしない。

「それならわたしが当ててみせましょうか。あなたはわたしにちょっかいを出そうと考えた。壁の花ならたやすく落ちるだろうと思ったから」

彼が驚いた顔をする。「ベス、そんな理由ではない」

「否定しないで」泣くまいと自分に言い聞かせた。「世間知らずな女を誘惑するという遊びを楽しんでいたんでしょう。でも、物事が思うように運ばないので計画変更。理屈っぽくて不器用な処女を相手にするのはやめることにしたのよ」

「それは違う」アレックスが身を乗り出す。「ぼくはきみを大切に思っている。だからこそ、早くここから離れてもらいたいんだ」

「あなたの言っていることはおかしいわ」ひどく傷ついていても、自尊心は保っていた。ベスは長椅子から立ちあがり、絨毯の上を行ったり来たりした。「どうして嘘までつこうとするの? 自分の気持ちに正直になって、わたしに飽きたと認めればいいじゃない。短い時間だったわね」冷ややかに言い放つ。「一週間くらいかしら？」

「やめてくれ」アレックスが目の前に立ちはだかった。「そんなことは言わないでほしい」

ふたりの関係を終わらせようとしているのが彼女であるかのように懇願する。

ベスは彼の胸に指を突きつけた。「わたしの言っていることが事実だから気を悪くしたの？　だったら、どんなふうに話してほしいの？」

「ぼくのことをばかだと言ってもかまわない。女たらしでも、堕落した男でもいい。だが、嘘つき呼ばわりはするな。きみのことが大切だと言っているときには」

目頭が熱くなり、喉が詰まった。なんという人だろう。「あなたの表現の仕方にはついていけないわ」


なんてことだ、この話し合いを台なしにしてしまった。髪をかきあげながら、今度はアレックスが部屋の中を行ったり来たりしはじめた。

彼は命を狙われていることをベスに話そうと考えていたのだが、夕食後にダービーに相談して反対された。知らないほうが安全でいられるというのが理由だ。友人のその意見にアレックスは同意した。アレックスとベスの関係が、すべてを複雑にするとは思いたくなかった。いずれにしても、ダービーはふたりのあいだに起こったことをまだ何も知らない。

ベスが傷ついている――さらに悪いことに、彼女を思うアレックスの気持ちを疑っている――のを目にして、彼は考え直した。

ベスと向き合い、大きく息を吸う。「昨夜バルコニーが崩落したとき、きみは死んでいたかもしれない」

「わたしたちふたりとも、命を失っていた可能性があるわね。それとなんの関係があるの?」

「バルコニーが壊れたのは事故ではないんだ」ついにパンドラの箱を開けてしまった。もうあと戻りはできない。

ベスが用心深い目を向けてくる。「ふたりでいることを誰かが知っていたの?」

「そういうわけではない。ぼくが夜に寝室からバルコニーへ出て気分転換するだろうと考え、それがぼくの人生最後の日になるように願ったやつが、数日前に支柱に細工をしていたらしい」

彼女はこめかみを指で押さえている。「どうしてそんなことをする人がいるの?」

「いい質問だ。ぼくはいま、その答えを調べているところだよ」

「たしかなの? バルコニーなのよ。老朽化のせいとか、ただの事故というのもありうるでしょう」

「これははじめての事件じゃない。先日は毒を盛られた。それからほどなくして、馬車が転倒した」

話を理解するのに、少し時間が必要なようだ。「あなたの膝は……本当にボクシングの試合中にけがをしたの?」

アレックスはうなずいた。「これに関しては、すべてぼくに責任がある」

ベスがよろよろと長椅子に沈みこみ、顔をあげて彼を見る。「誰かがあなたを毒殺しようとした」

「そうだ。その数日後、理由もなく車軸が折れて、馬車の事故が起こった。そしてバルコニーの崩落だ」

「彼かが本当にあなたの命を狙っているのね？」彼女は目をしばたたいた。

「残念ながらそうらしい。これでようやく、ぼくがきみと祖母にはこの屋敷にいてほしくないと考える理由がわかっただろう？」自分が外見から想像されるような冷淡で残酷なろくでなしではないと、ベスに理解してもらいたい。

息を殺して彼女の返事を待った。

「ええ」ベスの口元が震えている。

アレックスは隣に腰をおろし、彼女の手を取った。「きみにはどこへも行ってほしくない。だが、きみの身に何か起こるなんて耐えられないんだ。その可能性があると思うだけで、ひと晩中眠れなくなる」

「あなたを信じるわ、アレックス」

「ありがとう」胸の大きなつかえが取れた。体を前に傾けて、ベスと額を合わせる。

感情がこみあげてきたようで、彼女は青い目に涙を浮かべていた。「だけど、わたしが危険にさらされていると信じる理由などないわ。あなたが標的なのよ、残念ながら。それに、もっと早く打ち明けてほしかった。わたしも犯人探しを手伝うわ」

なんてことだ。まさにこれを恐れていた。アレックスは背筋を伸ばすと、毅然として首を横に振った。「きみの助けは必要ないし、きみを巻き添えにするつもりもない」

「好むと好まざるとにかかわらず、わたしはもう関わってしまったのよ。わたしたちのあいだには何か特別なものがあると、あなたは言ったわよね」ベスは絡み合うふたりの手を見た。「わたしを避けないで。将来を夢見たりはしないわ。自分の立場をわきまえてる。わたしは棘のある壁の花で、一生独身の運命なの。あなたは気難しい公爵で、戯れの恋に生きる人。でもいまこの瞬間、あなたはわたしを必要としていて、わたしは……そう、わたしは必要とされることを必要としているのよ」

22

結局、ベスはアレックスを信じた。彼は祖母とおせっかいなコンパニオンを自分の屋敷から追い払おうとしていたのではないことが、ようやくわかった。アレックスは彼女たちを守ろうとしていたのだ。

実際には、保護を必要としているのは彼のほうだけれど。

「きみはすべてを誤解している。さらに悪いことに、何もわかっていない」彼の一言一句にいらだちが感じられた。「きみと祖母を心配して頭がどうかなりそうな状態で、犯人探しに専念することなどできない」

ベスは大切な人や家族を守りたいという気持ちを痛いほど理解していた。だからこそ、アレックスのそばを離れられない。

「きみたちふたりの身の安全を確保したい。容疑者をとらえ、しかるべき措置が取られたら、すぐに戻ってくればいいんだ」

それは思いやりにあふれた言葉だったが、アレックスや夫人と一緒に暮らすようになってから、ベスは先の約束などしないほうがいいと知った。彼女とアレックスの関係は、夜空を一瞬照らしてすぐに消えてしまうヴォクソール・ガーデンズの花火みたいなものだ。

アレックスは彼女に飽きると――そうなるのは間違いない――自堕落な女たらしに戻り、ロンドンでもっとも美しい女性たちの腕の中で毎晩過ごすようになるだろう。

それは避けられないと知りつつ、自分の目でそんな場面を目撃するのはごめんだ。この屋敷を去ったら、二度と戻ることはないだろう。

でも、まだアレックスに別れを告げる心の準備ができていなかった。

「この話を理解して受け入れるには時間が必要だわ」本当にベスが必要としているのは、アレックスを助けてから、尊厳を保ったまま優雅に彼の人生から姿を消す方法を計画するための時間だ。心が傷つかずにいられると考えるほど愚かではない。心の傷はすべてが終わってから、一生かけて癒せばいい。

さしあたっては、この屋敷に残らせてくれるようアレックスを説得しよう。全力を傾けているときのベスは、なかなかの説得力を発揮する。そして近頃では、彼女の武器庫には新たな兵器が加わった。誘惑だ。この兵器の扱いに精通しているとはまだ言えないけれど、彼女はのみこみが早い。

しかも、最高の相手から扱い方を学んでいる。

「時間がないんだ」アレックスが言った。「ここにとどまるのが長くなると、けがをしたり、もっとひどいことになったりする危険が増す」

「何日も待ってとは言わないわ。今夜遅くに、わたしの部屋へ来て。いろいろな選択肢について、率直に話し合いましょう」

「選択肢などないんだよ、ベス。きみは――」

廊下から使用人たちの話し声が聞こえてきたので、アレックスは口をつぐんだ。長椅子から立ちあがってベスから離れる。

「寝室へ行く前に夫人の様子を見てきます」ベスは聞こえよがしに言った。それから声を落としてつけ加える。「あなたを待っているわ」


真夜中過ぎ、アレックスはベスの寝室のドアの前で躊躇していた。来るべきではなかったのだろうが、最後に一度だけ彼女を抱きしめたかった。そしてベスが屋敷を離れる前に、アレックスが女たらしではないのと同じように、彼女も壁の花ではないと言い聞かせる必要がある。洗いざらい打ち明けるのは簡単ではないけれど、彼女は事実を知るべきだ。

取っ手に手をかけると、ドアが少し開いているのに気づいた。体をすばやく滑りこませ、ドアに差しこんである鍵をまわした。

ランプのやわらかい明かりの中で、ベスは透けるような生地の寝間着だけを身につけて、椅子の上で両脚を折って座っていた。波打つ長い髪は彼に触れられるのを、輝きを放つみずみずしい肌はキスされるのを待ち望んでいるかのようだ。

ああ、彼女は壁の花とは対極に位置している。まるで女神だ。この瞬間、アレックスがいかに高潔であろうと、その魅力にあらがうのは不可能だった。

ベスは彼を見て穏やかにほほえみ、本を置いて近づいてきた。しなやかな腕を首にまわして抱きつき、体を押しつけてくる。「来ないのかと心配になったわ」

「ぼくが本当に来たらどうしようと心配するべきだったね」喉の奥から絞り出すように言い、彼女の寝間着のつややかな生地に手を滑らせた。

「そんなことはないわよ。命を狙われていることを話してくれてありがとう。あなたがなぜおばあ様を田舎へ行かせたいのか、ようやく理解できたわ。あなたが心ない人だなんて決めつけるべきではなかったのよね」

「ぼくは天使ではない」これはある意味、彼には近寄らないほうがいいという警告だった。

「もしぼくがそんなにいい人間なら、この部屋には来なかったよ」

「わたしだって天使ではないわ」ベスは唇で彼の首にそっと触れた。「もしそうなら、あなたに来てほしいなんて言わなかったはずよ」

体がすでに痛いほど高ぶっていて、アレックスはうめくような声をあげた。

「話し合わなければならない。どうすれば早急に引っ越しができるかをね。改装が完了するまで待てないと知ったら、祖母はがっかりするだろうが――」

「しいっ」ベスが冷たい指先を彼の唇に当てる。「詳しい話はあとで。あなたはこの二日間、ほとんど寝ていないんでしょう。さあ、横になって」

ベスの言うとおりだった。疲れきっていて、大切なことを決断できるような精神状態ではない。ベッドがとてつもなく魅力的に映る。それに彼女も。

ベスは彼と手をつなぎ、天蓋付きのベッドへといざなった。歩を進めるたび、そそられるような形のいいヒップが左右に揺れる。「今日はブーツを脱がせる必要がなくてよかったわ」布張りのヘッドボードの前に置かれた枕を手で軽く叩きながら、彼女はアレックスをからかった。

「少し休みたいな、きみがよければ」羽根枕に頭を預けてベッドに横たわる。

「あなたが出かけているあいだに、わたしはお昼寝をしたの」彼女は猫のようにするりとベッドにあがってアレックスに体を寄せ、指でやさしく髪をすいて顔を撫でた。「このベッドに横になって、昨日の夜のことを考えたわ。空にまたたく星、肌をくすぐる夜風、そしてわたしの体に触れるあなたの手を思い出していたの。何よりも、あなたに愛撫されて……どれほどすばらしかったかを何度も夢想したわ」

「ベス、きみに言わなければならないことが――」

「そして、わたしもあなたに触りたくなった。あなたにも同じように感じてもらいたくて」

アレックスは息をのみ、言葉を失った。

「あなたは何もしなくていいの、どうしてほしいかだけを教えてちょうだい」彼女がかわいらしく肩をすくめる。「わたしにははじめてのことだから」

「きみは正直だな」彼はベスの手を取り、手のひらに口づけた。「きみのすべてが好きだよ、ベス。どんなところも」

彼女はうれしそうにほほえみ、アレックスのシャツのボタンを外して前をはだけると、むき出しの胸をじっと見つめた。そこに指を滑らせ、ウエストのあたりの毛をいたずらに触るので、彼の鼓動が激しくなった。ベスをベッドに押し倒し、唇にキスをしたくてたまらない。

「あなたを味わいたいわ」彼の許しを待つことなく体をかがめ、唇で首、胸、腹部へとたどっていく。身を乗り出しているので、シルクのようになめらかな彼女の髪が胸をくすぐり、大きく開いた寝間着の襟元からは豊かなふくらみが見える。もう我慢できない。

アレックスは彼女をベッドに横たわらせると、脚のあいだに自分の脚を押し入れた。

「きみに触られながら、何もせずにじっと寝転んでいるなんて無理だ」

ベスが誘いかけるようにほほえむ。「わたしにも触ってちょうだい」

その言葉を聞き終わらないうちに、彼女の脚の内側に手を差し入れ、しなやかな腿を撫でた。「ゆうべバルコニーで……こうされるのがよかったのか？」

「ちょっと違うわ」息も絶え絶えにベスが言う。

ヒップを手で包みこみ、脚の付け根をじらすように愛撫する。「これはどうかな？」

「とても近いわね」

「これかい？」ようやく、もっとも敏感な部分を指でさすりはじめた。

「そうよ」ベスがあえぎ声をあげる。

神に――そして未亡人に――感謝だ。二年前のある舞踏会で、その未亡人はアレックスを食料庫に連れこむと、女性を歓ばせる方法を詳細に教えてくれた。彼女との出来事は、アレックスにとっては学びの場のようなものだった。参加者というよりは、冷めた傍観者のように感じられる形だけの行為だった。

だが、ベスとは夢中になれる。相手の歓びを自分のものとして感じられた。アレックスが望むものは、彼女にわれを忘れさせることだけだ。

寝間着の胸元を引きさげ、胸の頂を口に含んで軽く吸う。

「アレックス」ベスは彼の肩をつかみ、すすり泣くような声をあげて求めている。そう、彼女自身が求めるものであってほしい。ベスにとってははじめての愛の行為を、すばらしいものだと感じてほしい。

社交界では、アレックスのベッドでの技巧はすごいと信じられている。だが、もし彼がそれほど巧みなら、ベスはすでに恍惚《こうこつ》の叫び声をあげているはずだ。正直なところ、もう二年以上も女性とベッドをともにしていない。そして技術が足りないところは、相手を歓ばせるという決意と努力で補う必要があった。

ベスの肌に唇を這わせて味わう。あらゆるくびれを手のひらでたどり、その完璧な体を楽しんだ。彼女の乱れた呼吸、ため息、うめき声のすべてに耳を澄ませ、最高の快感をもたらすのはどこかを正確に見つけようとした。アレックスを信じるというベスの気持ちを謙虚に受け止め、彼女の美しさにおののきながら、そのすべてを記憶にとどめようと心に決める。へその右にある母斑、膝の裏を触るとくすぐったがること、首筋の敏感な肌。

アレックスは伝説的な愛人にはほど遠かったが、ベスは彼の行為に満足しているようだ。快感の高まりに頬を上気させ、彼のシャツをぎゅっとつかむ。「アレックス」息遣いが速まった。「こんな感じは……ああ」

ベスが体をこわばらせ、押し寄せる波に身を投げ出した。アレックスは彼女を抱きしめ、解放の力のすばらしさを堪能した。

少し落ち着くと、ベスが物憂げにほほえんだ。満たされながらも、驚いたような表情を浮かべている。「こんなのはじめてだわ」

正直なところ、彼もそうだった。彼女の顔にかかった巻き毛を払って尋ねる。

「どんな感じなんだ？」

「そうね」彼女がいたずらっぽく目を光らせた。「まるで新しい世界で目覚めたみたい」

「目覚めたというのはいいな」ベスの言葉をうれしく思うと同時にほっとする。

アレックスの胸や腹部を指先でなぞりながら、ベスが片肘をついて手で頭を支え、横向きになった。「でも、もっと先のことも教わりたいわ」

彼は目を閉じると、必死に平静を保った。「ベス、ぼくはこれで満足なんだ。だが――」

彼女の手が下のほうへ滑り、アレックスのズボンの上で止まった。そのズボンは下腹部のこわばりを隠すのにことごとく失敗している。

それと同じように、口先だけのもっともらしい言葉もすべて消え失せていた。

23

ベスは自分の大胆な行動が信じられなかった。けれどアレックスはどうすべきかをよく心得ているはずだし、こうした行為も受け入れてくれるだろう。

本能の赴くままに、ズボンの上からふくらみをさする。彼のうめき声に励まされるように、ウエストバンドの下に手を滑りこませて、さらに下へ――。

「だめだ」アレックスが身をよじってベッドからおりた。

ああ、まったく。自分は何ひとつうまくできない。

ベスの心の声が聞こえたかのように、彼が言った。「きみのしてくれたことがだめなわけじゃない。信じてくれ。ぼくはきみのベッドでひと晩過ごしたい、それだけなんだ。きみに対してはひどいと思うんだが」

彼女は疑わしげに首を横に振った。アレックスのような人は、ためらったりしないと思いこんでいた。目の前にぶらさげられた快楽を享受すること以外には関心がないのだと。彼が抵抗しているのは、女たらしの手管のひとつなのだろう。心を揺さぶる言葉は、純潔を差し出すのを躊躇する処女を誘惑する方便にすぎないのだ。

ベス自身が望んでいるのだと、彼にはわからないのだろうか？　聞こえがいいだけの空疎な言葉を彼女にささやく必要はない。

「わたしが自分のベッドで夜を過ごすのがどれほどひどいことなのか、気がつかなかったわ。あなたは大きないびきをかくの？　それともシーツをひとりじめするのかしら？」

「いや」アレックスが弱々しくほほえむ。「きみに対してひどいと思うのは、きみがここにとどまることができないからだ。もしぼくが本当のことを言わずに、きみをこの屋敷から出ていかせたりしたら、ぼくは女たらしの中でも最低な男になってしまう」

ベスは舌先を噛み、言葉が口をついて出るのを抑えた。結局のところ、彼は最低の女たらしとして知られており、これまではそう呼ばれても気にしなかったらしい。

どうしてアレックスは自分を制してしまったのだろう？　彼から信頼され、その心の暗い片隅に招き入れてほしかった。彼の心に巣くう悪魔を追い払わせてほしかったのに。

きちんと話せるようになったと思ったので、彼女は口を開いた。「わかったわ。わたしは夫人とわたしがここを離れるというあなたの頼みについて考えていたの」

「頼みではない」アレックスが口をはさむ。「必要なことだ。きみの安全とぼくの心の平安を保っていられるように、きみがこの屋敷を離れることが必要なんだよ」

「では、朝食の席であなたが自分からおばあ様に言うべきだと思うわ。夫人は傷つくでしょうね、もちろん。いまこの瞬間には、羽目板やカーテン、壁の張り出し燭台の夢でも見ていらっしゃるでしょうから」

「ベス」彼がすがるように言う。「この件にはきみの協力が必要なんだ。祖母はわかってくれないだろう。ぼくが厄介払いしようとしていると思うはずだ。そんなふうに祖母を傷つけることはできない。うまく伝えられないが、祖母はぼくの世界の中心なんだ」

ベスは肩をすくめた。彼の言葉が心に響かないだけでなく、傷ついたかのように。アレックスの世界の中心になれたら、すばらしい心地がするに違いない。彼の心の中にある夫人の居場所を奪いたいのではない。「夫人が理解できるような言葉がきっと見つかるわ」

端整な顔を手でこすりながら、アレックスはベッドに腰をおろした。「火事のあと、祖母はぼくを看病してくれた。何週間ものあいだ昼も夜も。ぼくの苦しみをわがことのようにとらえ、ずっとそばから離れなかった。ぼくの両親の葬儀にさえも欠席したんだ」

わきあがる同情を抑えこみ、ベスは譲らなかった。「夫人は強い女性よ。そしてあなたを愛しているわ」

「そこなんだよ。ぼくの命が狙われていると知ったら、祖母は取り乱すだろう。感情を抑えきれないはずだ。心配しすぎて体調を崩してしまうかもしれない」

「そのとおりね」平静を装ってベッドからおり、椅子にかかっていたガウンを取って袖を通す。「あなたのおばあ様は精神的な打撃から回復されたら、当局へ行かれるでしょうね。国王に書簡を送って現状を訴えるかもしれないわ」アレックスは顎を引きつらせている。「それから来る日も来る日も窓辺に座り、あなたが死亡したという知らせが届くのではないかとおびえながら過ごすことになるでしょうね」

「祖母に殺害未遂のことは話せない」彼が断言する。

「夫人には何も言うつもりはないわ」

アレックスが助けを求めるように近づいてきた。「きみなら祖母に真実を告げずに、田舎へ引っ越すよう説得することができるだろう」

彼の裸の上半身がランプの明かりにつやめき、その力強い目で見つめられていると拒否するのが難しかったが、ベスは強気を崩すまいとした。「あなたはわたしを買いかぶりすぎよ。それにわたしたちは取り決めをしたでしょう。決定した条件に従うことにするわ」

「取り決めだって？」信じられないという面持ちで言う。「誰かがぼくを殺そうとしていて、きみと祖母にも危害が及ぶ可能性があると打ち明けたんだ。それなのにきみは、ぼくにばかげた取り決めを守るよう要求するのか？」

「あなたもわたしに夫人を説得させようとしているでしょう？」ベスは言い返した。

「それは……そうだが」彼が口ごもる。「しかし、きみはその理由をわかっているだろう。これは生きるか死ぬかの問題なんだ」

「理由など関係ないわ」彼女は冷淡なふりをした。「取り決めは守らなくてはね」

「ベス」アレックスに目をじっと見つめられると、とろけてしまいそうになる。彼はとても誠実で、傷つきやすそうに見えた。「お願いだ、ぼくを助けてくれ」

これまで真剣に助けを乞われて、断れたためしがない。彼の頼みなら余計に難しい。だが、妥協するつもりは毛頭なかった。「あなたがどう感じていようと、わたしは助けたいと心から思っているわ。あなたの望むやり方とは違うかもしれないけれど」

「どういう意味だ？」

「あなたのおばあ様の三つ目の願いをかなえつつ、犯人を捕まえる方法があるかもしれない」

アレックスがいぶかしげな目で彼女をじっと見た。「聞かせてくれ」


ベスはアレックスの手を取り、彼を待って本を読みながら座っていた椅子にかけさせた。自分は正面のフットスツールに腰をおろし、体を彼のほうに傾ける。「疑わしい人をすでに挙げてあるのでしょう？」

「いまのところ、ふたりだ」昼間にダービーと調べたが、ニュートンもハーヴァーシャムも除外できなかった。ふたりにはアレックスの寝室のバルコニーに細工する時間と機会がじゅうぶんにあった。「ダービーとぼくは、彼らから目を離さないようにしている。どちらかが間違いを犯すのを待っているんだ」

「ふたりを追いつめようとして労力を使う代わりに、こちらへ来るよう仕向けるのはどうかしら？」

「なるほど。玄関の扉を大きく開けて、彼らを夕食にでも招待するのか？」

ベスが唇を噛む。「舞踏会はどう？」

「舞踏会だって？」

「普通の舞踏会ではなくて……仮面舞踏会よ」

それは彼に死ねと言っているのと同じだ。残念ながら誇張ではない。「絶対にだめだ」

ベスは立ちあがってアレックスの背後へまわると、指を腕から肩へそっと這わせた。

「夫人は今朝、それがいちばんかなえたい望みだとわたしにおっしゃったわ」ため息まじりに言う。「わたしの最初のひとことも、あなたと同じだった。仮面舞踏会なんて無謀だと思ったから」

「仮装をした大勢の人々が殺人未遂の容疑者と同じ部屋にいるなど、考えただけでも恐ろしい。騒ぎが起こるのは間違いないよ」

ベスが彼の耳元に口を近づける。「その悪党を見つけて捕まえられるように入念な計画を練れば、そうはならないわ」

「ベス、これはどじでまぬけな悪人が登場する連載小説ではない。遊びじゃないんだ。ぼくにはきみや祖母、そして何百人もの招待客をみすみす危険にさらすことなどできない」

「その気持ちはわかるわ」彼女がまじめに言う。「わたしも同じ意見よ。でも日を追うごとに、犯人は大胆になっているでしょう。どこで待ち伏せされ、いつ攻撃されるかわからない。状況をきちんと把握しておけば、わたしたちが優位に立てるわ」

〝わたしたち〟という言い方を耳にして心があたたかくなったが、同時に恐怖も感じた。ベスはこの面倒事に足を踏み入れるべきではない。「なぜ犯人が舞踏会へ来ると思うんだ?」

「招待を断ると、かえって目立つからよ。疑いを招かないのが最良の策だと思っているはずだわ」

アレックスは考えをめぐらせた。「容疑者が参加すると仮定して、どうやって割り出せばいい？」

「わたしもそこまでは考えていないのよ」ベスは素直に認めた。「あなたとダーバーヴィル卿、そしてわたしの三人が集まれば、何か独創的な案を思いつくのではないかしら」

「きみの自信は大したものだな」彼は冷ややかに言った。しかし、この計画は有効かもしれない。

「あなたが反対しているのは仮装をしたくないから？」彼女が魔女のような指使いでアレックスの肩をもんだ。

「まさか」少しのあいだ黙りこむ。「正直なところ、仮装は大嫌いだ。なぜ仮面舞踏会にする必要があるんだ？」

ベスが肩をすくめた。「最大の理由は、あなたのおばあ様の希望だからよ。それに利点もあるわ。仮装することで正体を隠せると思ったら、犯人はきっといつもより大胆になるはず。つまり間違いを犯す可能性も高まるわ」

彼女の言うことには一理ある。「ふたりの容疑者がどこにいるかを、つねに把握しておく必要があるな。仮装していると難しいのはたしかだが、彼らの屋敷からここまで誰かにあとをつけさせれば、ふたりの格好がわかる」

「そのとおりね」ベスが喜ぶ様子は猫のようだ。椅子の周囲をまわり、肘掛けに腰をおろして、じらすように脚を近づけてくる。「明日の朝食の席で、夫人のいちばんの望みがかないそうだと言ってもいいかしら？」

「まだ手放しでは賛成できない」彼女の髪の柑橘系の香りと、その目に浮かぶ官能的な光が思考を曇らせる。「舞踏会の準備にはどれくらいかかるだろう？」

ベスは視線を天井に向け、しばらく考えこんだ。「一週間ね」大きく息を吐き出す。「簡単ではないわよ。急遽《きゅうきょ》開催するにあたって、夫人が納得するような、何かもっともらしい理由もひねり出さないと。いずれにしても、必要な準備は一週間あればできると思うわ」

「それがぎりぎりだな。いまや、きみがこの屋敷にいるのは無謀なことなんだ」アレックスは彼女を引き寄せて腿の上に座らせた。ベスがうれしそうな笑顔を見せ、彼の肩に頭をもたせかける。

「これで決まりね」彼女はあくびをして、さらに寄りかかってきた。

「ひとつ約束してほしい」

ベスが眠そうな目で見あげる。「なあに？」

「もし仮面舞踏会で犯人を捕まえることができなければ、きみと祖母は翌日にここを発《た》つ」

彼はためらいがちに言った。「そうすると約束してくれ」

ベスははっと息をのんだ。アレックスにしてみればもう限界なのはわかっている。でも、舞踏会の準備を一週間以内に終わらせるには、どうすればいいのだろう？　招待状、衣装、楽団、軽食のメニュー、飾りつけ……こうしたすべてを、書斎の改装を手がける夫人を手伝いながらこなすのだ。そして一週間が終わったら、アレックスに別れを告げなければならない。彼の命の危険は去っていないにもかかわらず。

じっと黙りこんでいると、アレックスがいらだったように言った。「もうこれ以上、交渉の余地はないよ、ベス。言い訳も延期も認められない。一週間したら、きみと祖母には田舎へ移ってもらう。約束してくれるか？　それとも……」

ほかの選択肢はない。この案に同意しなければ、彼は明日にでも荷造りを命じるだろう。

「約束するわ」

「ありがとう」その声には安堵《あんど》の響きがあった。自分もほんの少しでいいから安心できたら、とベスは思った。

ふたりで一緒にいられる時間は限られている。時を刻む音が聞こえてくるようだ。けれど少なくともいまこの瞬間アレックスはここにいるし、そのたくましい腕に包まれて、彼女の心配はひとまず棚あげされている。「あと少しのあいだ……こうしていられるかしら？」

「大丈夫だよ」彼のかすれた声が肌を愛撫し、キルトのように包んでくれる。裸の胸に鼻をすり寄せて香りを吸いこみ、たくましい体に身を預けた。

ああ、この瞬間がずっと続けばいいのに。

つねに世界に対して反発する必要などないのかもしれない。

彼女の味方もいるのだろう。

もちろんかたわらには、いつも姉と妹がいる。これからもいてくれるはずだ。だけど、もしベスだけのために誰かがそばにいてくれたら、すてきなのではないだろうか？　アレックスのような人がいてくれたら。

脚を絡ませ、規則正しく打つ心臓の上に手を重ねて、ベスはまどろんだ。今夜だけは少なくとも、アレックスは彼女のものだ。

目を覚ますと、彼に抱きかかえられていた。暗闇の中でまばたきをする。

「アレックス？」

「心配しなくていい」彼がやさしい声で言った。「きみをベッドへ運んでいるんだ」

ベスは彼の首に顔をすり寄せた。「わかったわ」ベッドのほうが椅子よりもいい。やわらかなベッドに横たわり、彼と抱き合おう。窓の外で小鳥たちがさえずりはじめるまで。

アレックスは彼女をそっとおろすと、上掛けで体を包んだ。ベスは困惑して、彼のほうに腕を伸ばした。「まだ夜明けには早いわ。ここにいたくないの？」

「無理なんだ」そっけない返答に、彼女は腕をおろした。アレックスが額にキスをする。

「眠りなさい。明日は忙しくなる」

彼はシャツの裾をズボンに入れた。「おやすみ、女神様」

24

次の日の夜、賭博場に足を踏み入れたアレックスは、窓がなく、たばこの煙が立ちこめる室内の薄暗さに慣れるようにしばらく目を細めていた。部屋の向こう側から断続的に叫び声が聞こえてくる。貴族、職人、兵士たちが入りまじって、ハザードと呼ばれる博打《ばくち》のテーブルを囲んでいた。彼らの運命は転がるさいころ次第だ。男たちの顔をちらりと見るだけで、誰が運を味方につけているか、あるいはつきに見放されているかを見分けることができた。

アレックスは比較的空いているトランプ博打のテーブルで、ハーヴァーシャムの向かいに座った。いつものように酔っ払った子爵は片方の手を背もたれのうしろに垂らし、椅子にだらしなく座っている。突き出た下腹でベストのボタンがはちきれそうだ。

「さあ、ブラックシャー、金を取り返す機会を与えてくれよ」

「あなたの要求は借金を完済していないと意味が通らない。そうではなく、ぼくに対して支払い義務がある多額の負債を減らす機会を与えてほしい、と言うべきだろう」

ハーヴァーシャムが違うと言いたげに手を振る。「わたしの言いたいことはちゃんとわかっているはずだ。ブラックジャックをしようじゃないか。もしこちらが勝ったら、借金は帳消しだ」

アレックスは鼻で笑った。「われわれふたりのうちの片方にとって、それでは危険が大きすぎる。ちなみに、それはぼくのほうではないがね」

子爵は葉巻に火をつけた。「それは卑怯だぞ、公爵。勝ち逃げは認められないな」

顎に伸びたひげを撫でながら、アレックスは相手の言葉を考えているふりをした。ハーヴァーシャムを探しにペル・メル街へ来た。何か言いたげなベスの目と屋敷から逃れるだけでなく、〝敵から目を離すな〟という格言に従ってのことだ。

ハーヴァーシャムが殺害計画をくわだてているという証拠はないものの、この男には確たる動機がある。もし彼が犯人だとすれば、酔った勢いで尻尾を出すようなことを言うかもしれない。「いいだろう。だが、五〇〇ポンドだけだ」

「結構だ」子爵は手をこすり合わせた。

アレックスはいつもならカードを引かないようなときにも一枚引いて、投げやりな勝負をした。それでもなお、カードの合計が二度も二一になり、たやすく勝ってしまった。

ハーヴァーシャムの機嫌が悪くなる。「ブラックシャー、どんな秘訣《ひけつ》があるんだ?」ばかにしたような言い方できく。

「秘訣など何もない」アレックスはゆっくりと言った。「もっとも基本的な算数の計算と、ほんのわずかな分別に頼るだけだ」その両方が子爵には欠けていた。

「それは驚きだ」ハーヴァーシャムが鼻先で笑い、血走った目を細める。「わたしに分別がなければ、配られる前にきみはカードを全部知っていると思うところだよ」

「言葉に気をつけろ」アレックスは警告した。「ぼくが不正を働いていると前回あなたが口にしたときには、目のまわりに痣を作ってやった。次は鼻を狙うからな」

「きみの説教など必要ない」子爵は立腹した様子で紙に何かを書きつけると、テーブル越しに叩きつけた。「借用証書だ。近いうちに支払うから待っていろ」

「期限は今月末だぞ、ハーヴァーシャム」アレックスは言った。寛大というにはほど遠い。

「紳士なら、借りはきちんと返すべきだ」

「本当の紳士は、ほかの男の妻を誘惑したりしない」ハーヴァーシャムが吐き捨てるように言う。

「同意見だ」アレックスは立ちあがり、上着の襟元を正した。「ありがたいことに、ぼくの場合は奥方たちのほうからすり寄ってくるんだよ」

「この野郎！」敵意に満ちた目でにらみつけながら、子爵が叫んだ。

「では、今月末に」アレックスは相手に釘を刺してから立ち去った。この年寄りの偏屈者はたっぷり金を持っている。屋敷を売り払ったり、代々受け継がれてきた銀器を担保にしたりする必要はない。身を守りたければ支払うまでだ。

ブラックジャックに勝ってじゅうぶんに満足していたものの、アレックスはブランデーを手に、知人と挨拶を交わしながらテーブルのあいだを縫って歩いた。五〇歳過ぎの脂ぎった髪をした男から逃げているように人から思われたくない。

ほかにも屋敷に帰りたくない理由があった。ベスだ。

こうして時間をつぶしていれば、アレックスが戻る頃には彼女はすでに寝室へ引きあげているので、傷ついた顔を目にしなくてすむだろう。夜中に寝室を抜け出す理由を説明したり、おびえた少年のように震えて目を覚ますほどの悪夢にうなされていると認めたりする必要もない。

ベスに隠し事はしたくない。だがやけどの傷跡を見られるよりも、悪夢について知られるほうがつらい。彼の心が本当はどれほど深く傷ついているか、ばれてしまうからだ。

「ペルシア絨毯はゴシック様式の本棚と合うかしら」夫人がつぶやいた。二枚の内装案を並べて、首をかしげつつ自問している。

ベスは仮面舞踏会の招待客名簿から目を離すと、客間を横切って夫人のもとへ行き、肩越しにのぞきこんだ。「幾何学模様の絨毯がいいと思いますわ……ただ、本棚の装飾が過剰で、閣下の趣味には合わないかもしれませんね」

夫人がため息をつく。「あなたの言うとおりね。わたくしは自分でそこに気づくべきだったわ。招待状のほうは進んでいる？」

「あと五、六枚ほどで終わります」その中にはアレックスを殺そうとしているふたりも入っているのだろう。彼は昨夜、けっしてその名前を明かさなかったが、ベスはそれが誰なのか知りたかった。

「わたくしにも手伝わせてちょうだい」夫人が申し出る。

「ありがとうございます。でも、その必要はなさそうですわ。こちらはもうすぐ終わるので、おやすみの準備をなさってはいかがですか？　明日はこの招待状を配達させて、仮装のほうの準備を始めないと」

「いつもなら興奮しすぎて眠れないところだけれど、正直に言って、書斎の改装で疲れきってしまったわ。思った以上にやることがたくさんありすぎて。アレクサンダーに喜んでもらおうとしたのに……あの子は好みがうるさいから」

「そうですわね」ベスはふと考えこんだ。「難しいですね」

「好みが難しいのは家具に限ったことではないのよ。女性についてもなの」

ベスは息をのんだ。「どういう意味ですか？」

「あえて言わせてもらうと、あの子は年頃の女性の中から誰でも好きな人を選べるはずよ。地位と財力、そして整った外見を考えると、アレクサンダーを却下する女性がいるなんて信じられないわ。それなのに、あの子の心をつかんだ女性はいないのよ」

ベスは夫人を横目でちらりと見た。彼女とアレックスがキスやそれ以上のことをしているのではないかと、疑われているのだろうか？「閣下は束縛されたくないのかもしれませんわ」

「そうかもしれないわね。でもしかるべき女性に出会えば、束縛だなんて感じないのに」夫人がベスの肩を軽く叩く。「あなたも遅くまで起きていてはだめよ。明日は忙しくなるから。

夜にはオペラもあるし」

いけない、忘れていた。今週は一日にいくつも予定を入れている。仕方ない、調整しよう。

「楽しみにしていますわ。ぐっすりおやすみになってくださいね」

ベスは夫人の机の上を片づけ、仮面舞踏会の招待状を仕上げた。アレックスがまだ隠している容疑者用に余分に二枚準備して、名簿と封筒の宛名を照らし合わせる。抜けがないことを確認すると、アレックスと夫人、自分の仮装について書き出すために紙を手に取った。一五分ほどあれこれ考えこんでから、トルコの君主《スルタン》や道化師《ハーレクイン》の仮装を提案されたアレックスの反応を想像し、彼とその偏った趣味に悪態をついて、その紙を引き出しにしまいこんだ。それから図書室へ行ってソファに座り、今日はいつも以上に頑張ったと自分を納得させた。この時間はアレックスを待つ以外にすることはない。

朝になってからアレックスをつかまえて容疑者の名前を聞き出してもいいけれど、彼の予定は変わりやすいので、すれ違いになるのが心配だ。それ以上に、ベスは彼に会いたかった。

そんなわけで、彼女はソファに置いてあるフラシ天のクッションにもたれかかった。膝を曲げて脚を体の下に入れ、目を閉じる。うとうとしはじめたとき、静まり返った屋敷に扉のきしむ音が響いた。

ベスは背筋を伸ばして耳を傾けた。大理石の床をブーツのかかとを引きずって歩く音、くぐもったののしり声がかすかに聞こえる。

アレックスが帰ってきた。

心を落ち着かせて、表向きの理由——容疑者の名前の確認——を思い出す。

図書室から飛び出すと、ちょうどアレックスが階段をのぼろうとする姿が目に入った。彼は本当にどきりとするほど美男子で、彼女の評価が間違っていなければ……罪深い。

アレックスの髪が逆立っている。まるで女性がそこに手を差し入れたみたいに。しかも繰り返し何度も。しわの寄った上着とズボンは、まるで夜のあいだずっと床の上で過ごしたかに見える。そしてどこからか急いで帰ってきたかのように、片方のシャツの裾がはみ出ていた。

ベスはつばをのみこみ、結論に飛びついてはいけないと自分を戒めた。

「おかえりなさい、閣下」

彼はあたりをきょろきょろ見まわして目を閉じた。屋敷にこっそり入ってきたのを見つかり、驚いているようだ。

「ベス」わざとらしく明るい声を出す。「これはうれしい驚きだな」

彼女はあらわになったアレックスの首に目をやった。「クラヴァットをなくしたようね」

「えっ？　おかしいな」足元に落ちているのを期待するかのようにあたりを見る。

「本当におかしいわね。いろいろと楽しい夜だったんでしょう」

「いや、違う」彼が即答する。「いつもと変わりない夜だった」

「そうでしょうね、あなたにとっては」困ったものだ。言葉が口をついて出るのを止められない。

「待ってくれ、きみは何か誤解を――」

「わたしには関係のないことだわ」ベスはさえぎった。「あなたを待っていたのは、仮面舞踏会の招待状を送るために容疑者の名前を確認する必要があったからよ」

「だめだ」アレックスが腹立たしいほど筋肉の発達した胸の前で腕を組む。

「だめってどういうこと？」

「きみに容疑者の名前を教えるつもりはない。詳しく知らないほうが、きみは安全でいられるんだ」

「わかったわ。わたしが弱々しい温室育ちの花で、事実を受け入れられないというのね。悪人を見ただけで卒倒すると思っているんでしょう」

「その逆だ。ぼくが証拠を全部集め終わる前に、きみが自分で容疑者のひとり、または両方に尋問して捕まえてしまうのを心配しているんだよ」

彼女は鼻であしらった。「証拠集めに時間をかけすぎると、あなたは殺されてしまうわよ」

「容疑者のことが心配になってきたよ、ベス。きみを巻きこまなければよかった」

「ひどいわ」彼の胸を指さして抗議する。「わたしの話を聞きもしないで。容疑者の名前を知らずに、どうやって仮面舞踏会に招待すれば――」

ベスは顔を近づけて、彼の頰をじっと見た。伸びすぎたひげの下のほうに赤いしみがある。見間違いではない。「それは……頰についているのは赤い口紅ね？」

アレックスが顔をしかめて手で頰をぬぐった。手のひらについたしみを見て、ベストにことなど、気にもならないというように。

すりつける。「なんでもない」

「あなたがそう言うのなら」明るい声で応える。彼の顔にほかの女性の口紅がついているこ

枕に顔をうずめて大泣きするつもりなどないと言わんばかりに。

「きみが考えているようなことではない」アレックスがうんざりしたように長いため息をつく。「舞踏会の招待客名簿を見せてくれ。容疑者の名前がすでに入っているかもしれない」

その可能性には思い至らなかった。名簿にある紳士たちの中に悪人が隠れていると思うと、余計に恐ろしくなる。しかも、悪意に光る小さな目やみすぼらしい口ひげといった、ひと目でわかる身体的特徴が犯人にはあるのだろうと思いこんでいた。

「わかったわ」ベスは冷たい声で言った。「名簿は客間にあるの」

「では、お先にどうぞ」アレックスが大げさな手ぶりでお辞儀をする。それを見た彼女は、ズボンの左膝のあたりの布が垂れさがっていることに気づいた。

「そのズボンはどうしたの？」答えを知るのは恐ろしかった。

彼は膝を見おろすと、困ったような顔でズボンを確かめた。「ちょっと破れているだけだ。何かに引っかかったんだろう」話は終わったというように背中を伸ばす。「さあ、名簿を見に行こう」

「待ってちょうだい。ロンドンの街中を引きずりまわされたように見えるわ。いったいどうしたの？」うなじがぞくぞくして、いやな感じがする。「もしかして、本当にそんな目に遭

ったの？」

「まさか、そんなはずないだろう！」これほどばかげた指摘はされたことがないとばかりに、アレックスが否定した。

「それなら、わたしが見ても気にしないわね」破れたズボンのほうへ顔を近づける。

「なぜ見る必要がある？　仕立屋に連絡でもしてくれるのか？　ぼくの従者に報告するつもりなのか？」彼は肩をすくめると、向きを変えて階段のほうへ向かった。「名簿を見せる気がなくなったのなら、ぼくは――」

「待って」彼の筋肉質でかたい腕をつかんだ。

現行犯で捕まった泥棒のように、アレックスがその場で凍りつく。

ベスがしゃがんで破れたズボンを調べると、膝から血が出ていた。どんな異変も見逃すまいと、ゆっくり立ちあがって彼の全身を確かめる。髪はぼさぼさで、クラヴァットがなくなっていた。これほど身だしなみが乱れているのは、愛人との密会のせいではない。なんてこと。これは密会などより、もっと恐ろしい事態だ。

25

「顔についているのは口紅ではないんでしょう？」ベスが問いつめる。

「違うと言っただろう」だが、彼女には口紅だと信じさせておくべきだった。

「血なのね？」

「ぼくの血ではないがね」アレックスは肩をすくめた。しかし、彼の血がつくことにもなりえたかもしれない。

ベスの青い目は恐怖におののいている。「アレックス、何があったの？」

事実を打ち明ける以外に、この場をおさめる方法はないだろう。彼は階段に腰かけ、ベスの手を引いて横に座らせた。「今夜はペル・メル街にある賭博場にいて、そこから屋敷まで数区画ほど歩いて帰ることにしたんだ」

彼女が片方の眉をあげる。「ひとりで？」

「付き添い《シャペロン》が必要なデビュタントじゃないことくらい、きみも気づいていると思っていたよ」軽口を叩いて雰囲気をやわらげようとした。

「いいから、何があったのか話してちょうだい」

「わざわざ言うほどのことではない」アレックスは手を振った。「物陰からふたりの暴漢が飛び出してきて、襲ってこようとしたんだ。ところが、ぼくのほうがやつらを先に片づけた。目が覚めたらひどい頭痛に苦しんでいるはずだ」

「けがは？」ベスは答えも待たずに顔に手を伸ばして左右を向かせ、傷がないか調べた。彼女に心配されるのはいい気分だ。必要ないが、悪い気はしない。

「たいしたことはない。だが正直に言うと、これはお気に入りのズボンだった」冗談めかして言う。

「あなたは殺されていたかもしれないのよ」彼女が真剣な声を出した。「これほど深刻な事件を軽く考えるなんて、どうかしているわ」

ベスの気遣いに心があたたかくなったが、心配はさせたくない。「ぼくは大丈夫だ。信じてくれ。ふたりのならず者くらい、いつでも相手にできるさ」彼らがナイフを振りまわしていたので、少しばかり手こずった。でも、余計なことを言って心配させる必要はない。

「これで少なくとも命を狙われたのは四回目……この三週間くらいのあいだよね？」

「ああ。だが、回数なんて誰が気にする？」いたずらっぽく笑ってみせる。

冗談には取り合わず、ベスはふたたび膝に顔を近づけて、もう一度よく調べた。

「この傷はかなりひどいわよ、アレックス。赤くなっていて、ぎざぎざで、まるで……」驚きに目を丸くして、彼をにらみつける。

「寝る前に消毒しておくよ。約束する。痛みも感じないくらいだ」

「この深い切り傷はナイフでつけられたのね」

「深い切り傷だって？　ただの引っかき傷だ。それほど深くはない。そうだろう？　出血だってあまりしていないんだから」

「ねえ、わたしを気遣ってくれなくていいのよ」ベスはまだ膝の状態を見ている。まるで子守りのようだ。それも美しく官能的な。「あなたはわたしに心配をかけまいとしているんでしょうけれど、事実を知らされないと最悪のことを想像してしまうわ」

何を言うべきなのだろう？　暴漢の頭を抱えて膝で蹴りあげたことか？　もう片方の男がこちらの喉にナイフを突きつけてきたので、肩越しに投げ飛ばしたこと？　もうひとり別の男が隠れていて追いかけてくる可能性もあったので、屋敷まで走って帰ってきたことか？

「これ以上、何も話すことはないよ」アレックスは彼女と指を絡めながら嘘をついた。

「もちろんそうでしょうね」ベスは彼の言葉を疑っているようだ。前言を撤回する機会を与えようと、しばらく顔を見つめていた。けれどもアレックスが何も言わないので、彼女はため息をついた。「いいわ。あなたの部屋へ行って、この傷の手当てをしましょう。いますぐに」

異議を唱えないほうがいいのはわかっていた。ベスのほうも容疑者の名前を聞き出すのをあきらめたようだ。とりあえずは。

何より、理由はどうあれ彼女がアレックスの寝室に行きたいと望んでいるときに文句を言うつもりはない。

　ふたりは手をつなぎ、無言で階段をのぼってアレックスの部屋へ行った。彼はドアを閉めてランプの火をつけ、ベスは洗面器に水を入れて布を濡らした。それから腰に手を当て、椅子を指さす。「座ってちょうだい」

「おっしゃるとおりに、女神様」腰をおろし、左脚をオットマンにのせる。

「反対側の膝がようやく治りかけてきた矢先に、今度はこれだなんて」ベスが舌打ちをする。

彼女はアレックスの脚の横にひざまずき、傷口にそっと布を当てて小石やごみを落とした。布をすすいで同じ作業をもう二回繰り返す。「これでいいわ。明日の朝、服を着る前に包帯を巻いたほうがいいわね。今夜はこれで大丈夫だと思うわ」

「ありがとう」

　ベスはためらいがちに彼の正面に置かれたオットマンに座ると、急に不安になったように唇を噛んだ。

「どうしたんだ？」床に脚をおろして身を乗り出す。「ぼくのことは心配しないでくれ、ベス。本当に身の危険はなかったんだよ」

　彼女が深く息を吸いこんで口を開いた。「あなたの言葉には賛成しかねるけれど、その話ではないの。階下でのことよ。あなたが女性と一緒だったなんて疑うべきではなかったわ。わたし、すぐに早合点してしまうのよね。悪かったわ……ごめんなさい」

　アレックスは静かに笑った。「ぼくの評判を考えたら、きみを責める気にはなれないよ」

「それは違うわ。ほかの誰よりも、わたしはわかっているはずなのに。この数年、わたしは壁の花というあだ名を払拭しようとしてきたんだもの。まだ成功と言うにはほど遠いけれど。でもわたしたちの本当の姿は、風評を全部寄せ集めたよりもすばらしいのよ。これだけは確信しているわ」

「まさにそうだな」ベスはあだ名よりも、もっともっとすばらしい。

「わたしを許してくれる？」彼女はとても傷つきやすそうに見える。そして美しい。

「許すことなど何もない」そう言って彼女の手を握った。「もしあるとしても、そんなふうに言ってもらえてうれしいよ」

「でも、わたしはあなたを疑って……」

「女性とベッドをともにしていたと思ったんだろう？」アレックスは気軽に言った。「そうではない。ぼくがうれしいと思うのは、きみが焼きもちをやいてくれたからだ」

「わたしは嫉妬しているなんて、一度も言ってないわ」彼女がつんと顎をあげる。

「口に出す必要はないよ。きみの額に寄ったしわや腕の組み方、冷たい口調ですぐにわかるから」

ベスは苦い顔をしたが、しぶしぶという感じでほほえんだ。「ほんの少し焼きもちをやいたかもしれないわ」

アレックスは彼女の手のひらを親指でさすった。「ぼくがベッドをともにしたい女性はただひとりだと言ったら、きみは安心するかな？　その女性とはきみのことだと言ったら」

「うっとりするわね」彼女が冷たく言う。だが、気持ちはやわらいでいるはずだ。「多くの紳士は女性を口説くのに詩を捧げているわ」

「ぼくは紳士ではないからね」彼女の手首の内側にキスをする。「それに詩を捧げるよりも、もっといいことができる」

肘の内側の敏感な肌にキスをされて、彼女がそっとため息をもらした。「どうかしら」息がもれるような声になる。「情熱的な一四行詩《ソネット》にはとても心を動かされるわ」

「ぼくはソネットなど使わない」彼はふくらんだ短い袖を腕までおろすと、なめらかな肩をじらすようにそっとつねった。

「では、抒情詩《じょじょうし》をうたうの？」ベスが目をしばたたく。「それとも、心をかきたてるような曲がついた物語詩《バラッド》なの？」

「きみのことをどう思っているかを表現するのに、なぜ言葉や音楽が必要なんだ？　ぼくにはこんなことができるのに」ベスの豊かな髪に指を滑りこませて首筋にキスをする。

「とてもいいわ」彼女の声はかすれていた。「けれど、ときには言葉でも表現してほしいものなのよ、女性というのは」

しぶしぶ体を引いた。「なんと言ってほしいんだ、ベス？　歯を磨いているときや夜に寝るときに、きみのことを思うとか？　部屋に入るたび、きみの姿を探してしまうとか？」

「それは本当なの？」ベスがまじめな顔になって息をのむ。

「実際はこんなものじゃないよ」本当だと認めたようなものだ。「きみについて、好きなことがまだまだたくさんあるんだ」

「たとえば？」彼女が片方の眉をあげる。

アレックスは手で髪をかきあげた。ベスがそばにいるだけで毎日がよりよく、輝かしいものになっているなんて、どう伝えればいいのだろう？

「そうだな、きみはいつも祖母を笑顔にする方法を見つけられる。それになんでも直そうとするところが好きだ。必要がないときにも直そうとするがね」

「それって、褒められているのかしら？」彼女がアレックスの首に腕をまわした。「もっと言って」

もっと？　彼女と額を合わせて言葉を探す。「ドラゴンや精霊、怪物などをくだらないと言うくせに、ひそかに興味を引かれているところが好きだ。本当は実在してほしいと思っているんじゃないかな」

ベスが鼻を鳴らした。「一角獣《ユニコーン》や鷲獅子《グリフィン》に会ってみたいわ。狼男や吸血鬼はごめんだけれど」

「臆病者だな」アレックスはからかった。両手を彼女のヒップに当て、思い出したように言う。「ぼくたちがお互いにぴったり合っているところや、ぼくの腕の中できみが見せる表情が好きだ」

「わたしもあなたとぴったり合っているところが好きよ」彼女が甘えた声で言う。

正直に認めると、アレックスはベスの体だけでなく、それ以上のものに惹かれていた。そこが複雑な点であり、思いを伝えるのに口ごもってしまう理由だった。だからこそ、彼は自分の真の姿を彼女に見破られるのを恐れているのだ。

「何よりも」真剣な声で言う。「ぼくはきみと一緒にいるのが好きだ。口論になったときでも、ぼくたちは同じところに立っていると……互いに信頼し合えると思っている」彼は肩をすくめた。「きみといると、ぼくは傷ついた気難しい公爵以上の人間だと感じられる。ぼくはきみにため息をつかせたり、きみを笑顔にしたりすることができる。そんな自分がうれしい」

「わたしが何を考えているか知りたい？」

「もちろんだよ」

「あなたは自分が思っている以上にすばらしい詩人だわ」

アレックスは鼻で笑ったが、求められていることが言えたようで、内心では安堵していた。ベスが彼の顎を唇でたどる。「さっき、あなたがベッドをともにしたい女性はわたしだけだと言ったのを覚えている？」

彼が大声で笑った。「ベス、ぼくはいろいろなことをすぐに忘れてしまうんだよ。ラテン語の活用とか祖母の誕生日、きみが好きな花とかね。でも、これだけは約束できる。ぼくはきみが欲しい。そう強く思っていることだけは忘れない。これからもずっと」

「よかったわ。わたしをあなたのベッドへ連れていって……いますぐに」

26

アレックスは呆然として彼女を見つめている。言葉を失ってしまったようだ。

ベスは彼の耳のすぐ下にキスをした。「あなたの気が変わっていなければ……」

「変わらない」彼が即答した。「それはたしかだ。でも……きみは本気なのか？」

実際のところ、この決意はそれほどかたくないのかもしれない。ただアレックスに望まれていると知って、彼女もふたりで今宵を過ごしたかった。「本気よ」

その言葉が終わらないうちに、アレックスはベスを抱きあげてベッドへ行き、やわらかいマットレスの上に横たえた。かつてはバルコニーへ続いていたフレンチドアを通して、月の光が差しこんでいる。バルコニーが崩落した跡はまだ修復されていない。当座しのぎに打ちつけられた板を目にすると、人の命はいつなんどき奪われてしまうかわからないのだと気づかされる。彼女とアレックスはあの晩、このバルコニーで死んでいたかもしれない。彼は今夜、刺されて亡くなっていた可能性もあるのだ。

ふたりがこれから数日のあいだ死を免れたとしても、一緒に過ごせる時間は限られている。仮面舞踏会が終わった翌日には、つまり一週間以内には、アレックスは彼女を送り出してしまうのだ。

彼の言葉を真に受けないほうがいいのはわかっていた。約束どおりに夫人とともに田舎へ行ってしまえば、これまで何を言っていたとしても、アレックスはベスのことなどすっかり忘れるだろう。

もちろん彼は本心を口にしたと信じている。目は誠実だったし、声にも偽りの響きはなかった。でも、アレックスのような男性は気まぐれだ。彼に失恋した女性が大勢いるのが何よりの証拠だった。

けれども少なくとも今夜、彼はベスのものだ。

彼女を求めて茶色の目が輝いている。アレックスはブーツを脱いでベッドに身を投げ出すと、ベスを腕の中に抱きしめた。「ぼくはきみにふさわしい男ではない」

そのばかげた――でも、いとしさを感じさせる――言葉に、彼女はほほえんだ。

「どうしてそんなことを言うの？　あなたは公爵で、わたしは壁の――」

「やめてくれ、ベス。頼むよ」アレックスは彼女の目をじっとのぞきこみ、真剣な声で言った。「きみはぼくが出会った中で、もっとも美しい女性だ。きみを壁の花と呼ぶやつは頭がどうかしている。これだけはぼくの言うことを信じてくれ」

「あなたはわたしがこの屋敷に来るまで、わたしのことに気づきもしなかったわ。何度か舞踏会で一緒になっていたのに。わたしがみすぼらしいドレスを着ていたときには、美しいだなんて思わなかったでしょう」

彼は後悔しているように首を横に振った。「ぼくの目はどうかしていたんだ。もしくは愚かだった。おそらくその両方だろう。いや、絶対にそうだ」ベスの頬にかかった髪を払う。「約束してくれ。今度誰かに壁の花だと言われたら、ぼくがいまきみに対して思っているように、自分のことを思ってほしい。月の光に髪を輝かせ、ダイヤモンドさながらにきらめく瞳の女神様というふうに。人の言葉に負けてはだめだ。ひどい言葉と自分を同一視してはいけない」

アレックスの熱のこもった話に驚くと同時に、彼女は感動を覚えた。「わかったわ、約束する」彼の頭を引き寄せ、すべての感情をぶつけながらキスをする。欲求、希望、切望、そして……愛をこめて。

アレックスは胴着《ボディス》を引きおろし、ドレスの裾を押しあげて、彼女は自分のものだというしるしをつけるかのように体中に触れた。「それから、これも覚えておいてくれ」息を切らして言う。「きみはキスがとても上手だ。壁の花になるような女性には到底できないくらいに」

ベスは笑いながら、アレックスのシャツを頭から脱がせて床に放り投げた。彼は体をこわばらせていたが、徐々に肩の力を抜いた。「この傷は誰にも見せたことがないんだ」

「わたし以外には」

彼が長い息を吐く。「きみ以外には」

「ありがとう」心から言った。「どんなことも隠したり、秘密にしたりしないで。あなたのすべてが欲しいのよ、アレックス」

「何かを願うときには気をつけたほうがいい」彼はベスの鎖骨を指でなぞった。「見なくていいものまで目にしてしまうことがある」

肌に冷気が当たったように感じた。首や背中の傷のことではなく、アレックスは何かもっと深いことを言っているのだとわかった。

「わたしの言葉に偽りはないわ。わたしはいいことも悪いことも知りたいの。すべてを。そうでないと本物とは言えないわ」彼と過ごすこの夜を本物にしたい。たとえそれが星で形作るドラゴンと同じ程度の本物でしかないとしても。

「きみは本物を求めているんだね」

「ええ。いつもそうよ」

じっと黙りこむアレックスに不安を覚える。

「では、話すよ」大きく息を吸いこんで、彼が言った。

アレックスは起きあがると、彼女に背中を向けた。彼の本当の姿を知ったベスが失望と嫌悪に目を曇らせるところを見るのは耐えられないからだ。だが、愛を交わす前に話しておく必要がある。真実をすべて知ったうえで、彼女が考えを変えたければそうできるように。

ベスは座っているアレックスのうしろにひざまずき、彼の体を抱きしめて、肩の傷に唇を這わせた。ぬくもりと親密さに包まれて、アレックスは目を閉じた。これが、愛され、受け入れられるということなのだろう。この感覚を絶対に忘れまい。もう二度と感じることができない可能性もあるのだから。

深呼吸して、話す心の準備をする。二〇年以上もずっと悪夢に悩まされ続けてきたが、この瞬間まで言葉にしたことは一度もなかった。

「ぼくが六歳の冬のことだ。クリスマスの時期に、ぼくたちは親戚を訪ねていた。そこで火事が起こったんだ。屋敷中が寝静まっていた。ユールログ（クリスマスイブに暖炉でたく大きな薪）から飛び散った火花が敷物に落ちたのか、火を灯したろうそくがカーテンの近くにあったのか、原因はわからない。とにかく火事になり、炎が竜巻のように屋敷をのみこんだ。とくに、ぼくと両親の寝室があった翼棟で火のまわりが早かった」

ベスが彼を強く抱きしめた。「続けて」

「ぼくは目を覚ますと咳きこみ、両親を求めて泣き叫んだ。あたりは真っ暗で煙が立ちこめ、部屋のドアさえ見えなかった。父が飛びこんできて床に倒れていたぼくを抱きあげると、炎の中を突っ切って両親の寝室へ戻った。ベッドに横たわる母を揺すったが、目を開けない。煙のせいだった」声が震える。

「ああ、アレックス。恐ろしかったでしょうね」ベスが彼の首に顔をつけてささやいた。

彼はかすれた声で続けた。「母は死んでいなかったんだ。気を失っていただけで。父は母をその場に残していくのはいやだった。だから、ぼくに走って逃げられるかきいたんだ。そうしてくれとぼくに頼んだ。母を抱きかかえなければならないから。ぼくと母の両方は無理だった」

アレックスはベスのあたたかい涙が肩を濡らすのを感じていた。「あなたはまだ小さな子どもだったのよ。そんなこと――」

「ぼくは父にしがみついた」彼女の言葉をさえぎる。「下におろさないでくれと懇願したんだ。走るなんて無理だと言った。息もできないと」

「あなたは怖かった。誰だって足がすくむはずよ。子どもなら、なおさらだわ」

「ぼくは父に選択の余地を与えなかった。ぼくたちは母を置いて逃げた。父はベッドにあった毛布でぼくをくるんで、屋敷から連れ出した。首と背中を炎に焼かれ、皮膚と髪の焼け焦げるにおいがした。炎がうなりをあげ、爆発音が大きく響き、ぼくの叫び声もかき消されるほどだった。ようやく玄関から脱出すると、おじやおば、ほとんどの使用人たちが無事でそこにいた。雪の中に裸足で立っている者もいた。みな、ぼくたちに駆け寄ると、雪の積もった冷たい地面に押し倒して懸命に火を消してくれた……焼けた肌からは蒸気が立ちのぼっていた」

「なんてこと」ベスがはなをすする。

「父の身を案じる人々が引き止めてくれた。屋敷の中に戻ったら、もう逃げられないからと。だが父は妻を置き去りにはできないと叫び、止める手を振り払った。母には父の助けが必要だった。だから、父は正面玄関から業火の中に飛びこんでいった。振り返って、息子を頼むと叫んだ。そしてそれきり、父と会うことはかなわなかった」

ベスが大きく息をつき、ふたたび彼を強く抱きしめた。「あなたのせいではないわ」

「ぼくは雪の中にしゃがみこみ、泣きじゃくって、痛みに身をよじっていた。そして、ずっと玄関の扉を見つめ続けていた。まるで悪魔が口を開けているようだった。おばがぼくを荷馬車に乗せて、どこかへ連れていこうとした。どこか屋根のあるところか、医者のもとへだろう。でも、ぼくはその場を動こうとしなかった。じっと扉を見つめて、父が母を抱きかかえて出てきてくれるように祈っていたんだ。どのくらいそうしていたのかわからない。永遠にも思えるほどだった。最後には、おじがぼくを無理やりその場から引き離した」

「そして、おばあ様が看病してくださったのね」

アレックスはうなずいた。「祖母は悲しみで胸が張り裂けそうになっていた。ひとり息子とその妻を亡くし、打ちのめされていたんだ。だが孫のぼくまでを失うことはできないと、けっしてそばから離れようとしなかった。苦しくて死んだほうがましだと思えるような日々も、それに続く何週間にもわたる治療のあいだも。ひどい熱で意識がもうろうとしているときも。祖母はいつもぼくのそばにいて、静かに鼻歌を歌い、やさしくささやいてくれたんだ。すべてはよくなる、いつの日か、と」

ベスが彼のこめかみに口づけた。「あなたのおばあ様のことは、前からすばらしい方だと思っていたわ。でもこうしてあなたの話を聞いて、わたしがもっとも尊敬する人になった。夫人のあなたへの愛は……すべてを超越しているのね」

「話はまだ半分なんだ」そっけない口調で言う。「ぼくが快復するまでに数カ月かかった。そのあいだずっと、ぼくは祖母と口を利かなかったんだ。祖母の顔を見るたびに父の面影がよみがえり、さらには祖母自身の悲しみをひしひしと感じた。当時のぼくには耐えがたくて、避けるようになった。完全に拒絶したんだよ」

「夫人もわかっていらっしゃるわ」ベスがささやく。「祖母というのは孫のことを誰よりも深く理解しているものだから」

「ぼくは不機嫌で、恩知らずな子どもだったんだ」自分を嘲るように笑った。「いまでもそんな態度になることがあるが」

「あなたは厳しい試練を乗り越えてきたのよ。きっと許されるはずだわ」

「いまのぼくにはもう許されない」アレックスは彼女のほうを向き、強く抱きしめた。「祖母がこれまでにしてくれたことや、払ってくれた犠牲のすべてに対して償うことはできない。だが、祖母を幸せにしようと努力することはできるだろう」

「最近のあなたはよくやっているわ。夫人は書斎の窓際に席を設けて、サイドテーブルを置くことを夢見ているかもしれないわよ」ベスが冗談を言う。

「これもみな、きみのおかげだ。さっき、ぼくはきみにふさわしい男ではないと言ったのは……本心なんだ。きみはいま、ぼくがどんな人間で、何をしてきたか知っている。きみが振り返りもせずにこの部屋を立ち去ったとしても、ぼくは甘んじて受け入れるよ」

「あいにくですけれど、閣下」彼女の手がアレックスの肩から上腕をさすった。「わたしはどこにも行かないわ」そう言うと、ベスは彼をベッドに押し倒して脚と脚を絡めた。「あなたがおばあ様をなんとしても守ろうとする理由が、これまで以上に理解できてよかった。その気持ちはすばらしいと思うわ」

　アレックスの告白に胸がいっぱいになりながら、ベスは彼の額にかかる髪をそっと払った。彼が覆いかぶさってきたので、そのしっかりとした体の重みを腰全体で感じる。

「ぼくが守りたいのは祖母だけではないんだよ、ベス。きみのことも大切に思っている。ぼくのせいで両親を死なせてしまったから、きみや祖母の身に何かあったらと思うだけで耐えられないんだ」

「よく聞いて。あなたはご両親の死に責任はないのよ。それは恐ろしくて悲惨な事故だったのだから」彼女の目を見て、その言葉を信じてほしかった。けれどもアレックスは窓の外や指を絡めたふたりの手を見つめるだけで、顔に目を向けようとはしない。

「そして」彼女は続けた。「おばあ様やわたしには何も起こったりしない。どんな危険にさらされているかは理解しているから、安全のために細心の注意を払うわ。そして悪党を早く捕まえましょう」計画どおりにいけば、仮面舞踏会の夜に。「あなたはもうひとりではないのよ。わたしもひとりではない。お互いに支え合うの」

　少なくとも、いまこの瞬間は。ふたりには六日間しか残されていないのであれば、この時間を何より大切にしたかった。

「火事の夜のことは誰にも話したことがなかったんだ。今日まで」

「話したからといって、天変地異は起こらなかったでしょう？」ベスはからかった。「わたしたちはこうして一緒にいるわ。わたしがあなたを求める気持ちにも変わりはない」それどころか、その思いは以前よりも高まっている。

アレックスの目が輝いた。「ぼくが望んでいるのは」ゆっくりと言葉を口にする。「このドレスを脱がせることだ。きみはどう思う？」

声が詰まった。「すてきだわ」

27

アレックスは安堵のため息をついた。ずっと隠してきた秘密をベスに打ち明けたが、彼女は逃げ出さなかった。それどころか、彼をあがめるような目で見つめている。

「どうすればいいのか教えて」ベスがやさしい声でささやいた。

「本能に従えばいいんだ」サテンのようになめらかな彼女の首を唇でたどり、ドレスのひもをゆるめる。

胸からヒップ、脚をゆっくりとあらわにして順番に口づけながら脱がせていく。ベスが頭からピンを外したので、アレックスはシルクのような髪を指でとかした。あとで見つからなくてもかまわないとばかりに、コルセットとシュミーズをはぎ取って肩越しに放る。

一糸まとわぬ姿で横たわる彼女を見ていると、口の中がからからになった。

「きれいだよ」

アレックスはヒップや腰の曲線を手で撫でた。ベスがうめき声をあげて、彼の胸にすがってくる。「あなたとこうしていると、心配事など忘れてしまうわ。あなたと……わたし……ふたりのことしか考えられない」

それを聞いて、アレックスはごくりとつばをのみこんだ。彼も同じ気持ちだった。

「ベス、きみに話しておきたいことがまだあるんだ」

彼女はまばたきをしてアレックスを見つめ、肘をついて上体を起こした。月の光に肌が輝いている。「何かしら」かすれた声で尋ねる。「恐ろしい話はいやよ」

「きみを怖がらせはしないと思うんだが」指でもてあそんでいた巻き毛を離し、気が散らないようにベスから少し距離を置く。「噂がどれほど当てにならないものか、話していただろう？」

「覚えているわ」彼女が甘い笑みを見せる。

落ち着いて話が続けられるように、ベスの魅惑的な体に毛布をかける。「残念だが、伝説的な愛人というぼくの噂は……まったく的外れなんだ」

彼女が驚いたふりをする。「ロンドンのどこかに、あなたよりも熟練した男性がいるというわけね？」いたずらっぽく片方の眉をあげた。「それなら、すぐにここへ連れてきてもらいたいわ」

「ぼくよりも経験を積んだ男性はいくらでもいる」アレックスは言った。「だが、きみを歓ばせることにかけては、ぼくに勝る男はいないだろう。ぼくはここしばらく、女性とベッドをともにしていないんだ」

話がよくのみこめないとばかりに、ベスが首をかしげる。「こんな言い方は申し訳ないけれど、あなたの武勇伝はよく知られているし……定評があるわ」

「そんな噂は根も葉もないものだ。少なくとも、ここ数年の話は」

アレックスの言わんとすることが理解できたかのように、彼女がうなずいた。

「わたしが特別だとか、あなたがベッドをともにした一連の女性たちよりすばらしいとか、そんなふうに思わせようとしているの？　気持ちはありがたいけれど、その必要はないわ。ほかの女性のことなど考えたりしな――」

「一連の女性たちなどいない。ぼくは女性との経験が皆無ではないが、大げさな噂だけが……勝手にひとり歩きしているんだよ」

ベスはあぜんとして彼を見つめていた。毛布で体を隠して起きあがる。「あなたの言葉が信じられないという意味ではないから誤解しないでね。ただ、あなたはとても……つまり、ふたりでいるときには慣れているようだったわ。どうすればいいのかちゃんと……あなたは自分のするべきことを理解しているように見えたけれど」

「そんなふうに思ってくれたならうれしいよ。最低限の知識は持っているつもりだ」しかしこれまでの女性経験といえば、過去の苦しみから逃れたり、心の寂しさを埋めたりするためのむなしい行為だけだった。女性を歓ばせる方法を知っているのと、愛し方を理解しているのはまったく別の話だ。「きみも気づいているだろうが、ぼくは人を遠ざけてしまう癖があるんだ。心から愛し合いたいと思った女性などいなかった。きみと出会うまでは」

信じられないという面持ちでベスが頭を振る。「これほどたくさんの人があなたのことを誤解していたなんて、夢にも思わなかったわ」

「なぜだい？　きみを悪く言う人たちもいるだろう？　噂というのは勝手に大きくなると、きみこそ百も承知のはずだ」

「どうして反論しなかったの？」

「紳士なら女性を嘘つき呼ばわりするべきではないし、ぼくの言い分が信じてもらえるか確信がなかった。それに伝説的な愛人として知られているのはそれほど苦痛でもない」〝枯れかけた壁の花〟と呼ばれるのに比べれば。アレックスは申し訳なさそうにほほえんだ。「人をあざむこうとしたことはない。だが、間違った噂を正そうとしてこなかったのも事実だ」

ベスが考え深げにうなずく。「正せるかどうかもわからないものね」

「新聞に広告を掲載すればよかったのかもしれない」

「あなたがそうしなくてよかったわ」鼻にしわを寄せて、彼女はかわいらしく笑った。

「これまでにもきみに言おうとしたんだが、言葉にするのが難しくて」

澄んだ青い瞳がアレックスを見あげている。「多くの女性たちが、あなたと一夜をともにしたと言いふらしているわ。そのほとんどは嘘なのね。どうして？　彼女たちはなぜそんなことをするのかしら？」

「なんとしても目立ちたい女性はいるし、夫に焼きもちをやかせたい女性もいるだろう。自分には相手がいると思わせたいだけの場合もある」

「ということは、あなたを利用しているわけね」彼のために腹を立てているかのように、ベスの頬が上気した。「わたしも人のことは言えないわ。彼女たちの嘘を信じこんできたんでのだ。

すもの。あなたと知り合う前から、噂話を真に受けて……。ひどいことをしてきたわ」

「自分を責めないでくれ」アレックスはベスの手をしっかり握って甲にキスをしながら、表情を読み取ろうとした。まだ彼を欲してくれているのだろうか？　ベスはずっと、彼を女性を歓ばせるためのあらゆる方法を知っている男性だと思いこんでいた。ところが実際には、生け垣の陰や暗いクローゼット、テラスの片隅などでちょっとしたこつを学んだだけの男な

単に基本を知っているにすぎない。言い換えれば、知らないことがたくさんあると知っているだけだ。

そして愛についてはもっとわからない……少しずつ理解しはじめてはいるが。

「ふたりのあいだではすべてが本物であってほしいというきみの言葉を聞いて、ぼくは真実を打ち明けたんだ。ぼくも同じように思っているから」

「正直に言うと……ほっとしたわ。もしわたしが何か変なことをしても、間違いが目立ちにくいでしょう」

彼はやさしく笑いかけ、ベスの頬を親指で撫でた。「きみは変なことなどしないよ。ぼくを信じてくれ」

「どうなることかしら」彼女は毛布を手から落とし、アレックスのほうに身を乗り出してキスをした。やわらかい髪が彼の肩をくすぐる。胸の先端がアレックスの胸をかすめると、彼の欲望にふたたび火がついた。

「ベス、きみにはすばらしい思いをしてほしい」彼はささやいた。心からそう思っていた。そして、彼女の中に種をこぼさないように配慮しなければならないと心した。

「天にものぼるような心地なんでしょうね。あなたの魔法にかかってしまったみたいだわ」

「ぼくも同じ気持ちだよ」

アレックスは立ちあがってズボンを脱ぎ、またベッドに戻った。ベスのなめらかな肌を隅々まで唇でたどり、彼女が感じるところ——喉元のくぼみ、胸の下のやわらかな肌、平らな腹部——には時間をかけて口づけた。

「感情を瓶に詰めて残しておきたいと思ったことはある？」彼女がきく。

彼は片方の脚をベスの腿のあいだに入れて、ぎゅっと押しつけた。「瓶詰にする必要はないよ。感情はたっぷりとわいてくるものなのだから」

「そうかもしれないわね。でも、わたしはこの瞬間を大切に味わうことにするわ」

アレックスのほうは彼女のすべてを味わいたかった。率直さや勇敢さ、やさしさ……体を弓なりにして彼に身を任せようとする挑発的な姿。その肌の香りにわれを忘れそうになるのと同時に、彼女のまったく嘘のない反応に心の奥深くが揺さぶられる。

鼓動が制御不能なくらいに速くなってきた。ベスが欲しい——いますぐに。だが彼女の準備が整ってからのほうが、より大きな快感を与えられるとわかっている。アレックスは彼女のへそのまわりにキスをして、さらに下へ……。

「アレックス？」ベスの指が彼の髪をまさぐり、彼女の脚の筋肉に力がこもった。

「こんなことはしたことがないんだが……きみを気持ちよくできるはずなんだ」

彼女がわずかに眉をひそめる。「あなたのほうは？」

アレックスはいたずらっぽい笑みを浮かべた。「ぼくも好きになると思う」

髪を乱し、頬を染めているベスの姿はこれまで以上にはかなげで——欲望をかきたてられる。「そう……それなら……試してみたいわ」

アレックスは彼女の吐息に励まされて愛撫を続けた。ああ、ベスを味わうのはすばらしい。さらなる快感を求めてわななく姿も。

「ああ」彼女が脚をさらに広げたのを見て、自分が正しい場所を的確に攻めているのだとわかった。

ベスは首をのけぞらせて、泣くようなあえぎ声をもらしている。絶頂に近づいているのだ。彼女が高まるにつれ、アレックスも同じ感覚を抱いていた。無上の歓びに到達させてやりたい。ベスを自分のものにしたい。この夜を彼女にとって忘れられない思い出にしてほしい。ベスがのぼりつめようとしているのがわかる。弓なりになった背中や上気する肌、筋肉のこわばりや声の高さから。歓喜の頂に達する彼女を、アレックスはずっと見守っていた。

そしてすべてが落ち着くと、彼女に寄り添って腕の中に抱きしめた。衝撃的だった。まるで小さな奇跡を目の当たりにしたかのようだ。

28

　ベスは脚がゼリーになってしまったみたいに感じていた。でも、悪い気はしない。

「初心者のわりには、とてもよかったわ」アレックスをからかう。

　彼は鼻を鳴らすと、ふざけてベスの首を軽く噛んだ。「正直に言うんじゃなかったな」

　彼女はため息をもらした。アレックスの顎に伸びたひげが肌をこする感触が心地いい。

「秘密はなしよ」たしなめるように言う。「わたしに対しては、いつも本当の自分でいると約束したでしょう」

　彼の目が一瞬曇った。「できる限りね」

「どういう意味か理解に苦しむわね」ベスは言った。「とはいえ、気にしている暇はないわ。ふたりでいられる時間は限られているから、言葉尻をとらえて時間を無駄にしたくないの」

「どうやってその時間を過ごしたい？」アレックスが胸のふくらみを愛撫し、顔を近づけて先端を口に含む。

「もっとすごいのがいいわ」下腹部に欲望が満ちてくるのを感じ、言葉が口をついて出た。

　彼が脚のあいだに触れる。「これはどうかな？」

「うーん、まだ足りないわ」ベスはささやいた。「あなたが欲しいの。あなたのすべてが」

両腕で彼女の頭を抱えて、アレックスが覆いかぶさってきた。黒い髪が目にかかり、上腕の筋肉が収縮して力がみなぎっている。その飢えたような目つきに、ベスはぞくぞくした。

「本当に？」彼が尋ねる。

言葉の代わりに、彼女はアレックスの首に腕をまわしてキスをした。

彼が下腹部を押しつけてくる。かたいものが押し入ろうとしているのがわかった。

「痛かったら言ってくれ」つばをごくりとのみこむ姿に、アレックスの我慢がどれほど大変なのか見て取れる。

「大丈夫よ、心配しないで」冷静に言ったが、体は刺激を求めてうずいていた。

アレックスが体の位置を整え、ゆっくりと、そして完全に彼女の中に入った。不思議な感覚だ。けれどもアレックスが動きだすと、ベスはうめき声をあげながら脚を彼の体に巻きつけた。

彼の額に汗がにじみ、心配そうな顔になる。「大丈夫か？」

「ええ」ベスは感動していた。アレックスの額にかかった髪を払う。

「このままずっとこうしていたいよ」

ベスは彼の言葉にうれしくなった。「はじめての経験だけれど、想像していたよりもずっとすてきだわ」

「これから……もっとよくなる」腰を動かしているせいか、アレックスの息ははずんでいた。

彼は自分だけが先走らず、ぎゅっと目を閉じて、ベスの快感がより高まるようにと気遣いながら動いている。

　これは詩にうたわれているような絵空事とは違う。それよりもすばらしい。比べものにならないくらいに。熱く生々しい感触。なめらかな肌に興奮した息遣い。まじりけのない欲望。すべてが本物だった。

　体の中心でまた快感が高まりはじめ、ベスはアレックスの肩をつかんで爪を立てた。背中をそらし、彼をもっと深くまで迎え入れる。

　アレックスが目を開けて視線を合わせた。速く、激しく突きあげ、最後の瞬間に口走る。

「ぼくと一緒にいくんだ、ベス」

　そのささやき声を聞いて、彼女はすべてを解き放った。アレックスが動きを止める。第一の波が体を突き抜ける瞬間、ベスは叫び声をあげた。快感が体の芯から手足へと広がっていく。

　その波が完全におさまる前に、彼が突然体を離した。ベスに背を向けると、自分の手のひらに精を放つ。

　ふたりはしばらくそのまま横たわり、呼吸を整えながら天井を見つめていた。

　アレックスと愛を交わしてこのうえない喜びを感じていたものの、彼女は情熱がおさまると急に不安を覚え、落ち着かなくなってきた。

　彼が気まずそうにベスの顔を見る。「危険を冒したくなかったんだ……」

しかった。「タオルを取ってきましょうか？」

「いや、ここにいてくれ」アレックスはベッドからおりて洗面台へ行き、濡れたタオルで手を拭いた。それから彼女にきれいなタオルを持ってきた。「拭いてあげ……」

ベスは彼の手からタオルをさっと取った。「拭いてあげ……」

彼女の気恥ずかしさを察しているかのように、アレックスは目をそむけてフレンチドアのほうを向いた。ベスは愛の営みの痕跡を拭き取りながら、彼の広い肩や引きしまった臀部、筋肉質な腿に見とれた。

アレックスはもう、やけどの跡を隠そうともしない。火事の話を聞いたいま、ベスはその傷跡を目にして前よりも心が痛んだ。

ベッドをおりてタオルを洗面台に戻してから、彼の横に行く。頭を肩に預け、窓の向こうに広がる夜空を見つめた。「今夜もドラゴンはいるかしら？」

アレックスが彼女のウエストに腕をまわす。「曇っていて見えないが、ちゃんといるよ」

ふたりで過ごしたこの夜にどんな意味があり、何かが変わったのか、彼にきいてみたかった。自分はアレックスを喜ばせることができたのか、そして彼の心も同じくらいに目まぐるしく揺れていたのか知りたい。でも、聞きたくない答えが返ってくるのが怖かった。この親密で心地いい雰囲気に水を差したくはない。

そう考えて、ベスは臆病者のように質問するのをやめた。少なくともいまは。

「ベッドに戻って、夜が明けるまで眠りましょう」

「きみは寝るといい」アレックスは彼女をベッドのほうへ促した。「ぼくはもう少し起きていようと思う」

彼と一緒でなければベッドに戻る気がしない。「寝ずの番をしなくても大丈夫なのよ。ドアも窓も鍵をかけてあるわ。今夜は邪魔など入らないから」

「ぼくもバルコニーでは危険などないと思っていた。だが、危うく命を落とすところだったんだ。犯人が誰かわからないし、次に何を仕掛けられるのかも予測がつかない。でも、ぼくが全力できみを守ると約束する」

「ベッドで守ってくれるわけにはいかないの？」思いきって言った。

「だめだ。ほかのことに気を取られてしまうからね」

アレックスのかたくなな態度に業を煮やし、彼女は腕を組んで言い放った。

「わかったわ。少しのあいだでさえわたしと一緒に寝てくれないのなら、自分の部屋へ帰ります」シュミーズとコルセットを探そうとするベスの手首を彼がつかむ。

「本当に戻りたいのなら、そうすればいい。だが、ぼくはきみにいてほしい。一緒に」

もしアレックスがこれほど真剣でなければ、その声に言い聞かせるような響きがなければ、彼女は素直に言うことを聞かなかっただろう。

「わかったわ。ただし、わたしの寝顔が変でも笑わないでね。それといびきをかいたとしても、あとから言わないで」

彼はにっこりすると、膝が崩れそうになるようなキスをして、ベスのヒップをぎゅっとつかんだ。それから彼女は寝間着もなしに裸でベッドに入ることにどきどきしながら、シーツのあいだに体を滑りこませた。

「時間が来たら起こしてあげるよ」アレックスが請け合う。

「いつでも起こしてちょうだいね、もしあなたが……」思わせぶりに言った。

「ぐっすり眠るといい」

残念だ。けれども、ベスはすぐ眠りに落ちた。そして楽しく、官能的な出来事がいっぱいの夢を見た。


翌朝の朝食の席では、ベスは夫人と礼儀正しい会話をしようと努めていた。

それもアレックスを前にしては難しいことだった。彼は完璧な仕立ての紺色の上着姿で、ありえないほどにすてきだ。

しかも裸の彼が自分の上で動いているところを思い出すと、さらに難しさが増した。

「珍しいこと」夫人は目ざとい。「普段のエリザベスはこの半分も食べないのに。お腹が空いているのね。もっとハムを召しあがれ」

アレックスがベスにいたずらっぽい視線を送る。「偶然だな。今朝はぼくもいつもより食欲があるんだ」

「あなたの分も、まだハムはたくさんあるわ」夫人があきれたように頭を振る。「ところで今日の午後、職人たちが壁にペンキを塗りに来るのを忘れないでね」

アレックスはコーヒーを飲みながら、いぶかしげな表情になった。「ペンキを塗る？　何もうかがっていませんが」

いけない。ベスが一昨日に知らせておくはずだった。でも、ほかのことにかまけて忘れていたのだ。その中には、公爵の実在しない愛人に焼きもちをやいたり、ナイフで刺された彼を心配したり、はじめての愛の行為に心を躍らせたりといったことが含まれている。彼女はアレックスをじっと見つめて言った。「お仕事をなさっていても大丈夫でしょう。家具には覆いをかけますから」

「ぼくの机にはかけないでくれ」彼が不満そうに祖母のほうを見る。「壁紙にするということで落ち着いたと思っていましたが」

「ええ、そのとおりよ」まるで子どもに言い聞かせるみたいに、ゆっくりとした口調で話す。「けれど細かい作業も必要なの。暖炉や炉棚、本棚などを塗り直さないと。淡い象牙色を選んだわ」

「本棚ですって？　つまり、本をすべて出さなければならないのですか？」

「外側だけ塗るなんて、いやでしょう」夫人が冗談を言う。

「ぼくはそれでもかまいませんがね」アレックスが強がった。それとも本心なのだろうか？

このやりとりにいらだち、ベスは割って入った。「朝食のあとで、本を箱に詰めるのをお手伝いしますわ」

「そうか、ありがとう、ミス・レイシー」アレックスは目尻にしわを寄せ、意味ありげな笑みを彼女に向けた。彼も同じことを考えているのがわかった。書斎でふたりきりになる時間が欲しいのだ。

ああ、神様。ふたりにしかわからない合図のような彼の視線に、頭がくらくらしてしまう。ワインよりも効果があるらしい。急に暑くなったように感じ、ベスはナプキンであおぎはじめた。しかも、ぱたぱたと強く。

「おばあ様の今日のご予定は？」トーストを口に入れる前にアレックスがきいた。

夫人は眼鏡の位置を合わせると、皿の横にあるリストに目をやった。「オペラには行けそうにないわね」

アレックスの顔に安堵の表情が浮かぶ。彼女たちが出かけないのでほっとしているのか、嫌いなオペラに行かずにすんでうれしいのか。おそらく、その両方だろう。

「エリザベスとわたくしは仮面舞踏会の準備でとても忙しいのよ。あなたの仮装を選ぶ暇もないくらいだわ」

彼がうなった。「仮装の手配をするのが面倒なら、普通の舞踏会にすればいいんですよ。お客様には羊飼いや占い師の格好ではなく、いつもの上品な装いでお越しいただくのです」

夫人が舌を鳴らす。「仮装を選ぶのはちっとも大変ではないわ。むしろ楽しみよ。あなたはいつからそんなに退屈なことを言うようになったの？　二八歳の青年ではなく、八二歳のおじいさんみたいよ」

その言葉に思わず笑ってしまい、ベスはナプキンで顔を隠した。

「ぼくはいくばくかの威厳を保とうとしているだけです。おばあ様とミス・レイシーが適切なものを選んでくれるのを期待していますよ。突飛すぎるものや奇妙なものはお断りですからね」

夫人が怒ったように手を胸に当てる。「まあ、ひどい、わたくしがそんなことをするとでも?」

アレックスが黙って新聞を手に取ると、夫人はベスのほうを向いて目配せをした。

29

アレックスの書斎はまるで侵略を受けているようだった。午前中に職人の一団が入ってきて、はしごや工具、ペンキの缶などを置いていった。絨毯は筒状に丸められて壁に立てかけてある。家具には古いシーツがかけられていた。彼の机も覆われてしまっている。

悪態をついて机にかかっていた布をはぎ取ろうとしたときにランプが倒れ、インク瓶がひっくり返り、書類が床に散らばった。

普段なら、こうした混乱に襲われるとアレックスはきわめて不機嫌になる。

しかし、今日は違っていた。

ベスと一夜をともにしたせいで、不思議なことに希望に満ちあふれた気分だった。理屈では説明がつかない。

わずか一〇時間ほど前には、ふたりの暴漢から首にナイフを押しつけられていた。片方の男を壁に叩きつけ、誰の差し金か問いただした。だが話ができるように喉を押さえる手をゆるめたとたん、その男は逃げ出してしまったので、結局は何もわからずじまいだった。

殺害未遂の犯人も、その動機もいまだに不明だが、この謎を解いて悪党を処分できたら生活ももとに戻るだろう。そうすればベスとの将来を描くこともできる。正直に打ち明ければ、アレックスはすでに考えをめぐらせていた。

もちろん、ベスが彼を選ぶと決まったわけではない。だがアレックスのやけどの跡や気難しい性格、両親の死に対する逃れようのない責任とは関係なく、彼を大切に思ってくれているようだ。彼とキスをしたり、ベッドをともにしたりするのが好きなのは間違いない。ベスは彼を信頼している……だからこそ、守らなければならない。いかなる代償を払おうとも。

机の上のものをもとどおりに並べて床に落ちた書類を拾っていると、頭から片時も離れない人物が入口に顔をのぞかせた。

「入ってもいいかしら？」

ベスがひとりではないことにがっかりしながら、アレックスは大きなトランクをふたつ運んできた従僕に目をやった。「必要とあらば」やさしく返事をして、使用人に余計な勘繰りをされてはいけない。

「わたしが本をトランクに詰めましょうか、ミス・レイシー？」従僕が申し出る。

「いいえ、その必要はないわ。わたしがするから」

従僕が立ち去ると、アレックスはベスのもとへ行った。ドアが開いているので、抱きしめるのはやめておいた。その代わりに耳元でささやく。「今朝の気分はどうだい？」

「すばらしいわ」彼女が顔を赤らめる。「あなたは？」

アレックスはほほえんだ。「きくまでもないだろう？」

「わたしは暴漢に襲われたことを心配しているのよ。何か影響が残っているかもしれないでしょう。傷はどう？」

「そんなことはすっかり忘れていた。きみに癒されたよ」

「わたしは傷をきれいにしただけよ」

「そのあとにしてもらったことがよかったんだろう」

ベスが注意を促すように開けっ放しのドアのほうへ頭を傾け、彼の腕を軽く叩いた。そして廊下を通る人に聞かせるように言う。「棚から本をおろすのに、それほど時間はかかりませんわ。閣下のお邪魔にならないように注意しますから」

「それは本気か、ミス・レイシー？」アレックスは大胆にも彼女の肩を撫で、やさしいため息をついてこめかみに口づけた。

「書斎にはいろいろな決まり事があると存じています」明らかに他人を意識して話している。

「それに大切なお仕事を中断させるつもりはありませんわ」

その言葉について思案しているふうを装い、ベスの背後にまわってうなじにキスをした。ドアから目を離さずにささやく。「聞いてくれ。ぼくにはきみよりも大切に思う仕事などない。もしふたりきりだったら、この瞬間にもきみを机の上に押し倒しているはずだ。契約書や協定書、帳簿などどうでもいい」

彼女が背後にいるアレックスの胸に身を預けた。シルクのドレスの上からヒップと平らな腹部を撫で、胸のふくらみを包みこむ。その先端を指で転がすとベスが背中をそらし、やわらかなヒップが彼の下腹部に押しつけられた。

鼓動が速まる。スカートをまくりあげたくてたまらない。それから――。

「アレックス」彼女がささやいた。「だめよ。いまはいけないわ」

「そうだな」しぶしぶ手を離す。「許してくれ」

「許すことなど何もないわ。わたしは好きよ……あなたがしてくれること」

彼は息が詰まりそうになった。「ぼくも本をトランクに詰めるのを手伝おう。手を動かしていれば、余計なことをせずにすむからね」

「いい考えだわ」ベスがほほえむ。「でもその前に、これを見てほしいの」

ベスはドレスのポケットから紙を取り出してアレックスに渡した。「仮面舞踏会の招待客名簿よ」

「舞踏会についてだが」彼がゆっくりと言う。「昨日の夜によく思案してみた。ゆうべの襲撃があったことを考えると、中止にするのが賢明だろう」

なんてこと。「もう手遅れよ」

アレックスが残念そうに首を横に振る。「祖母が失望するのは承知のうえだ。でも、ちゃんと埋め合わせをするよ。朝食の席で伝えようと思ったが、きみに最初に言っておきたかったんだ」

これまでなら、アレックスがベスと祖母を早く追い払いたくて舞踏会を中止するのだと早合点しただろう。けれどいまは……彼を信じられる。

問題はただひとつ。「招待状が今朝、配達されているのよ。あなたが手にしている名簿の方々に」

「くそっ」アレックスは口を引き結んだまま、名簿の名前に目を通している。招待客の中に容疑者の名前を見つけて顔色が変わらないかどうか、ベスはじっと見つめた。犯人をとらえるための舞踏会だけれど、その名前が名簿にあってほしいのかどうか、いまではわからなくなっている。

彼は何も言わずに、その紙をたたんでベスに返した。

「どう？」期待をこめて尋ねる。

アレックスは苦い顔だ。「クールセンを招待する必要があるのか？」

彼女は肩をすくめた。「あなたのおばあ様がおっしゃったのよ。彼はこの数週間ほどロンドンに滞在しているの。クラヴィル家の舞踏会でお会いしたけれど、とても感じのいい方だったわ」

「きみに対しては、クールセンも感じよくしすぎないでほしいものだな」

「肝心な問題を避けようとしているわね」名簿をいらだたしげに振る。「容疑者の名前はこの名簿の中にあるの？」

「それは言えない」彼はきっぱりと言った。

「アレックス！」

「最後まで聞いてくれ。ぼくが名前を言わないのは、きみの安全のためなんだ。とはいえ、きみはすでにこの問題に足を突っこんでいる。だから互いに妥協案を受け入れるんだ」彼がベスの手を取って指を絡ませた。

彼女は目を細めた。「妥協案とはどういうことかしら？」

「ふたりの容疑者の名前があることは認めよう」

「そうなの？」体に寒けが走る。

「不思議なことではないさ。ロンドンに住む貴族の半数が招待されていると言っても過言ではないからね」

「容疑者は誰？」

アレックスがゆっくりと首を横に振る。断固とした様子だ。「きみは知らないほうがいい。ダービーとぼくに任せてくれ。ふたりを見張って、誰にも危害を加えさせないようにする」

「あなたとダービー？　これがわたしの計画だということを忘れているようね。わたしを排除しようなんて思わないで」

彼は大きな手をベスの肩に置き、なだめるようにやさしくもんだ。「きみを排除しようなどとは思っていない。守りたいんだよ。大きな違いだ」

アレックスの気持ちは理解できるけれど、男らしさを振りかざして説得されるのは癪に障る。彼女は腕組みをした。「あなたはダービーのことも守りたいと思っているでしょう。でも、彼を排除することはないわよね」

「ダービーは自分の身は自分で守れる」

「わたしだって守れるわ」ベスは言い返した。

彼がくすくすと笑いだす。「ぼくは以前にきみが日傘で身を守ろうとするのを目撃したが、見事に失敗したじゃないか」

「あの夜のことを思い出させてくれるなんて、ご親切にどうも。ヴォクソール・ガーデンズでは油断していたのよ。敵がいるとわかっていれば、もっと上手に身を守れるわ」

「その必要はない。きみのことは、ぼくが命に代えても守るから」アレックスが真剣な面持ちで彼女を見る。「ぼくに腹を立てて気がおさまるのなら、そうすればいい。だが、ぼくは自分が正しいと思うことをする。この件については譲るつもりはないよ、ベス」

力強い言葉に彼女は心を打たれたが、同時に傷ついてもいた。この計画から締め出されてしまったのだ。ふたりでこの状況に立ち向かっているのが、アレックスには理解できないのだろうか？　彼の身が危険にさらされていては、ベスの心も休まることはないのだ。

名簿をポケットに戻し、あとでよく調べてみようと心に決めた。消去法で容疑者を割り出せるかもしれない。でも招待客が多いので、難しい作業になるだろう。

「あなたと言い争うつもりはないわ」氷のような声で告げる。「職人たちがやってくる前に、本をトランクに詰めましょう」

「きみが冷たい態度を取るなら、ぼくはそれを自分に対する挑戦だと考えるよ」

アレックスの言葉に大して興味はないというそぶりで顔をあげる。「どういうこと？」

「きみの心を溶かすことをぼくの使命にする」彼は上段の本をひと抱えおろすと、少しずつベスに手渡した。

膝をついて、受け取った本をトランクに並べていく。「実際には、どうやってその使命を果たすつもり？」

「具体的にはわからない。だが、間違いなくやってのける」アレックスは彼女の耳元に顔を近づけ、あらゆる歓びを予感させるような低い声でささやいた。「方法は見つかるさ」

冷ややかな言葉とは裏腹に、ベスの心臓は早鐘を打っていた。でもアレックスの甘い言葉に惑わされずに、自分で行動しよう。彼がベスの心を溶かそうとしているあいだに、こちらは容疑者の特定に専念するのだ。

アレックスが舞踏会の夜の計画から彼女を除外しようとするのであれば、自ら何か方法を考え出せばいい。

30

「アレクサンダーはこのところ機嫌が悪いわね。牧羊神パーンの仮装でもすれば気が晴れると思うわ。あなたはかわいい森の妖精で、わたくしは女神ミネルヴァといったところかしら」

やれやれ。仮面舞踏会まであと一日となったいま、衣装を決めるのをもうこれ以上先延ばしにはできない。ベスと夫人はボンド・ストリートにある仕立屋に来ていた。腕のいい元気な白髪の女性裁縫師が、舞踏会に向けて三人分の衣装を大急ぎで準備すると請け合ってくれていた。

問題は、アレックスにぴったりな衣装を決めることだ。

「女神の仮装がお似合いになるでしょうね」ベスは言った。夫人の胸元に銀色のシルクの生地を当てている裁縫師もうなずいた。

「けれど」ベスは続けた。「閣下が楽器を片手に、下半身は山羊という仮装をして舞踏会を主催するのを承諾するとは思えません。頭に角をつけるなんて論外でしょうし」

だめだ。パーンは絶対に受け入れられないだろう。

「ゼウスの衣装もご用意できますわ」裁縫師が提案する。「公爵閣下もギリシア神話の最高神ならおいやではないでしょう」

「だめだめ」夫人が首を横に振る。「きっと出席者の中にゼウスが三人はいるわ。何かもっと独創的なものがいいわね」

店の奥に座って、三人はあれこれと話し合った。

「トルコのスルタンはいかがでしょう？」裁縫師がふたたび案を出した。

ベスはアレックスがターバンを巻いているところを想像したが……だめだ。

夫人が人差し指を立てて叫んだ。「思いついたわ！」ベスの顔を見る。「あなたが赤ずきんちゃんになるのよ」

ひどい衣装もいろいろある中で……鮮やかな深紅のケープを羽織るのは目立っていいかもしれない。「夫人はどうされます？」

「おばあさんよ、もちろん。ナイトキャップをかぶってガウンを着ればいいわ」

「両方とも銀のシルクでお作りすれば、優美さもちゃんと備わるでしょうね」裁縫師が考えを練っている。

「完璧だわ！」夫人が宣言した。「そしてアレクサンダーは……」

「狼ですね」ベスはそう言い、仮装を想像してみた。「それなら大丈夫ですわ」

裁縫師も頬に指を当てて考えている。「毛皮の縁取りがついた、フードのあるマントはどうでしょう？　とがった耳もつけて。おそろいの毛皮付きの手袋も」

「まあ」夫人が声をあげる。「怖くていいわね」

七月に毛皮はいかがなものかと思いつつ、ベスは口をはさんだ。「閣下は派手な衣装はお好みではないと思います。顔の半分を覆う仮面に、暗い色のイブニング用の上着でじゅうぶんなのではないかしら？」

夫人が大げさにため息をつく。「エリザベスの言うとおりよ。孫は仮面だけのほうが喜ぶわ。でも、ちゃんと獰猛《どうもう》な狼の雰囲気を出してね、アデレード」

「お任せください」裁縫師がほほえむ。「おふたりの採寸をいたしましょう。ミス・レイシーはかわいい赤ずきんちゃん、そして奥様はおしゃれで優雅なおばあ様になれること請け合いですわ」

一時間後、ベスと夫人は馬車に乗って、車窓に流れる晴れたロンドンの通りを眺めていた。公爵の邸宅――ブラックシャー・ハウスへ戻るところだ。屋敷へ帰ったらメイド頭と執事、料理人とともに、舞踏会の準備についてもう一度確認しなければならない。明日の夜に招待客が到着するまでに、使用人たち全員が各自の役割をきちんと理解して、仮面舞踏会を大成功に導くのだ。

この舞踏会は、一年前にベスたち姉妹がアリステアおじのタウンハウスで催した会とは大違いだった。あのときは膨大な準備――掃除から料理、庭の手入れまで――を自分たちでしなければならなかった。そして予算的にも厳しかった。でも結果的にはすべてがうまくいき、夢のような夜になった。

それに比べると、この仮面舞踏会の準備に際してベスに必要なことといえば、ただ人差し指をあげるほどの労力だけだった。公爵家の使用人たちがシルクの花綱の飾りつけや、花瓶に花をいけたり、ろうそくの芯を調節したりといった細々としたことをすべて行っていた。広い豪華な舞踏室は隅々まで磨きあげられている。メニューも決まり、シャンパンが冷やされていた。予算がふんだんにかけられているのだ。

そんな中にあって、ベスは昔を懐かしんでいる自分に気づいた。三姉妹で世の中に立ち向かっていた頃を。当時は少なくとも自分の立ち位置をしっかりと把握していたけれど、最近では自分の立場が不安定だと感じてしまう。

この五日間でアレックスに会えたのは数えるほどだった。彼女自身、名簿の見直しや買い物、いろいろな準備であわただしく過ごしていた。彼と顔を合わせるときには、いつも誰かが一緒だった。ベスはアレックスの端整な顔に、自分と同じくらい相手を恋しいと思う表情が浮かぶのを期待した。そして彼の目はベスを求めるように意味深長に光る一方で、彼女と祖母の身を案じる心配の影もたたえていた。

ベスと夫人は公爵の書斎の家具や装飾品の購入をほぼ完了して、従僕に必要のないものを運び出すように指示してあった。四面ある壁のうちの二面は壁紙も張り終わっている。職人たちはその作業中でさえも、奇妙な風景画は一瞬たりとも壁から外してはならないと厳しく言い渡されていた。賭けなのだから仕方ない。

どうしたわけか、同じ屋根の下に暮らしながらもこの一週間、ベスとアレックスはふたりきりになる時間を持てなかった。

舞踏会の翌日には屋敷を離れると約束していたので、残された時間はあと二日しかない。アレックスが殺害未遂の容疑者と目している人物の手がかりも、一向に得られなかった。

ベスにとってさらにいらだたしいのは、将来の見通しが立たないことだ。

馬車がブラックシャー・ハウスの前に止まると、彼女は居眠りをしている夫人を起こした。「到着しましたよ」驚かせないようにやさしく話しかける。「使用人たちとの打ち合わせまで、お休みになってはいかがですか？」

「そうね、そうするわ」夫人は馬車をおりてもまだ眠そうだ。「時間に余裕をもって起こしてちょうだいね」

「もちろんです」ベスは夫人に腕を差し出し、衝動的に尋ねた。「すべてが終わったら、うれしいですか？」

夫人が目を細め、眼鏡の位置を直す。「どういう意味かしら？」

ベスは肩をすくめた。「書斎の改装はもう終盤ですし、舞踏会もいよいよです。もとの静かな生活に戻るのが楽しみですか？」

「そのふたつは、わたくしが好きでやっていることよ」夫人があくびまじりに言う。「完了したときには、きっとほっとするでしょうね」

歩道から正面玄関の階段へ向かって歩きながら、ベスはどんなふうに話を切り出すのがいいか思案していた。「気分転換をなさりたいのではと思っているんです。もっと静かな生活の中で」

夫人が不思議そうにベスを見る。「わたくしが環境を変える理由がある？　愛する孫と暮らして、近くにはお友達もいるわ。愛情を注いでくれるコンパニオンもいる。いろいろな社交行事に毎晩出かけていくこともできる。夜会やミュージカル、舞踏会にオペラ……すべてが玄関先と言ってもいい場所で催されているのよ」

これはまずい。夫人に田舎へ引っ越すように説得するのはとても難しい。ベスは当初、田舎での長期滞在を提案しようと考えていた。でも、夫人に嘘をつくのは心苦しい限りだ。覚悟を決めて、これは夫人のためなのだと自分に言い聞かせた。

「それもよろしいでしょうけれど」夫人を玄関広間へと導く。「田舎のほうも、とてもいいと思いますわ。空気がきれいで、野の花も美しく、自由を感じられますから」

「わたくしは自由を満喫しているわよ」夫人は愛情をこめてベスの手を軽く叩いた。「外出するたびにぬかるんだ牧草地を歩いたり、つついてくる雌鶏《めんどり》をよけたりするような生活はごめんだわ。何より、わたくしはここで必要とされているの。わかるでしょう。アレクサンダーは認めないでしょうし、気づいてさえいないかもしれないけれど、彼にはわたくしが必要なのよ」

ベスが夫人の言葉を咀嚼《そしゃく》しているうちにメイドがやってきて、夫人を寝室へお連れしましょうと申し出た。

アレックスと夫人には痛みと悲しみを乗り越え、愛に裏打ちされた絆がある。夫人の言ったことが正しく、実は祖母の近くで暮らすことがアレックスにとって必要なのかもしれない。あるいは、夫人が必要とされたいと望んでいるだけかもしれないけれど。

その気持ちはわかりすぎるほど理解できた。

夫人はメイドにボンネットを渡してからベスに言った。「あなたも休むといいわ。あとで打ち合わせのときに会いましょう」

「はい、承知いたしました」だが、ベスは昼寝をするつもりなどなかった。やるべきことがありすぎる。まず、書斎の壁紙がきちんと張られているか確かめないと。職人たちがいなくても……アレックスに会えるかもしれない。

廊下の角を曲がってみると、書斎のドアは閉まっていた。ということは、職人たちの作業が終了したのか、アレックスが彼らを追い払ったかのどちらかだ。

彼に会えると思うと体がうずいた。耳のうしろの髪を撫でつけ、ドアの前まで行ってノックをしようと手をあげる。だが、中から聞こえてくる声を耳にして動きを止めた。

恥も外聞もなく、ベスは耳を押しつけそうな勢いでドアに近づいた。ひとりはアレックスで、もうひとりの声はダーバーヴィル卿だ。話の内容すべてはわからないが、断片的に聞き取れる。

「……ぼくがハーヴァーシャムの屋敷の外で……」

「……彼を見失わないように……」

「……絶対にミス・レイシーには近づけないよう……」

「……ぼくはニュートンを追って……」

「……仮装をしていると武器を隠しやすい……」

あたたかい気候にもかかわらず、ベスの背中に冷たいものが走った。

容疑者はハーヴァーシャム卿とニュートン卿なのだ。このふたりだとは考えたこともなかった。彼らについてはよく知らないけれど、ハーヴァーシャム卿は健康で頑強なアレックスの脅威となるには年を取りすぎで、太りすぎてもいる。ニュートン卿は礼儀正しいように見えた。少なくとも、大っぴらにベスたち三姉妹を嘲ったことはない。

でも、アレックスには何か彼らを疑う理由があるのだろう。

足を引きずって歩く音が中から聞こえたので、ベスはわれに返った。急いでドアから離れ、廊下を走り抜けて客間へ行く。夫人の物書き机の前に座って、書類に集中しているふりをした。

アレックスが入ってくる前に、動悸はかろうじておさまっていた。広い肩と黒い髪のせいで、彼は公爵というよりも恐れを知らぬ海賊のように見える。彼が部屋の中を見まわした。

「ぼくたちふたりきりかい？」

「仕立屋から戻って、夫人はお休みになっているわ」あたかも大切な書類であるかのように、手にしていた紙を脇へ置く。実際は市場で買うものを書き出しただけのものだが。

アレックスは口を一文字に結ぶと、茶色の目を光らせた。そこに浮かんでいるのは怒りだった。「ぼくに断りもなく外出してはいけないよ、ベス」

「あなたがいれば」冷たい口調で言う。「報告しようと考えたかもしれないわ。けれど悲しいことに、あなたはいなかったのよ」ふたりの時間は限られているというのに、彼はどうして言いがかりをつけてくるのだろう？

アレックスがそばまで来た。互いのつま先があと少しで触れそうなほど近い。

「きみは危険が迫っていることや、その重大さを承知しているというのに、祖母を従えてロンドンの街中をうろつくというのか？」

彼の威圧感に負けまいとして立ちあがる。「危険にさらされているのはあなたで、わたしたちではないわ。自分が屋敷にじっとしていられないのに、どうして人に出かけるなと要求できるの？」

彼が手で顔をこすった。怒りを通り越しているようだ。「忘れているようだが、世の中には悪いやつらが大勢いるんだよ。平気で人を傷つける連中が。ぼくが愛する――」

アレックスは言葉を切り、向きを変えて部屋の反対側にあるソファまで行った。座りこんで頭を抱えている。彼が言わんとしていることがわかり、ベスは涙があふれてきた。

少し気持ちを落ち着けてから、彼のそばへ行って隣に座る。「アレックス、誰もわたしたちを傷つけないわ。かすり傷さえも。ふたりとも大丈夫よ」

「声を荒らげるべきではなかった。ぼくの憤りをきみにぶつけてしまったんだ。ああ、誰に対して怒るべきかわからない。許してくれ」

「あなたの気持ちはわかるわ。わたしとおばあ様を守ろうとしてくれているのよね」ベスは彼の額に落ちた髪を払った。「あなたの献身的な愛には心を打たれるわ。とても疲れているように見えるけれど、このところちゃんと眠れているの？」

「いや」彼が正直に答える。「犯人が野放し状態で、いつ襲ってくるか見当もつかない。正体不明の敵の動きに、つねに備えなければならないんだ」

彼女は真剣にうなずいた。「あなたにも考えがあるのでしょう？」

「いくつか仮説は立てた。だが、そのどれもが間違っている可能性もある」顎を撫でながら、鼻から大きく息を吐く。

ベスは胸が痛んだ。「あなたはずっと脅威にさらされているのよ。そんな生活は人を蝕《むしば》んでいくわ」

「取り乱してしまうような脅威ではないんだ。実際には、ぼくにできることは何もない。決定的な手を打つことはできない。できることといえば、危険に身をさらすのを最小限に抑えることだけだ。だから、きみや祖母に付き添いもなしで出かけてほしくない。無駄かもしれないが、状況を把握しておきたいんだよ。ときどき、頭がどうかなるのではないかと思ってしまうことがある」

「そんなことにはならないわ」きっぱりと言った。

「そうだな。だが、ぼくが死んだら小躍りする人々が少なからずいることがわかった。気の滅入《めい》る話だ」

大胆にも、彼女はアレックスの腿に手を置いた。彼がはっと息をのむ。

「あなたの不幸を願っている人たちがいるのね。でもそれと同時に、あなたにはわたしがいるわ。わたしは……」

地の果てまでもあなたについていく、と伝えたかった。

自分が特別で、信頼され、理解されていると感じさせてくれた人はアレックスがはじめてだと、わかってほしい。

そして、彼を愛していると。

でも、いまはそんなことを口にできる雰囲気ではない。ベスは大きく息を吸いこみ、彼の打ちひしがれた茶色い瞳を見つめた。「わたしはあなたのことを、そんなに悪い人ではないと思っているわ」肩をすくめてほほえむ。「女たらしの公爵にしてはね」

いたずらっぽい笑みが、アレックスの顔にもようやく浮かんだ。「きみだって、それほど悪くない。おかたい壁の花にしてはね」

「おかたい？」目をしばたたく。「本当にそう思ってるの？」

「いや、まさか」彼はベスの首のうしろに手を当て、うなじの巻き毛をもてあそんだ。「きみとふたりきりになれなくて寂しかったよ、ベス。きみが想像する以上に」

喉が締めつけられるようだ。「でも、あなたはわたしを避けていたわ」

少し目を閉じてから、アレックスは慎重に言葉を選んで話しはじめた。

「信じてくれ。いまのぼくには、何も約束することはできない。しかし近いうちに、きちんときみにすべてを伝えるよ。それまで、どうか信じてほしい。これは本物だと」彼女の手の甲に口づける。

アレックスの唇が肌に触れただけで、ベスは欲望にのみこまれそうになった。

「証拠を見せて」彼に身を寄せて、首にキスをする。「もう一度、わたしに信じさせてちょうだい」

31

この五日間、アレックスは最大限の努力を払ってベスと会うのを我慢してきた。

いま、こうして彼女から首筋にキスをされ、手で腿を触られていると、その努力がまったく無意味だったと思い知らされる。彼がベスを求め、その存在がどれほど重要か示すのを止めることはできない。

彼女をわがものにするのを。

だが午後四時のドアの開いた客間の長椅子では、ベスと愛を交わすことなど無理だ。なんとしても最適な場所を見つける必要がある。

ベスの寝室は祖母の部屋と近すぎるし、アレックスの寝室に彼女がいるのを使用人に見つかる危険は冒せない。彼の書斎は金槌《かなづち》や刷毛《はけ》で足の踏み場もないほど散らかっていて、いつ職人が大挙して入ってくるかもわからないので論外だ。

まったく。屋敷には四〇近い数の部屋があるというのに、午後の密会に最適な場所すら思いつけないなんて。しかし、もしかすると……。

「一緒に来てくれ」彼はベスをドアのほうへ引っ張っていった。「使用人たちはみな、舞踏室の準備で忙しくしているだろう。もし階下で誰かに会うことがあったら、ぼくが理由を説明する」

いぶかしげな顔をしながらも、ベスは黙って彼についてきた。アレックスが書斎の机からどこかの鍵を探しているあいだは、部屋の前で待っていた。それから一階へ、さらに裏階段から地下へとおりていく。

食料庫の前をそっと通り過ぎようとしたとき、使用人が口笛を吹きながら、高く積みあげた木箱を抱えてやってきた。

くそっ。アレックスは暗い倉庫にすばやく身を隠した。ベスを引き寄せて壁に押しつける。じめじめして埃っぽい小部屋は、芽キャベツのようなにおいがした。

それに比べて、ベスは柑橘類と日なたのような香りがしている。使用人が行ってしまうのを待つあいだ、アレックスは彼女の首筋に鼻をすり寄せていた。

「理由を説明すると言っていたじゃない」ベスが不満げにささやく。

「こうしているほうが簡単だからね」名残惜しい思いで彼女から離れると、廊下に首を出して様子を見た。「もう大丈夫そうだ。行こう」

メイド頭の部屋の前を足早に通り過ぎてから、ふたりはアーチ型の背の低いドアの前で立ち止まった。

「ワインセラー？」ベスが声には出さずに口だけ動かした。

にっこりして鍵を取り出す。「大正解だ」つい最近、ワインセラーの修繕と改装を行ったばかりだった。寝室ほど快適ではないだろうが、なかなか親密ですてきな雰囲気の空間になっている。すばやくドアを開けて彼女を中に入れ、ドアを閉める前にろうそくを灯した。

アレックスは低い円天井に頭をぶつけないようにかがまなければならないが、ベスはまっすぐに立っても大丈夫だった。彼女は奥に置かれたワインの樽《たる》や両脇の壁にきちんと並んだ瓶を眺め、細長い部屋をゆっくりとひとまわりした。

ワインセラーにしては清潔だった。アレックスの執事は、この部屋をわが子のように思っていると豪語している。ワインの瓶には埃ひとつ積もっていない。床がワインのしみで汚れているということもなかった。家具はないが、並んだ樽の上に置かれた丈夫なかごの中には備品――大きなキルト、予備のろうそく、ふたつのワイングラス――が入っていた。非常用の備えだろうとアレックスは思った。もし誰かが閉じこめられてしまっても、ワインを飲みながら暖を取れる。

つばをのみこみ、彼はベスの気持ちになってこの部屋を眺めてみた。アレックスにはれんがの壁や不ぞろいな敷石の床も魅力的に映るが、窓もないことを考えると、彼女には地下牢のように見えるかもしれない。

幸い、ベスは簡単に怖がるような女性ではない。これはアレックスが好ましく思うと同時に、腹立たしくも感じている性格のひとつだ。彼女が自らの身を案じるなら、この屋敷に居続けたり、殺害未遂事件の調査に首を突っこんだりしないだろう。だがもしそうであれば、こうしていま、彼とここにいることもない。

「どうだい？」アレックスはきいた。

「快適で居心地がよさそうね」ベスが腕を組んでほほえんだ。「でも、わたしはそれほど喉が渇いているわけではないわ」

「ぼくもそうだよ、女神様」低くうなり、彼女を抱き寄せてキスをした。

ベスの髪に手を差し入れると、ヘアピンが床に散らばった。放り投げられたクラヴァットがワインの瓶の首に着地する。アレックスの血管を欲望が稲妻のように駆けめぐった。

「アレックス」彼女がすすり泣くような声をもらす。「あなたが欲しいの」

その言葉に、彼はもう自分を抑えきれなくなった。ベスのドレスとコルセットのひもをほどく。その両方をおろして、胸をあらわにしようとした。彼女が身をくねらせてドレスを脱ぎ捨て、シュミーズだけになる。

ベスの豊かな巻き毛がろうそくの光にきらめいていた。サテンのような肌は、触ってほしいと懇願しているかのようだ。たまらない。彼女を一〇〇年間見つめ続けたとしても、じゅうぶんと言うにはほど遠い。

急いで上着とベストを脱ぎながらも、ベスから目が離せなかった。「こんな言い方は古くさいかもしれないが、ぼくは画家になりたいと思ったことなどなかった――今日までは」

「いったい何を描きたくなったの？」彼女がシャツの裾を引っ張り出して中に手を入れ、からかうようにきく。

言うまでもない。「〝壁の花の逆襲〟という絵だよ」

「いい考えね。わたしは必ず見返してやるわ」

「もちろんだ」彼女はすでにアレックスの世界を大きく変えていた。それも望む限りでは最高の方法で。「さあ……おいで」

ベスは息もうまくできないほどだった。濃いまつげに縁取られたアレックスの目が、歓びとそれ以上のものを約束している。

彼女を腕に抱いて樽の並ぶ部屋の奥へ行くと、アレックスはかごから清潔な毛布を取り出した。

「これを床に敷いてもいいが……ちょっと違うことにも挑戦できる」

膝ががくがくしてきた。どうするか選ぶのに困っているからではない、もちろん。

「違うほうがいいわ」

彼はにやりとしてうなずき、折りたたんだ毛布を樽の上に置いた。その樽はちょうどベスの胸の高さくらいだ。「樽の方を向いてごらん」

期待に震えつつ、アレックスの言うとおりにする。彼はベスの長い髪を脇に寄せ、耳や首、肩を甘く噛んでささやいた。「明日の舞踏会でほかの紳士がきみを称賛し、舞踏室で踊りながらきみの耳にやさしい言葉を投げかけても」彼の手がシュミーズをまくりあげ、前に伸びて脚のあいだの敏感な場所に触れる。「これを思い出してくれ」

もちろん忘れられるわけがない。「そうして……みるわ」

アレックスは胸の重みを確かめるように手で包みこみ、とがった先端を親指と人差し指で軽くつまんだ。このうえなくすばらしい拷問だ。彼に触れられると、欲求が剃刀《かみそり》さながらに鋭く体を貫いていく。

声をあげるベスに、彼がささやいた。「できるなら、毎晩ずっときみのそばにいたい。ぼくがいないときでも、ぼくはきみのことを考えていると覚えていてくれ」

彼の指は快感の源泉を探り当てると、ベスが体を硬直させてのぼりつめるまで、そこを刺激し続けた。

「アレックス」あえぎながら、彼の下腹部のこわばりにヒップを押しつける。「あなたが欲しいの。いますぐに」

彼はベスからいったん体を離してズボンのボタンを外した。それから大きな手をヒップにあてがい、熱くかたいものを少しずつ彼女の中に沈めていく。「きみに気持ちよくなってほしいんだ」

アレックスの思いやりはうれしかったが、貴重な時間を無駄にはしたくなかった。もしこれが彼と愛を交わす最後の機会だとしたら、中途半端なやり方や生ぬるい情熱では我慢できない。ベスは彼のすべてが欲しかった。傷も、強さも、悲しみも、喜びも。

言葉で応える代わりに、彼女はヒップをあげてアレックスを受け入れた。

「ああ、ベス」大きく息をつき、彼が体を硬直させる。まだ彼女に痛みを与えるのを恐れているかのようだ。

でも、ベスにはわかっていた。少なくとも体を傷つけられることはない。彼にさようならと言うときには心が傷つくだろう。けれど、いまはそんなことは考えられない。彼とこれ以上ないほどに密着していては、考えることなどできなかった。

「わたしはあなたが……こうしてくれるのが好きよ」

アレックスはうめき声で応じると、彼女の中で動きはじめた。ベスは全身で彼を感じていた。背中には彼の胸が、耳元には口が、髪には手があるのがわかる。

「ぼくと一緒にいくんだ」アレックスが手を前にまわし、ふたりの体がつながっているところを撫でた。ベスの中で興奮が高まり、歓喜の波が近づいてくる。脚が震えたが、彼がしっかりと抱きしめてくれた。「ああ、いいよ、ベス。こうして……きみと――」

彼女は絶頂に達した。アレックスの言葉も聞こえなくなる。快感がベスの体をのみこんで、しっかりと甘く包みこんだ。毛布をぎゅっとつかんで波に身を任せ、至福の瞬間を味わい尽くす。

アレックスは彼女をしっかりと抱きしめ、最後のさざなみが落ち着くまで辛抱強く待ってから体を離した。夢見心地のまま、ベスは彼が種を手で受けてクラヴァットで拭くのを見ていた。シュミーズを整えると彼のもとへ行き、背中に頭をもたせかけて、指でそっとやけどの傷跡をたどる。

「きみを急がせるつもりはなかったんだ」彼が言った。「ぼくの名字はぼくの行為とぴったりだな」

一瞬考えこんでから、ベスは笑顔になった。「〝野蛮《サヴェージ》〟という名字？　たしかに、あなたは少しがさつかもしれないわね。でも、覚えておいて。わたしはあなたのそんな不器用なところが好きなのよ」

アレックスはクラヴァットを放り投げると、毛布を手に取って床に広げた。「おいで」樽にもたれて座り、長い脚を伸ばして足首で交差させると腿を指さした。「ぼくの脚に頭をのせて、しばらく横になるといい」

ベスは毛布に横たわり、その心地よさに驚いた。

けれども毛布のあたたかさよりも、彼女はアレックスと愛を交わした満足感にひたっていた。

頬を彼の腿に預けて、穏やかなため息をつく。胸が苦しくなるほどやさしく指で髪をとかされ、肩を撫でられていると、恍惚とした心地になってきた。

「話があるんだ、女神様」

32

ベスの体に緊張が走ったとアレックスが感じると同時に、彼女が起きあがった。

「話？」青い瞳は不安でいっぱいだ。「また命を狙われたなんて言わないでね」

「ぼくの知る限りでは、それはない」アレックスはほほえんだ。「きみに言っておきたいことがある。次にいつふたりきりで話せるかわからないからね……」

まるで最悪の事態に備えているかのように、彼女が真剣な面持ちでうなずく。

「話してちょうだい」

安心させるために、彼はベスの手を握った。「明日の仮面舞踏会で、必要以上に危険なことをしないでほしい。きみが力になろうとしてくれているのはわかっている。だが、ダービーとぼくもちゃんと準備をしているんだ」それは必ずしも事実ではないが、彼女に伝える必要はない。

ベスはいらだちをあらわにした。「むやみに危険を冒したりはしないわ」

「きみにもしものことがあったら耐えられないんだよ」きっぱりと言う。「きみはぼくが差し出そうとしていた以上のものを求めた。自分をこれほどさらけ出したことは——やけどの跡だけに限らず、誰に対してもなかった。きみ以外には」

その言葉を理解するように少し間を置いてから、彼女はごくりとつばをのみこんだ。

「どうしてわたしには話してくれたの？」

「きみのやさしさと考え方が……きみになら打ち明けても大丈夫かもしれないと思わせてくれたんだ」

ベスの頬がピンク色に染まる。「あなたもわたしを変えてくれたのよ」彼女はアレックスの首筋に顔をすり寄せた。「むやみに結論に飛びついてはいけないと学んだわ。ときどき、その人について知っていると思っていることすべてが間違っているの。あなたに対してもそうだった」

それは彼女が完全に悪いわけではない。アレックスは三姉妹に〝枯れかけた壁の花〟というあだ名をつけた事実を隠していた。白状するなら、いまがそのときだろう。

「実は――」

「そしてあなたのおかげで」ベスがさえぎる。「ひどい名前や不愉快なレッテルに傷つくのは、自分がそれに同調しているからだと気づいたの。あなたのおかげで、自分を壁の花だと感じなくなったわ」

「きみは壁の花などではない」彼は断言した。「どう見ても違う。そして――」

ベスの目は涙で光っている。「愛しているわ、アレックス」

胸が締めつけられた。彼女の愛はアレックスが望む以上のものだった。自分にはもったいないとさえ思う。「愛しているよ、女神様」彼は額に口づけた。

幸せそうなため息をついて、ベスが彼の肩に頭を預ける。「何か言おうとしたの？」

だめだ、壁の花の件については、いまここで口にすることはできない。彼女はいま完全に無防備で、感情が高ぶっている。「きみに魅了されてしまったと言いたかったんだ」

ベスはしぶしぶという様子でアレックスから体を離した。「もうすぐ戻らなければならないわ。使用人たちとの打ち合わせに間に合うように起こすと夫人に約束したの。いま何時かしら」

「待ってくれ」

彼女が階上へ戻る前に、考えを伝えなくては。「明日の舞踏会が終わったら、ぼくたちはお別れだ。しばらくのあいだだが」

瞳を曇らせて、ベスは遠くを見ている。「それはあなたの口からもうはっきりと聞いたわ」

「だが、この別れは一時的なものであることを願っている。きみとずっとつきあっていきたい。いや、ぼくの人生にはきみが必要なんだ。ぼくはきみにふさわしい男ではないかもしれないが、きみと……一緒にいたいんだ」

彼女は期待をこめてアレックスを見つめている。もっと踏みこんだ言葉を待っているのだろう。しかし、そんなことは言えない。誰かが彼の首に懸賞金をかけているという状況で、結婚を申しこむのは無理だ。婚約などすれば、ベスの身の危険が増大する。どれほど彼女を自分のものにしたいと望んでも、相手の命を危険にさらすわけにはいかない。

アレックスは髪をかきあげた。あいまいな言葉以上のものをベスに贈れたらいいのに。彼女が立ちあがり、部屋の中を行ったり来たりしはじめたので、心臓がどきどきしてくる。

「すべてが解決したら、きみと正式に交際したい」


ベスは息をするのも苦しかった。急に熱が出てきたみたいに、胃もおかしくなった。彼女がすべてを――身も心も、そして魂さえも――アレックスに捧げたというのに、彼が宣言しているのは彼女との交際だった。まるですべてが後退しているかのようだ。

「わたしに交際を申しこむとして……いつになるかはわからないと言っているのよね?」

「こうなる前に交際を始めておくべきだった。だがぼくの醜聞ときみが祖母のコンパニオンだという立場が重なって、それはほぼ不可能だったんだ。それに誰かがぼくの命を狙っている限り、ぼくたちのつきあいを公にしてきみを危険にさらすことはできない」

「わかったわ」頭ではアレックスの説明を理解している。でも、心はかたくなに受け入れるのを拒否していた。彼はふたりの関係を〝つきあい〟と表現したけれど、実際にはそれ以上のものだ。少なくともベスにとっては。もしアレックスが彼女を本当に愛しているなら、不可能なことなど何もないはず。ありえないと思えるような求婚でさえ、不可能ではないはずだった。

長いため息をつき、アレックスが彼女の肩に両手を置いて腕をさすった。

「複雑な話だというのは認めるよ。だが、ベス、絶対に誤解しないでほしい。この悪夢のような問題が解決したら、ぼくたちは一緒になるんだ。きみがぼくを受け入れてくれる限り」

目を閉じて、彼の言葉を心に染みこませた。〝ぼくたちは一緒になる〟これは結婚の申しこみではないけれど、いまのアレックスに約束できるすべてだとしたら……。

「もちろん、わたしはあなたを受け入れるわ」

彼が顔をあげた。茶色い瞳が希望に輝いている。「本当か？」

「ええ」

アレックスはうれしそうにベスを抱きすくめると、キスをしながらぐるりと回転した。

「きみがいてくれて、ぼくは幸せだよ、ベス。すべてはきっとうまくいく。いいかい、問題の解決に一週間、一カ月、あるいは一年かかろうとも、ぼくたちは一緒になるんだ。そしてその先の一生をかけて、離れていた時間の埋め合わせをしよう」

「あなたの命を狙っている犯人を早く捕まえてほしいわ」できるだけすみやかに。そうすれば、アレックスが屋敷へ戻るたびにけがをしていないか体を調べる必要もなくなる。

一週間、一カ月、一年のあいだにどれほどの変化があるか、彼女はよくわかっていた。アレックスはベスを愛していると言ったけれど、先に口にしたのは彼女のほうだ。時間の経過とともに情熱は冷め、約束は忘れられ、心は傷つく。

「ぼくのことは心配しないでくれ。きみがぼくを待っていてくれるとわかったから、事件を解決する決意が以前にも増してかたくなった。信じてくれ」

「よかったわ」アレックスの顔をじっと見つめ、そこに浮かぶ愛情、自信、やさしさを心に刻みつけようとする。「本当にもう行かなければ」ふたりだけの秘密の約束に不安を感じつつも、ベスはいまから身だしなみを整えて夫人を起こし、招待客の中に殺害未遂の容疑者が少なくともふたりはいるという舞踏会の準備を監督しなければならない。

不満げなうめき声をもらして、アレックスが彼女を放した。ベスが急いでコルセットをつけてドレスを着ているあいだに、彼は床に落ちたヘアピンを探した。

「ぼくの言ったことを忘れないでくれ」拾ったヘアピンを渡しながら言う。「明日の晩は必要以上に危険を冒さないように。可能なら、舞踏室から離れないでほしい。大勢の人と一緒にいるほうが安全だ」

「あなたは？　わたしに言ったことを、自分でも守るつもりがあるの？」当てつけるように尋ねる。

「ぼくはやるべきことをやるまでだ」

ため息をつき、できるだけうまく髪をまとめる。「今夜、あなたのおばあ様に田舎へ引っ越す話を切り出そうと思うの。舞踏会の翌朝に発てば、その次の日に行われる収穫祭前日の祭りに間に合うと言うつもりよ。田舎へ行ってしまえば、あとは滞在を無期限に引き延ばすように説得するわ。真実を打ち明けられないのは心苦しいけれど……」

「すばらしい」彼はベストのボタンを留め、上着に手を通している。「ぼくたちが離れている時間が長くならないように祈るよ」

ベスの目に涙があふれた。エセックスにある彼のカントリーハウスへ出発する前に、ふたりきりで別れを惜しむ時間はなさそうだ。「寂しいわ」

アレックスが彼女の顔を両手で包み、この女性は永遠にぼくのものだと言わんばかりにキスをする。離ればなれのあいだも、キスにこめた情熱の炎がふたりの中で燃え続けますようにとベスは祈った。唇を離すと、彼女の膝はがくがくして息も絶え絶えだった。

心がとろけそうな笑みを浮かべたあと、アレックスはワインセラーのドアを開けて外の様子を確認した。「誰もいないようだ。さあ、行って。ぼくも少ししたら出る」

ベスがそっと廊下へ出ようとしたとき、彼が腕に手をかけて引き止めた。

「忘れるところだったよ。仮面舞踏会ではどんな仮装をするんだ？」

「明日のお楽しみにしたらどう？」

「いや、きみから目を離さないようにしたいんだ。きみの安全を守り、ぼくの心が落ち着いていられるように」

彼の気持ちに心を打たれ、仮装を明日まで秘密にして苦しめるのはやめることにした。

「赤ずきんちゃんよ。そしてあなたは狼になるの」

「まさにぴったりだな」アレックスが納得したようにうなずく。「すると祖母は……赤ずきんちゃんのおばあさんかい？」

ベスは片方の眉をあげた。「そのとおりよ」

「赤い衣装はきみに似合うだろうね」声がかすれている。「舞踏会が終わっても捨てないでくれ。別の目的に使えるかもしれないから」

その意味ありげな提案に、彼女の体がうずいた。だが、口から出た言葉は真剣なものだった。「いまからはもう、余計なことを考えてはいけないわ。ただひとつのことに気持ちを集中させて……明日の夜を無事に乗りきることだけに」

33

「きみの仮装はどうしたんだ?」ダービーが尋ねた。彼は舞踏室を横切って階段をあがり、中二階にいるアレックスのところに来た。ここはちょうど会場を見おろすことができ、出入口にも面している。

アレックスは横に立つ友人を見た。「ぼくもきみに同じ言葉を返すよ」今夜の仮面舞踏会用にダービーが選んだ衣装とは、目のところに穴が開いた黒いスカーフを顔の上半分から頭を覆ってつけているだけだった。

「レディ・ソーンダイクにアライグマみたいだと言われてしまったよ」ダービーが肩をすくめる。「だが、その案を受け入れることにした」

「きみはぼくよりも人がいいな」

「それはいまさら驚くに当たらないさ。ところで、仮面舞踏会の主催者が仮装をしていないとはどういうことだ?」

アレックスはしぶしぶ上着のポケットから狼の仮面を取り出し、顔の前に掲げてみせた。

ダービーが怖がって縮みあがるふりをする。「心配するな。その恐ろしい目にとがった牙で、たいていの女性を脅かすことができるさ」

「視界が極端に制限されなければ、ちゃんとつけるところなんだが」アレックスはそう言うと、仮面を中二階の手すりの横に置いてある小さなテーブルの上に放り投げた。

「今宵のお祭り騒ぎへの参加を拒否するには、説得力に欠ける言い訳だな。きみが無駄にしている仮面に、いったいいくら払ったんだ？」

「知らないよ。知りたいとも思わない」正直に言う。

ダービーはくすくす笑い、下に広がるダンスフロアを見まわしてうなずいた。「招待客に目を配るには最適の場所だな」

アレックスはシルクのひだをつけた布《ドレープ》で覆われた壁や、光り輝くシャンデリア、色とりどりの衣装に身を包んで楽しそうな出席者を見渡した。仮装による妖しさがこの夜に彩りを添えている。多少であれば官能的な雰囲気でもかまわないが、ベスのまわりは普通であってほしい。彼自身がその官能的な空気を醸し出しているのでない限りは。

フードがついた真っ赤なケープを着ているベスを見て、アレックスは胸がきゅっと締めつけられた。鮮やかな赤いシルクの下に着ているドレスは水色で、長い巻き毛が背中に流れている。ベスが舞踏室の入口近くで招待客と談笑している姿を見ながら、彼はそのケープの下に手を差し入れて体を引き寄せるところを想像していた。

昨日の午後にワインセラーで、余計なことを考えてはいけないと言ったベスは正しかった。今夜遅く、最後の客が帰ったら彼女のもとへ行こう。だが、いまは目の前のことに集中するのだ。

「今回の目的を考えると、ここから見張るのはちょうどいい」アレックスはダービーに言った。「すべては予定どおりに運んでいるんだろう?」

「もちろんだ。ぼくはニュートン夫妻のあとをつけてきた。彼らが屋敷からここへ来るまで、ずっとね」

アレックスは夫妻が入ってくるのに目を留めた。「茶色のゆったりした服を着た修道士と、黒い修道衣を身につけた修道女だな?」

ダービーがうなずく。

「ニュートンの動きに不審なところはあったか?」

「いや」ダービーが頭をかいた。「馬車からおりるときにふたりは何か口論をしていたが、内容まではわからなかった」

「何が原因か調べてみてくれ。ぼくは一五分ほど前に戻ったんだ。ハーヴァーシャムの仮装は魔術師だ。魔法使いと言ったほうがいいかな。長い白髪のかつらと顎ひげをつけて、青いマントを着ている」

黒いスカーフに開いたふたつの穴から、ダービーが鋭い目つきで子爵を見る。

「あの鮮やかな青は見つけやすくていいな」

「ああ」アレックスも同意した。「まったく、彼はすでに酔っていて、ろれつがまわらないし足元もおぼつかない。ここに到着して以来、ずっとブランデーのグラスを手にしているんだが、その前から飲んでいたようだ。泥酔している彼を追うのがたやすいのか難しいのか、判断しかねるところだな」

「運がよければ、彼はすぐにテーブルの下で眠りこけて、ずっとそのままだろう」ダービーは舞踏室に目を凝らしている。「ロマ族の仮装をしている女性がレディ・ハーヴァーシャムか？」

「いや、違う。レディ・ハーヴァーシャムは短いスカートをはいた農婦の格好で、舞踏室の反対側にいる」彼女は船乗り姿の男性の前で目をしばたたいてくるりとまわり、得意げな様子だ。「ロマ族が誰かはわからない」その女性は誘いかけるようにハーヴァーシャムの顔の前でスカーフを振っていて、子爵は顎の下のたるんだ肉を震わせて笑っていた。

「ハーヴァーシャムを追っていると、今夜は退屈しないですみそうだな。ニュートンは静かにしてくれていることを祈るよ」ダービーが言う。

「ぼくにとっては、退屈な舞踏会に勝るものはない」アレックスの声は真剣だった。「明日の社交欄に、取りたてて何も起こらず、平凡でありふれた舞踏会だったと書かれれば大成功だと思っている」

「では、任務遂行にいそしむとしよう」ダービーは真顔に戻り、ポケットから懐中時計を出した。アレックスもそれにならう。「ぼくの時計では九時三〇分」

「ぼくのほうも同じだ」アレックスは懐中時計をベストのポケットに戻した。「一〇時三〇分にここで会おう。それ以降は一時間おきだ」

「ふたりのどちらかが時間どおりに来なければ、探しに行くということだな」ダービーが確認する。

アレックスはうなずいた。「そうだ。容疑者が舞踏室を離れるときには、あとを追わなければならないからな」

「もし舞踏室を出る場合には、それぞれのスカーフか仮面を残して、どちらの方向へ行ったかの手がかりとしよう」ダービーが顎をさすってほほえむ。「これで完璧だ」


「腕に何をつけているの？」ベスはメグの手首に無造作につけられた羽根のかたまりをけげんそうに見た。

軽やかなギリシア風のドレスを着た姉が、ふわふわしたかたまりを持ちあげてみせた。

「見ればわかるでしょう？」

「まるで小鳥とリスが取っ組み合いのけんかをして、どちらも力尽きたみたい」末っ子のジュリーが思ったことをはっきりと口にする。

「残念ながら、そう見えるわね」メグがため息をついた。「双子たちがわたしのために作ってくれたのよ。フクロウのつもりなの。わたしはギリシア神話のアテナよ、もちろん」

「知恵の女神ね」ベスはうなずいた。「もと家庭教師にはぴったりだわ。いつものようにすてきよ。旦那様はどの神様を選んだの？　当ててみせましょうか？　軍神アレスじゃない？」

メグはうれしそうな顔をした。「双子たちはゼウスの仮装がいいと言って、彼に武器のいかずちを作ったの。彼はトーガなど着るのはごめんだ、そのいかずちを持っているだけでじゅうぶんだと言い張っているのよ」

「武器だけではなくて、何か仮装をしてほしかったわ」ジュリーがぶつぶつと言う。

メグが頭を振る。「文句ばっかり言って、困った子ね」

「言葉に気をつけたほうがいいわよ」ジュリーはふざけて弓を振りまわした。「矢筒には矢も入っているから、使いたくてしょうがないの」

「まあ、狩猟の女神アルテミスね」ベスは改めて妹の姿を見た。華やかな銀色のチュニックを着て、頭には白と黄色の花で作った冠をつけている。「弓と矢をどこで見つけたの？」

「アリステアおじ様の屋根裏部屋よ。おじ様はなんでも取っておくから」ジュリーは少し離れたところで公爵未亡人と話をしているおじのほうを見てほほえんだ。「おじ様はルネッサンス時代の男性の仮装がお似合いでしょう？」

「よく似合ってらっしゃるわ」メグが同意する。「すっかり当時の男性になりきっているみたい。さっきご挨拶したときに、仲間たちとの集まりがあるからここでゆっくりしていられない、とおっしゃっていたわ。意味不明なのだけれど」

ベスは笑みを浮かべたものの、心は別のところをさまよっていた。今日は一日中、舞踏会の準備を監督したり、花をいけたりしてあれこれ忙しくしていたが、アレックスとワインセラーで過ごした時間をずっと思い返していた。

彼の言葉が何度も頭の中に響き、あれはすてきな夢などではなかったと信じられるようになっていた。ベスが求めていたすべて——愛、敬意、そして情熱——が燦然《さんぜん》と輝いて目の前にあるのだ。必要なのは、手を伸ばしてしっかりとつかむことだけだった。

「赤ずきんちゃん」ベスの気を引くように、メグが顔の前で手を振った。「心ここにあらずね。いい子だから、あなたのやさしいお姉様に何を考えているのか打ち明けてごらんなさい」

ベスはつばをごくりとのみこんだ。話すべきなのだろうか？　心にあふれている喜びを抑えることはできない。姉と妹にアレックスのことを聞いてほしかった。姉妹は互いになんでも話して、悲しみ——両親の死や経済的な苦境、社交界での嘲り——も三人で乗り越えてきたのだ。うれしいことも分かち合うべきだろう。

けれども、ふたりの関係はまだ秘密にしておいたほうがいいとベスの心の声が告げていた。姉と妹は、アレックスがなぜアリステアおじにベスとの交際の許可を求めないのか、どうしてベスが明日には公爵のカントリーハウスへ引っ越さなければならないのか、理解できないだろう。質問攻めにされるのは間違いない。きかれても答えられないことばかりだ。

「こうして三人で一緒に集まれて、全員が何事もなくいられるのがうれしいのよ」ベスは言った。

アレックスにも何事もありませんように。今日はまだ彼の顔を見ていない。ベスは容疑者をこの屋敷に招いたのは失敗だったのではないかと思いはじめていた。だが、少なくとも容疑者が誰かはわかっている。彼女は信頼している従僕に魔術師と修道士から目を離さず、何か不審な動きがあったらすぐ知らせるようにと指示しておいた。

「なんだか、はぐらかすような答えね」ジュリーは不満そうだ。「でも、これ以上問いつめるのはやめておいてあげるわ。騎士が助けに来てくれたようだから」

妹がアレックスのことを言っているのだと思い、ベスは喉の奥で息が詰まりそうになった。けれども振り向くと、彼ではなく本物の騎士だった。白いマントをまとい、赤い十字架がついたテンプル騎士団員の仮装をした紳士だ。

彼は三人の前まで来ると、騎士らしい礼儀正しさでお辞儀をし、ベスに魅力的な笑みを向けた。

「こんばんは、淑女のみな様」

ベスは手を差し出した。「お目にかかれてうれしいですわ、ミスター・クールセン」

34

この一時間ほどで、舞踏会に集まった人の数は倍になっていた。ダンスはすでに始まっており、楽団の奏でる音楽が中二階にも届く。アレックスは群衆の中に赤いケープを探していた。「きみのほうで何か進展はあったか?」ダービーに尋ねる。

「とくに何も。ニュートン夫妻のけんかは、来月の内輪だけの集まりに夫のほうが妻の両親を招待したがらないことが原因らしい。ニュートンは義母のおしゃべりがいったん始まったら止まらないことに業を煮やしているんだ。妻のほうは、母親は少なくともジェスチャーゲームでずるをしたりしないと言い返していた」ダービーはうんざりしたように頭を振った。

「独身でよかったとつくづく思ったよ」

「ああ、そうだな」まだベスの姿を見つけられない。

ダービーが手すりにもたれる。「ハーヴァーシャムはまだ酔いつぶれていないのか? あるいは吐いたりとか?」

「いや。ロマ族と、もうひとり、膝丈《ブリーチズ》ズボンをはいた女性に言い寄っている」

好奇心をそそられたように、ダービーがうなずいた。「仮面舞踏会にますます興味がわいてきたな」

アレックスはふんと鼻を鳴らした。「ブリーチズ姿の女性に見とれて、計画を忘れたりしないでくれよ」正直なところ、彼はこの計画の必要性に自信が持てなくなっていた。舞踏会は平穏無事に進んでおり、ロンドンの上流階級の中でもとくに影響力のある二〇〇人を超える人々の前で殺人がくわだてられることなど、ありえないような気がする。

ベスがどこにいるかわかれば、彼の気持ちも落ち着くのだが。

「ニュートンが飲み物のテーブルのほうへ向かっている。シャンパンに何かを混入させたりしないか見張ってこよう。では、ここで一時間後に」

アレックスは友人の助けがありがたかった。「一時半に」階下へ行きかけるダービーの肩をぽんと叩く。

眼下の舞踏室を右から左へと見渡して、ようやく赤い衣装が目に留まった。

ベス。

彼女は淡い色のドレスを着たふたりの女性――おそらく姉と妹だろう――とテンプル騎士団員と一緒だった。

アレックスはその男性をじっと見た。運動選手のようにたくましく、自信にあふれた立ち姿に見覚えがある。リチャード・クールセンだ。

先週パブで交わしたダービーとの会話を思い出した。アレックスが死ぬと、クールセンは公爵になれる。はとこに当たるこの男性を容疑者から除外するのは、アレックスの考えが甘すぎるのだろうか？

しかし、クールセンは敵ではないと直感が訴えかけている。少なくとも身体的に傷つけられることはないはずだ。高潔で勤勉な男なので、別の意味でもっと危険だろう。彼はアレックスの爵位や財産に興味はないようだが、ベスに関心を示している。

もっとも、そんな心配は取り越し苦労だ。アレックスはいま犯人探しに躍起になっているが、ベスはそんな彼を理解してくれているし、待っていてくれるに違いない。

不安な気持ちをぐっとのみこみ、アレックスはハーヴァーシャムに注意を向けた。おや。ハーヴァーシャムが今夜ずっとちょっかいを出しているロマ族の女が、彼の長いつけひげを撫でている。そして、ふたりはこそこそとベランダに続く背の高いドアのほうへ向かった。

アレックスは肩甲骨のあいだにちくりと刺されるような感覚を抱いた。ハーヴァーシャムが泥酔しているふりをしているだけだとしたら？　いまこの瞬間にも非道なたくらみが進行中で、彼はアリバイ作りのためにロマ族の女を利用しているのだろうか？　彼のあとをつけなくてはならない。

この場を離れる前に、アレックスはベスをじっと見つめた。こちらに気づいてほしかった。彼女のことをずっと考えているという合図を送れるように。アレックスがこの舞踏会が終わるのを心待ちにしているとわかってもらえるように。早くベスに会って、昨日の午後に口にするべきだったことを伝えたい。

彼女と結婚したいのだと。

ハーヴァーシャムと女が笑いながら、ふらふらとベランダへ出ていく。

頼む、ベス、こちらを見てくれ。

時間切れだ。ハーヴァーシャムたちが外へ出て、アレックスの視界から消えてしまった。

くそっ。彼が中二階にいることにベスが気づかなくても、願いは届いていると信じたい。

ぼくはここにいる。ぼくを見捨てないでくれ。きみとぼく、ふたりのつながりを信じてほしい。

アレックスがハーヴァーシャムのあとを追おうとした瞬間、ベスが顔をあげた。その視線はシャンデリア、中二階の手すりに飾られたシルクの万国旗へと注がれ、ようやく彼をとらえた。

彼はうなずいてみせた。息を詰めて、ベスが反応してくれるのを待つ。彼女は、そしてふたりは大丈夫だという合図が欲しかった。

ベスは一瞬凍りついたように見えたが、おずおずと手をあげて振ってみせた。

アレックスはほほえみ、大きく息をついた。「この瞬間は本物だ」その言葉が彼女の心にも響くことを願ってつぶやく。

最後にもう一度ベスを見つめてから、彼はベランダへ向かった。

アレックスが立ち去るのを目にして、ベスは胃がよじれるようだった。彼がほほえんでくれた瞬間、音楽が消え、踊っている人々は動きを止めて、酔客たちの騒ぎがやんだように感じられた。舞踏会の喧騒のただ中で、ふたりは互いを見つけたのだ。

彼女の胸に希望がふくらんだ。

ジュリーがベスの脇を肘でつつく。

「痛っ」ベスは思わず声をあげてまわりを見た。姉と妹がけげんそうにこちらを見ている。何かがおかしいと気づいたのだろう。ミスター・クールセンはいまは誰もいない中二階に目をやってから、ベスをじっと見た。

「ミスター・クールセンはあなたに質問なさったのよ」メグが小声で言う。

「もう一度お願いできるかしら？　音楽の音が大きすぎて、よく聞こえなかったわ」

ジュリーが目をぐるりとまわす。そんなしらじらしい言い訳が通用すると思っているのかと言いたげだ。

「一緒に散歩でもどうかと思ってね」ミスター・クールセンが感じよく誘う。

無意識に、ベスはふたたび中二階を見た。アレックスは犯人探しで忙しい。それは前もってわかっていたことだ。

ミスター・クールセンは紳士で、ベスは彼をすばらしい人物だと思っていた。これは兄を慕うのと同じような気持ちだ。少しくらい彼と一緒に過ごしても問題はないだろう。時間がつぶせるし、姉と妹からアレックスとの関係について質問攻めにされなくてすむ。このままここにいたら、そうなることは火を見るよりも明らかだった。

「喜んで」ベスはほほえみ、ミスター・クールセンが差し出した腕を取った。彼がメグとジユリーに礼儀正しくお辞儀をする。話はまだ終わっていないと言わんばかりに、ふたりはベスをにらみつけている。ベスは可能な限り姉と妹を避けていようと心に誓った。

ミスター・クールセンの腕は筋肉質で――アレックスの腕ほどはかたくないにしても――その立ち居ふるまいは非の打ちどころがなかった。ふたりは客がかたまっているところを避け、陽気なざわめきから少し距離を取りながら舞踏室の周辺をゆっくりと歩いた。

「今夜の舞踏会にお招きいただいて、公爵未亡人には感謝しているよ」彼は真摯なまなざしをベスに向けた。「こちらでの用件がすんで、昨日にもケントへ戻る予定だったんだ。だが、これほど盛大な舞踏会に出席できる機会を棒に振るのは……というより、正直なところ、きみに会いたかった」

まあ。ベスはつばをのみこみ、青いドレスの裾からのぞいている金色の靴のつま先を見つめた。ミスター・クールセンの気持ちを傷つけたくないけれど、期待させるのはかえって失礼だ。

「そんなふうに言っていただいて光栄だけれど――」思いきって口を開く。

「これは本心だよ」

ベスは人の少ない舞踏室の隅で立ち止まり、申し訳なさそうにため息をついた。

「わたしはあなたをすばらしい方だと思っているから、正直にお伝えするわ……わたしの心はほかの男性にあるの」

ミスター・クールセンはたじろがなかったが、わずかに肩を落とした。「残念ながら、そんな気がしていたよ。きみがブラックシャー公爵と視線を交わしている様子から。彼を愛しているのかい？」

ベスはその質問をはぐらかした。「ごめんなさい。でも、あなたとはお友達でいられたらと思っているわ」この場にそぐわない——そして使い古された——言葉だが、彼女の本心だった。ベスには姉妹と七〇代の公爵未亡人以外、ほとんど友達はいない。ミスター・クールセンと仲よくなれたらすてきだろう。

「もちろんだ」彼の声には心がこもっていた。「がっかりしていないと嘘をつくつもりはないよ。でも、驚きもしていない。きみのようにやさしくて美しい人なら、言い寄ってくる男性が山ほどいるだろうからね」

「それは違うわ」ベスは言った。「この……愛は……思いがけないものだったのよ。まさかという感じで」ああ、どうしよう。なぜミスター・クールセンにこんなことまで話しているの？　「とにかく、その男性が……わたしの愛に応えてくれると信じられたの」首筋が熱くなってきた。昨日の午後にワインセラーでその相手と愛を交わしたことまで、ミスター・クールセンに明かしてしまいそうだ。

「きみの愛に応えない男性は、誰であろうと愚か者だよ」彼が断言する。

「ありがとう」どうしたことか、ミスター・クールセンのきっぱりした言葉を聞いて、ベスの目に涙があふれてきた。鼻をぐずぐずさせて礼を言う。

「ぼくの言葉を信じてくれ、ミス・レイシー。いや、ベスと呼んでもいいかな？」

「もちろんよ」それくらいは問題ないだろう。

「きみには高潔で正直な男性がふさわしいと信じている。だからこそ、最近聞いたことを伝えるべきだと思うんだ」

背筋を冷たいものが走り、胃がひっくり返りそうになった。「何かしら?」

「ブラックシャー公爵について、きみが知っておくべきことがある」

35

ベスは、ミスター・クールセンを置いてこの舞踏室からいますぐに離れたいという衝動と闘っていた。彼女も知らないようなアレックスのどんなことを、彼は知っているというのだろう?

「公爵の悪い噂のことを言っているのなら、すでに知っているわ」冷たい口調で言う。

「いや、そのことではない」ミスター・クールセンが両手を腰に当てた。どこから見ても、思慮深いが気性の激しい高潔な騎士に見える。「この話を聞いたら衝撃を受けるだろうが、どうしても伝えておかなくては」

「お願いよ」彼女は静かに言った。「何かあるのなら……はっきり言ってちょうだい」

ミスター・クールセンが長く、ゆっくりと息を吐き出した。まるでその話を打ち明けるのは、彼にとっても苦痛であるかのように。「クラヴィル卿夫妻が主催した舞踏会で会って以来、きみと交わした会話についてずっと考えていたんだ。とくに、きみたち三姉妹が社交界で〝枯れかけた壁の花〟と揶揄《やゆ》されていると聞いたことを。最初の衝撃から立ち直ると、そのひどさに愕然として、怒りがこみあげてきた」

彼が憤ってくれていることに、ベスは心があたたかくなった。「わたしたち姉妹の評判を気にかけてくれて、うれしく思うわ。でも、わたしたちは悪質な陰口や見下した目つきなど無視すればいいと学んだの。だから心配をしてくれる必要はないのよ」とはいえ、人から気にかけてもらえるのはうれしい。

「ちょっと調べてみたんだ、くだらないあだ名の出どころは誰なのかを突き止めるために。卑劣なやつと対決する覚悟を決めたよ。うら若き三人の女性にこれほど残酷で無神経な仕打ちをするやつは、決闘を申しこまれても文句は言えないだろう」

氷のように冷たい恐怖がベスの体を駆けめぐる。「公爵がそれにどう関係しているというの?」

ミスター・クールセンの顎がこわばる。「彼がきみたちにそのあだ名をつけた張本人なんだよ、ベス。彼が〝枯れかけた壁の花〟と言いだしたんだ」

彼女はあぜんとして目をしばたたいた。そんなことはあるはずがない。アレックスはそれほど悪意に満ちた人間ではない。ミスター・クールセンはベスの気を引くために、彼を悪者にしたいだけだ。アレックスに嫉妬しているか、快く思っていないのだろう。

「なんと言えばいいのか……わからないわ」急に寒けを感じて腕をさする。

ベスの心の内を読んだかのように、彼が話しだす。「ぼくを疑っているとしても仕方ない。ぼくたちの仲が深まればいいと思っていたことも否定しないよ。きみの愛情がぼくに向けられていないと知って、失望したのはたしかだ。でもこの事実を打ち明けたのは、きみが真実を知っておくべきだと考えたからなんだ」

「よくわかったわ」何ひとつわかっていなかったが、力なく応えた。ミスター・クールセンはベスが愛した男性を非難しているのだ。三姉妹にこの数年、言葉にできないような苦しみを与えた張本人として。そんな事実を彼女の心はどうしても受け入れられなかった。

アレックスと交わした親密な会話が頭の中に響く。

〝約束してくれ。今度誰かに壁の花だと言われたら、ぼくがいまきみに対して思っているように、自分のことを思ってほしい。月の光に髪を輝かせ、ダイヤモンドのようにきらめく瞳の女神様というふうに。人の言葉に負けてはだめだ。ひどい言葉と自分を同一視してはいけない〟

喉の奥に詰まった痛みを、ベスはぐっとのみこんだ。違う、違うに決まっている。アレックスは彼女をかばってくれたのだ。ひどいあだ名にとらわれていた彼女を解き放ってくれた。何年も三姉妹を苦しめてきたいまいましいあだ名の出どころが、彼であるはずがない。

「率直に話してくれたことに感謝しているわ。あなたの善意を疑ってもいない」ベスの口調はぎこちなかった。「けれど、この件については間違った情報を伝えられたという可能性はないかしら？」アレックスが名うての女たらしだという社交界の噂も、実際は事実に反していたのだ。ミスター・クールセンの話が誤解であってもおかしくはない。

「間違ってはいないよ」ミスター・クールセンが申し訳なさそうに答える。「ぼくにこの話をしてくれたのは公爵と仲のいい友人なんだ。ほかでもないダーバーヴィル卿だよ。彼はちょうど、公爵がそのあだ名をつけた瞬間に立ち会っていたそうだ。彼にきいてみるといい」ベスはこれ以上、何も聞きたくなかった。アレックスはダーバーヴィル卿を誰よりも信頼している。その彼が言ったのなら……ああ、なんてこと。

この話は真実に違いない。

指先の感覚がなくなり、耳鳴りが始まって、舞踏室の床が傾いたように感じられた。

「あなたの話をきちんと考えてみる時間が必要だわ」

「気持ちはわかるよ」ミスター・クールセンが心配そうに額にしわを寄せる。「この夜を台なしにしてしまったことを許してほしい。お姉さんや妹さんのいるところまで送っていこうか？」

焼きすぎたトーストのように、口がからからに乾いていた。「いいえ……大丈夫よ。ちょっと気分転換が必要だわ。失礼するわね」

心臓が早鐘を打っている。ベスはいちばん近くのドアへ急いだ。脚がふらつくにもかかわらず、舞踏室から駆けだせることに驚いた。廊下へ出るとすぐに重苦しいケープをはぎ取り、壁に背中を預けて大きく息を吸いこんだ。

気を失ってはいけない。鼓動が落ち着き、めまいがおさまるように目を閉じて祈る。うまくいった。少しすると、いまにも倒れそうな感覚はなくなった。けれども涙があふれるのを抑えるために、自制心を総動員する必要があった。

どうしてこんなにアレックスを買いかぶっていたのだろう？　自分は誰かに必要とされ、

大切にされていると信じたくて必死だったから？　だから、はじめて褒め言葉を口にしてく
れた男性とベッドをともにしてしまったというの？
ふたりのあいだに起こったことは本物だと思っていた。でも、アレックスは嘘をついてい
たのだ。もしかすると、愛を交わしながら皮肉な展開に苦笑いしていたのかもしれない。壁
の花とあだ名をつけた女性とベッドに行くことになるなんてどうかしている、と。

これほど臆面もなく嘘がつけるなら、アレックスが語ったほかの話はどうなのだろう？
ベスの同情を買うために、両親が亡くなったことも大げさに話したのかもしれない。祖母を
田舎へ移す計画に助けが必要だったから、彼女を誘惑したのだろうか？　そしてことあるご
とにベスは進んで、いや、懸命に彼の言葉を信じようとしたのだ。

アレックスが真実を打ち明けてくれたら、彼女も許せたかもしれない。でもそうする代わ
りに、彼はベスを愚かな女として扱った。

ミスター・クールセンから驚くべき真実を聞かされたいま、彼女が感じているのは屈辱以
上のものだった。

救いがたいほど幼稚な人間しか、ドラゴンを信じたりしないだろう。

ベスは目をこすった。仮面舞踏会がもたらしてくれた魔法は完全に解けてしまった。舞踏
室に戻りたくないけれど、選択の余地はない。夫人だけでなく、姉妹やアリステアおじも彼
女を探しているはずだ。このまま姿を消して、大切な人たちに心配をかけるわけにはいかな
い。

最悪なのは、アレックスに裏切られたにもかかわらず、ベスは彼に対して完全に背を向けられずにいるという事実だ。

アレックスにだまされて、すべてが信じられなくなった。でも今夜、舞踏会のあいだに犯人を特定するために、ベスは彼に協力しなければならない。

彼はベスに愛される資格はないが、命を失っていいわけではない。

寝室へ行って冷たい水を顔に浴びせかけ、この衝撃から立ち直ろう。一五分もあればいいだろう。それから舞踏室へ戻り、愚かな心が粉々に砕かれて何も考えられないことはおくびにも出さず、普段どおりにふるまおう。

この一時間ほど、酔った勢いに任せてベランダでロマ族の仮装をした女性と戯れるハーヴァーシャムを見張っていたせいで、アレックスは眠くなってきた。強い酒を飲みたくて仕方ない。

しかし、油断するわけにはいかない。夜がふけるにしたがって、客たちはより騒がしくなっていた。この瞬間にも犯人は屋敷でシャンパンを飲み、舞踏室で踊り、あろうことか彼の祖母と話をしているかもしれないのだ。

アレックスは足早に中二階へ戻ると、眼下の群衆に目を走らせた。この見晴らしの利く場所からなら、すぐにベスを見つけられると思っていた。だが、彼女の赤いケープは見当たらない。手すりをぎゅっと握りしめ、ふたたび確認する。ここを離れてはいないはずなのに。

ベスの姉妹は舞踏室にいた。おじは壁際に並べられた椅子に座り、舞踏会のお祭り騒ぎを楽しんでいる。アレックスの祖母はそのすぐそばの椅子に腰かけていた。でも、ベスの姿はない。どこにいるのだろう？　誰と一緒なのだ？

口の中に広がる苦いものをのみ下して、アレックスはもう一度人々を見まわした。そしてクールセンを探した。ダービーにはクールセンは犯人ではないだろうと擁護したが、彼がベスを見つめる様子を目にして、アレックスは何かを——あるいは誰かを——叩きのめしたい気持ちになった。クールセンを容疑者から外したのは軽率だったかもしれない。

騎士の仮装をしたクールセンが、若者たちと一緒に飲み物のテーブルのそばに立っているのが見えた。仲間からほんの少し距離を置いて、浮かない顔をしている。それがベスにふられたせいならいいのに、とアレックスは思った。

懐中時計を見る。待ち合わせの時間を五分過ぎていた。ダービーとニュートンのどちらの姿も舞踏室から消えている。つまりダービーはニュートンを追っているということで、アレックスはふたりを探さなければならない。ニュートンが何かたくらんでいる場合に備えて。

舞踏室の出入口は五箇所ある。アレックスはベランダへと続くドアは除外した。残るは中央と側面のドア、準備室と裏階段へそれぞれ続くドアの四つだ。

彼は中二階を離れて裏階段のほうへ急いだ。ダービーの黒いスカーフか、なんらかの手がかりを探しながら。

36

ベスはまだ脚がふらつく感じがしたが、急に涙があふれ出す心配はなくなっていた。アレックスの裏切りは、ひとまず頭の隅に追いやった。悲しみにひたる時間はこれから何日も、何週間も、あるいは何カ月もある。

いまはアレックスと彼の祖母、そして招待客全員の安全を守ることに集中しなければならない。

これまではなかなか犯人探しに取りかかれなかったので、早急に始めるつもりだった。けれどもその前に、夫人がどうしているか様子を確かめる必要がある。

舞踏室の端に置かれた椅子に座り、音楽に合わせて足でリズムをとっている夫人のもとへ向かった。

「どこへ行ったのかと心配していたわ」夫人の声に責めているような響きはなかった。「美男子のミスター・クールセンが、あなたをダンスに誘えばいいのにと思っていたのよ」

「がっかりさせて申し訳ありません。扇を取りに行っていましたの」ベスは夫人に扇を手渡すと、横に並んで座った。

「少し空気がよどんできたわ。まあ、大成功の舞踏会ではいつもこんな感じね」夫人が気取った笑みを浮かべる。眼鏡の下で目尻にしわを寄せて、うれしそうに目を輝かせた。

「レモネードかシャンパンでもお持ちしましょうか？」ベスは飲み物のテーブルのほうを見た。すると修道士と修道女姿のニュートン卿夫妻が舞踏室を出て、従僕が飲み物とオードブルを用意している準備室へ行くのが目に入った。

おかしい。招待客がそんなところへ足を踏み入れる理由がない。従僕が給仕を始める前に、食べ物や飲み物にありつこうとするのでなければ。ああ、まさか。

「いいえ、結構よ。あなたのお姉様が伯爵と踊っているのを見ているだけで満足だわ」夫人がため息をつく。ベスが紳士と踊ればもっと満足なのにと言いたげだ。顎をあげて眼鏡越しにベスを見る。「あなたの衣装はどうしたの？」

いけない、ケープを廊下に脱ぎ捨てたままだった。大げさに手で顔をあおぐ。

「おっしゃるように、この部屋の空気が熱くなりすぎて。寝室に置いてきましたの」

「顔色が悪いようよ、エリザベス。大丈夫なの？」

「ええ、もちろんですわ」ベスは準備室へ続く出入口から目を離さなかった。ニュートン卿夫妻が使用人しかいない部屋に入ってしまったことに気づき、恥ずかしそうに出てくるのを待つ。

だが、ふたりは姿を見せない。

「いまは何も召しあがらないのですね。わたしはシャンパンでもいただこうかしら」

「ええ、ぜひそうなさい。シャンパンを飲めば楽しい気分になるでしょう。あなたを上手にリードしてくれる威勢のいい紳士と踊っているのを目にすることができたら、わたくしもうれしいわ」

「ありがとうございます。では、ちょっと失礼します」ベスは無作法にならないように気を配りつつ、できるだけ急いでその場を離れた。グラスや食べ物の並んだトレイに誰かが何か入れたりしないか目を光らせるように、使用人に指示しておく必要がある。

準備室へ向かっている途中、腕をきつくつかまれた。はっと息をのんで振り返ると、胸元の開いたブラウスに短いスカートをはいた農婦が立っていた。「レディ・ハーヴァーシャム？」

「そのとおりよ、ミス・レイシー」彼女は感じのいい声で答えると、ベスの腕を放した。

「引き止めてごめんなさいね」

痛む腕を撫でる。「お気になさらないで。どんなご用件でしょう？」

見事な胸の谷間を誇示するように、レディ・ハーヴァーシャムはブラウスの襟元を整えた。

「先ほど偶然、あなたがブラックシャー公爵となんだか意味ありげに見つめ合っているところを目にしたのよ」

まったく。そんなにあからさまな態度だったのだろうか？　どうりでミスター・クールセンが気づいているように見えたはずだ。首筋がかっと熱くなったが、ベスは毅然として顔をあげていた。「なんのことをおっしゃっているのかわかりませんわ」

レディ・ハーヴァーシャムは静かにほほえんだが、その目つきは冷たく鋭かった。

「恥ずかしがることはないわ。見つめ合っているだけでは、不適切な関係にあるなんてわからないし、ましてやその証拠にもならないわよ」

ベスの腕に鳥肌が立つ。「わたしを引き止めたのは何か理由が？」

「もちろん」レディ・ハーヴァーシャムが唇をすぼめる。そのとたん、田舎の農婦の仮装をしているにもかかわらず、どこから見ても子爵夫人という貫録を取り戻した。「公爵について忠告してあげようと思って。あなたも彼の噂はご存じでしょう。あの美しい顔立ちと魅力的な笑顔にだまされてはいけないわ。多くの女性たちが彼の気を引こうとしたけれど、かなわなかった。自分にならできると思いあがってはだめよ」

その言葉はベスのもっとも痛いところを突いていた。もしかすると、思いあがっていたのかもしれない。でも、たしかに……愛してもいるのだ。

「善意からのご忠告なのでしょうけれど」冷たく言い放つ。「あなたからそんなことを言われる筋合いはありませんわ」

レディ・ハーヴァーシャムが鼻で笑う。「あなたが傷つかないように心配してあげただけよ。彼は救いようのないろくでなしだから。ついさっきも、公爵は羊飼いの仮装をした女性にささやいていたわよ。午前零時に書斎で待っているって」

ベスははっと息をのんだ。アレックスがそんなことをするはずがない。彼は残酷なあだ名をつけたことを内緒にしていたかもしれないが、ベスがいるこの屋敷でほかの女性を誘惑するほど無神経ではない。

ましてや、ベスが明日ロンドンを発ってしまうのに、そんなことはしないだろう。

「もう失礼しないと」彼女はまばたきをして、あふれそうになる涙をこらえた。

唇を引き結んだレディ・ハーヴァーシャムの目は、どこかうつろだった。「わたくしにはわかっているのよ――あなたが思っている以上にね。幸運をお祈りするわ」

ベスはいぶかりながら、子爵夫人のもとを離れた。レディ・ハーヴァーシャムの夫は、アレックスを殺害しようとしている容疑者のひとりだ。でもいったいなぜ、彼女はわざわざベスに忠告し、アレックスが密会を画策していると伝えに来たのだろう？

レディ・ハーヴァーシャムを信じる気にはなれないけれど、アレックスのことになると判断力が鈍ってしまう。さらに彼女の言葉を吟味する時間もない。

ニュートン卿夫妻がいまにも毒を盛ろうとしているのだ。どうか間に合いますようにと祈りつつ、ベスは準備室へ急いだ。


アレックスは裏階段の手すりに黒いスカーフが置かれているのを見つけると、それをポケットに入れて階段を駆けおりた。階下にある執事の部屋と食堂をのぞいたが、真っ暗で誰もいなかった。

厨房へ行こうとした矢先、誰かに肩をつかまれた。

振り向きざまに殴りつけようと拳を構える。

「おいおい、何をするんだ」両手をあげたダービーが小声で抗議した。

アレックスは拳をゆるめ、首のうしろをさすった。「背後から忍び寄ったりしないでくれ」

「容疑者を警戒させたくなかったんだ」ダービーが食料庫のほうへ頭を傾ける。「ニュートンが中にいるんだよ」

「ひとりで？」

「いや、奥方が一緒だ。あえぎ声が聞こえてくるから、ニュートンは義母に冷たくしようとした件を許してもらえたんだろう」

アレックスは手で顔をこすった。「放っておこう」

ダービーが驚いたように両方の眉をあげる。「では、計画を中止するというのか？」

「このふたりは目の前のことに手一杯で、凶悪な犯罪はくわだてられないだろう」アレックスが階段のほうへ向かうと、ダービーも追ってきた。「ハーヴァーシャムもベランダで同じようなことをやっている」

ダービーが鼻を鳴らす。「レディ・ハーヴァーシャムを相手に？」

アレックスが首を横に振る。「ロマ族の女だ。ぼくが最後にふたりを目にしたときには、植えこみの陰で横になっていたよ。彼は酒を飲みすぎていて、人に危害を加えるどころが自分が危ないくらいだ」

「とはいえ、このふたりが容疑者であることには変わりない。もしかすると、見張られているのに気づいているのかもしれないな」裏階段から舞踏室へ戻ると、ダービーは浮かれ騒いでいる人々のほうを手で指し示した。「もしくは、これだけ人がいる中で殺害を実行したら、発覚する可能性が大きすぎると恐れているのか」

「そうだな」だが、アレックスにはニュートンとハーヴァーシャムが犯人とはどうしても思えなかった。自分たちは何か考え違いをしている気がする。「きみがクールセンについて言ったことを考えてみたんだ。ぼくが死んだら彼がいちばん得をするという話を」

「きみがぼくの話を聞いていたなんて驚きだ」

「たまにはちゃんと聞くさ。今夜、彼をずっと見ていた」ベスを見つめるクールセンが、まさしく恋に悩む男の顔をしていたのは疑う余地がない。

アレックスはしばらくベスを見かけていなかった。胃が締めつけられるようだ。舞踏室から離れるなという忠告を無視して勝手に動こうとするのは、まさに彼女らしいやり方だった。まわりに聞こえないように悪態をつくと、彼はダービーに言った。「警戒は怠らないでほしいが、舞踏会も楽しんでくれ。ぼくは中二階に戻ってクールセンの動きを見張っている」そしてベスの姿を探さなくてはならない。

「お好きなように」ダービーが肩をすくめた。それから急に何かを思い出したように眉をひそめる。「クールセンといえば、このあいだ妙な質問をしてきたぞ」

アレックスは緊張した。「どんな質問だ？」

「レイシー三姉妹に〝枯れかけた壁の花〟というあだ名をつけた張本人がきみだというのは本当かどうか、知りたがっていた」

くそっ。「もちろん、彼には関係のないことだと言ってやったんだろうな？」

「それが……あとから思ったんだよ、そう言うべきだったと」ダービーは頭をかいて、申し訳なさそうにしている。「きみが彼のことを高く評価していたから、正直に言ってしまったんだ。それは事実だが、公爵も反省していると」

アレックスは頭を抱えた。「なんということだ」

「悪かったよ。きみが望むなら、彼をつかまえて、もし誰かにこのことをばらしたら、ただではおかないと脅かしておく」

ため息をついて、アレックスは首を横に振った。「いや、クールセンもきみも悪くない。責めを負うべきなのはぼくひとりだ。償いをすべきなのも。もし償いができるものならね」

「幸運を祈るよ。ぼくが言うのもなんだが、きみの壁の——いや、ミス・レイシーは、きみが許しを乞うだけの価値がある女性だ」ダービーはそう言うと、アレックスが彼の首を絞めるような隙も与えずに、そそくさと人込みの中へ消えてしまった。

ベスを絶対に見つけるという決意を新たに、アレックスは部屋の奥にある中二階へと続く階段に向かった。

だが、途中で三つ又の矛を手にした海の神ポセイドンに呼び止められた。「失礼します、閣下。この手紙を届けるように頼まれました」男は顎ひげの下からシャツに手を入れて、小さく折りたたんだ紙を取り出した。

アレックスはその手紙を相手の手からひったくった。

〝午前零時に書斎で待っています。B〟

ポセイドンはすでにクレオパトラと話を始めていたが、アレックスは彼を引っ張り、手紙を振りかざして問いつめた。「誰から渡されたんだ?」

「わかりません」男が頭を傾け、王冠の位置を直す。「ですが、その女性は赤いケープをつけていましたよ」はっきりと思い出したようだ。「まさに赤ずきんちゃんのようでした」

「ありがとう」アレックスは海の神をクレオパトラに返すと、手紙をポケットに突っこんで時計を見た。

あと一〇分でベスに会える。

会ったらすぐに許しを乞うのだ。

37

ベスは準備室に入ると、執事を脇に呼んだ。「ミスター・シャープ、この部屋でうろうろしているお客様は見かけませんでした？」

執事はしわの寄った顔でほほえんだ。「とくに気づきませんでしたよ、ミス・レイシー。とはいえ、しばらくこちらにはおりませんでしたが。どなたかをお探しですか？」

「いいえ、公爵未亡人からの伝言を届けに来ましたの。飲み物や食べ物の用意をするこの部屋に、お客様をむやみに入れないようにとのことです」

ミスター・シャープが背筋を伸ばす。「かしこまりました」

「よろしくお願いします」ベスは舞踏室へ戻りかけたが、立ち止まって執事のほうを振り返った。「いま、何時かしら？」

彼は時計を見て、ふさふさした黒い眉をあげた。「零時五分前です」黒い瞳を輝かせる。

「真夜中でございますね」

「そうね」胸に痛みが走ったが、ベスはほほえんだ。時計が鳴ると、正体を隠していた客たちは仮面を外し、陽気な舞踏会は明け方まで続くだろう。

だが、ベスはそんな期待感や騒ぎにはなんの魅力も感じられなかった。

姉と妹のもとに戻り、ずっと彼女たちと一緒にいるべきだ。衝動的で無謀な、徹底的に自分をおとしめるようなふるまいをすることにならないように。

ひとつだけたしかなのは、絶対にレディ・ハーヴァーシャムの戯言《たわごと》を信用してはならないということだ。

けれども舞踏室に戻って歩いていると、羊飼いの仮装をした女性を探さずにはいられなくなった。アレックスとその女性との密会は、彼の殺害未遂と何か関係があるのだろうか？もしかすると彼はベスを必要とするかもしれない。

頭で決断するよりも先に、足が書斎へ向いていた。

ああ、これは自分で自分を苦しめる行為だ。でも、もし書斎に誰もいなければ、レディ・ハーヴァーシャムの勘違いということになる。そして彼女が正しければ、ベスはアレックスの裏切りを目の当たりにして、彼を愛することのばからしさを思い知るだろう。

ベスは舞踏室を抜け出した。足音に注意して、できるだけ静かに廊下を歩く。大階段を駆けおりる彼女の周囲には誰もいなかった。

一階は不気味なほどに静まり返っている。もちろん、密会しようとしているふたりが大手を振ってにぎやかに姿を現すとは思っていなかった。それに午前零時までには、まだ二、三分ある。

ベスは書斎のドアの前に立った。激しい鼓動の音が耳に響いている。

部屋の中からは何も聞こえてこなかった。そこにじっと立ったまま、どうすればいいのかもわからない。賢明な選択は、このまま舞踏室へ戻ることだろう。けれど、いまさらあと戻りはできない。はらわたがよじれるような恐ろしい結末を、この目で見届けなくては。

こみあげる恐怖を抑えて大きく息をつくと、彼女はノブをまわし、思いきって暗い書斎に足を踏み入れた。

「アレックス？」

返事はない。

目が暗闇に慣れるのを待って、はしごやペンキの缶にぶつからないように机のほうへ歩く。大きな肘掛け椅子の陰に隠れて、ふたりを待てば――。

ごつん。

ガラスが砕けた。

ベスの頭に痛みが走る。

彼女は床に倒れこんで胸を打ちつけた。

うめき声――自分自身の声――が耳にこだまする。

ボディスに液体がかけられた。鼻腔いっぱいにブランデーの香りが広がる。

誰かが急ぎ足で部屋を出ていった。木材や壁紙など、手近にあるものを手当たり次第にひっくり返しながら。

一瞬、静かになったあと、火打ち石を金属にこすりつける音が不気味に響いた。ああ、大変。なんとか目を開けると、火花が散って紙に燃え移るのが見えた。小さな炎はすぐに大きくなり、赤いケープを身につけた女性の姿が浮かんだ。

ベスのケープだ。

その女性は部屋から走り出て、急いでドアを閉めた。アレックスの机の脇に横たわるベスを置き去りにして。

彼女は起きあがろうとしたが、手足が言うことを聞かない。

叫ぼうとしても声にならない。

助けて、アレックス。

こんなふうに終わるのはいやよ。

あなたを愛しているわ。

部屋の入口から、ドアに施錠する音が聞こえた。ベスの背筋に冷たいものが走った。

煙がしみて、目を開けることができない。

そして彼女は意識を失った。

もうすぐ午前零時だ。アレックスは舞踏室を見渡した。

ベスの姉妹がふたりで楽しそうにおしゃべりに興じている。祖母は素朴な占い師の格好をした女性と話をしていた。ハーヴァーシャム卿とロマ族の女性はベランダから戻り、いまでは互いに別の相手と踊っている。人それぞれに、いろいろな事情があるのだろう。アレックスは肩をすくめた。

ニュートンは何か思案している様子でひとり、部屋の隅に置かれた鉢植えのヤシのそばに立っている。

すべてはうまくいっているようだ。ベスに会いに行っているあいだは、ダービーに舞踏室を見張っておくように頼めるだろう。

ベスに早く会いたいし、彼女を待たせるのもいやだった。アレックスは裏階段に通じるドアへ向かった。遠まわりにはなるが、客と顔を合わせず、人からも見とがめられずに舞踏室から抜け出すことができる。

ところが部屋を出てすぐに、いきなりニュートンが目の前に姿を見せ、アレックスの行く手をさえぎった。ふたりの胸がぶつかり、アレックスは反射的に拳をあげた。

ニュートンは一歩も引かない。「話がある」威嚇するような声だ。だが敬虔《けいけん》な修道士の仮装をしているせいで、その効果は半減していた。

「あとにしてくれ」アレックスがベスたち姉妹にあだ名をつけたことがばれていたら、彼女の許しを乞い、仲直りしなければならない。待ち合わせに遅れては不利になるだけだ。彼は行き過ぎようとしたが、ニュートンに肩をつかまれた。

「時間は取らせない。頼むよ」ニュートンは冷静だった。

「いいだろう。なんの話をしたいんだ？　ボクシングの試合で負った傷の見せ合いでもしたいのか？　それとも規則をおさらいしようとでも言うのか？」

「ここではだめだ。ベランダで話そう」ニュートンは断固としている。

アレックスはため息が出そうになるのをこらえた。今夜、これほど長い時間をベランダで過ごすことになるとは。去年一年を通してベランダに出た時間以上と言っても過言ではないだろう。しかしニュートンの切羽詰まった様子から、話を聞くべきなのだろうと感じていた。彼が容疑者かどうかは不明だが、ふたりきりになる危険を冒してでも、犯人の手がかりを見つけたい。

犯人が見つかれば、愛する人々を自分から遠ざけておく必要がなくなる。そしてなんの憂いもなく、ベスと新しい生活を始められる。

ニュートンのうしろを歩きながら、アレックスは彼の手から目を離さなかった。修道士のゆったりとした衣装の下には、どんな武器でも隠しておける。もしニュートンが銃を持っていたら、アレックスがブーツに忍ばせているナイフは役に立たないだろう。

ふたりがドアから外に出ると、舞踏会の喧騒が聞こえなくなった。必要とあらばいつでも戦えるように、アレックスは黙りこんだ子爵に向き合って拳を構えた。「はっきり言ったらどうだ、ニュートン」

修道士は腰に手を当て、足元の敷石の床を見つめている。「きみが妻とベッドをともにしたと信じこんでいたぼくに対して、きみはなんの釈明もしなかった。なぜなんだ？」

やれやれ。対立は避けられないと覚悟していたが、まさかこんな話になるとは。アレックスは肩をすくめた。「ぼくが何を言ったところで、きみは自分が信じたいことを信じるだろう」

「そうかもしれない」ニュートンがその場を行ったり来たりしはじめる。茶色の衣装が足元にはためいた。「きみに罪はないと少しでも思えていたら、ボクシングの試合で膝を蹴ったりはしなかった」足を止め、庭のほうを眺める。「妻が今夜、本当のことを話してくれたんだ。きみは一度も彼女を誘惑したことなどないと。ぼくに焼きもちをやかせるために、妻は嘘をついていたんだ」

アレックスはふんと鼻を鳴らした。「これで万事解決だな」

「よしてくれ、ブラックシャー。そんな簡単な話ではない」

「何が簡単ではないんだ？　ぼくを殺そうとしているのを認めることか？」

子爵は目をしばたたき、びっくりした顔でアレックスを見つめた。「いったいなんの話だ？　ぼくは不当にきみを非難してきたことを謝ろうとしているんだ。大げさなことを言わないでくれ。膝を蹴ったくらいで、人は死んだりしないよ」

くそっ。ニュートンは動揺していて、嘘をつけるような状態ではない。つまり容疑者はまだ舞踏室の中にいるということだ。

あるいは彼の書斎に――ベスと一緒に。大変だ。

「悪いが失礼する」アレックスは言った。

「待てよ」ニュートンは頭をかいている。「誰かがきみを殺そうとしているのか？」

アレックスは首を横に振った。「ぼくの言ったことは忘れてくれ」

子爵が腕を組んだ。「もしぼくにできることがあれば、いつでも言ってほしい。ボクシングの試合でけがをさせた償いがしたいんだ」

「気にしなくていい。もし誰かが妻を誘惑していると思ったら、ぼくだって同じことをするさ」

ニュートンが片方の眉をあげて茶化す。「妻をめとるつもりだなんて言うなよ。そんなことをしたら、いまの気楽な生活も終わりだぞ」

アレックスは頭を傾けた。「では、きみは――」

口にしかけた言葉をのみこんで、アレックスは鼻をひくつかせた。首のうしろの毛が逆立つ。「におわないか？」

ニュートンが顎をあげて息を吸いこみ、目を細めた。「煙か？」

ありえない。まさかそんな。

ベスを見つけなくては。

アレックスが舞踏室へ駆けこもうとした矢先、中から叫び声が聞こえてきた。

「火事だ！」

38

アレックスは室内へ戻ろうとしたが、煙が立ちこめる部屋から逃れようとする人々がフレンチドアに殺到して、ベランダへあふれ出てきた。

彼は叫び、混乱する人々を中に戻そうとした。「こっちじゃない。ベランダには階段がないんだ。男性諸君はご婦人方をほかの出口へ誘導してくれ。早く外に出て、屋敷からできるだけ離れるんだ」

客をかき分けて舞踏室の中ほどまで行く。煙が高い天井まで届き、陰鬱なロンドンの霧のように部屋に充満していた。従僕たちがあちらこちらへと動きまわっている。

「ジョージ」アレックスはひとりを呼び止めた。「火元はどこだ？」

若く背の高い従僕がごくりとつばをのみこむ。「一階です、閣下。ミスター・シャープがリチャードに、警鐘を鳴らして消防隊を呼びに行くよう命じました」

くそっ。アレックスの書斎も一階にある。つまりベスが……ああ、なんてことだ。

「道をはさんだ向かいの広場に集まるように、みなに――使用人にも客にも知らせるんだ。そして全員の消息を確認しろ」アレックスは指示を出した。

「かしこまりました、閣下」

従僕が急いで立ち去ると、執事がやってきた。「トーマスに三階の全室を確認するように言いつけました」呟きこみながら報告する。「この階の部屋は別の者が調べています」

「ぼくは一階を見てくる」出口へ向かいかけたアレックスは言った。「祖母を見たか？」

「はい、閣下。夫人は震えていらっしゃいましたが、ご無事です。ミス・レイシーが裏階段をおりるのに付き添っていました」

「ミス・レイシーが？」アレックスは足を止めた。

ミスター・シャープがまばたきをする。「はい。赤いケープを着て、夫人を支えていらっしゃいましたよ」

アレックスは詰めていた息を大きく吐き出した。体中に安堵が広がる。

「ありがとう。ふたりが無事だとわかってよかった」だが、実際にこの目で確かめるまでは心底安心できない。「ぼくは一階をざっと見まわってくる。全員外に出て、消防隊を待つんだ」

執事は顎を震わせている。「恐ろしい悲劇です、閣下。ご両親が親戚のお宅で……そしてこの火事です。使用人に銀器や絵画、家具などをできるだけ運び出させるようにします。とくに持ち出したいものはおありですか？」

アレックスは考えてみた。父が大切にしていた机や母の古い指輪、玄関広間にかかっている両親の唯一の肖像画など、思い出の品のことを思うと胸が痛い。そして現実的な品物としては、紙幣や帳簿、宝石などがある。

しかし、そのどれも人の命には代えられない。

アレックスは執事の肩を強くつかんだ。「まずは全員の身の安全を確保してくれ。家財については、それから何ができるか考えよう」

ミスター・シャープは忠実にうなずくと、また咳をした。「火事は屋敷の通りに面した部屋で起きたようです。おそらく書斎かと。大階段は煙が充満しているので、裏階段を使うように指示しました」

「いい判断だ。おまえも外へ逃げるんだ。祖母とミス・レイシーを探し出して、広場で待つように伝えてくれ。いかなる事情があってもふたりを――いや、誰ひとりとして屋敷の中に戻らせてはいけない。ぼくもそこで落ち合う」

「承知しました、閣下」

アレックスは大階段へ向かった。煙にやられたり、恐怖で立ちすくんだりしている人がいないか確認する必要がある。

階段をおりていると、煙がひどくなって目が痛んだ。午前零時――ちょうど火災が起こった時間――にベスと彼が書斎で会うことになっていたのは偶然ではないだろう。正体不明の敵の一歩先を行っていると思っていたが、またもや裏をかかれた。

正面玄関に足を踏み入れると、アレックスは煙から少しでも逃れるように体をかがめ、あたりを見まわして叫んだ。「誰かいるか？　すぐに屋敷を出ろ！」

聞こえてくるのは、書斎の方向からのぱちぱちという火が燃える音だけだった。灰色の煙がつる草のようにドアの下から這い出てきて、容赦なく立ちのぼる。

ドアまでなんとか近づいてノブをまわしたが、施錠されていた。ノブは熱くなっている。拳でドアを叩きながら、アレックスは祖母とベスが屋敷から逃げるのを見たというミスター・シャープの言葉を自分に言い聞かせていた。ふたりは無事なのだ。

気を利かせた使用人が書斎のドアを閉め、火のまわりが遅くなるようにしたのかもしれない。施錠する前に、誰も中に取り残されていないか確認しているだろう。

しかし、アレックスは自分の目で確かめたかった。

もう一度ドアを叩いて叫ぶ。「誰かいるか？」

「アレックス」

まさか。かすれた女性の声。ベスか？　だが、そんなはずはない。

「ベス、きみなのか？」恐怖と不安に身を切られ、体がふたつに裂かれてしまいそうだ。

「助けて！」叫び声のあとにひどい咳が続く。

ああ、なんてことだ。「いま行くぞ！」アレックスは数歩さがると、助走をつけて肩をドアにぶつけた。蝶番《ちょうつがい》がわずかに動いたが、ドアは開かない。

もう一度やってみるが、びくともしなかった。

いったいなぜこんなことになったんだ？

途方に暮れ、ノブを壊せるようなものがないかとあたりを見まわして、杖を手に取った。

持ち手の部分を大槌《おおづち》のようにノブに振りおろしたが、その杖がまっぷたつに折れただけだった。

「しっかりするんだ、ベス！」

ああ、いますぐに彼女のもとへ行かなくては。すでに煙を吸いこんでいるだろう。炎が肌をなめているかもしれない。一刻の猶予もない。

恐怖に駆られ、アレックスはブーツのかかとでノブを蹴った。何度も何度も。ようやくノブが壊れてドアが開いた。

激しい煙と熱気が襲いかかってくる。目を細めて部屋の中を見ると、いちばんひどく燃えているのは部屋の中央、机とその周辺、そして重いカーテンのかかった窓のあたりだ。

両親の命を奪った火災と、恐ろしいくらいによく似ている。

だが、彼からベスを取りあげるようなまねは絶対にさせない。

「ベス！」ありったけの大声で叫ぶ。

返事はない。

アレックスは息を大きく吸いこむと、部屋に飛びこんだ。木材や紙を燃やしている炎の中を走り抜ける。鼻と喉に焼けつく痛みを感じた。六歳の頃、恐怖に襲われて父にしがみついていたときのように心臓が激しく打っている。

息もできないほどの熱気の中で、アレックスは気づいた。六歳の子どもなら誰でも、当時の彼と同じことをするだろう。彼には両親の死に対する責任はないのだ。絶対に。

そして、いまの自分はもう六歳の子どもではない。ベスが助けを待っている。

炎の向こうに彼女の姿があった。本棚の横で体を丸めている。

そばに行くと、アレックスはひざまずいて彼女の顔を両手で包んだ。「ベス、ぼくだ。助けに来たよ。ぼくがここから連れ出してあげるから」

彼女の体を抱きあげると、両手足がだらりと垂れさがった。ドレスの裾は焼け焦げ、頬はすすで汚れている。まるで眠っているみたいに安らかな顔だが、青ざめてじっと動かない。不自然なほどに静かだ。アレックスの母親がそうだったように。ああ、手遅れでなければいいのだが。

彼の息も苦しくなってきた。肺が焼けつく。必死で空気を吸いこんだ。

ぼくがきみをここから連れ出してあげるよ、ベス。きみは必ず助かる。いや、助からなければならない。

アレックスは覚悟を決めた。三、二、一、いまだ。

彼女をしっかりと抱きかかえ、炎の中を走り抜ける。書斎を飛び出して玄関広間を突っ切った。激しく咳きこみながら、正面玄関の扉を開く。屋敷の前の歩道にベスの体をやさしく横たえるアレックスの腕は震えていた。「もう大丈夫だ」彼女の耳元でささやく。「ぼくが一緒だよ。ぼくを置いていかないでくれ。きみが必要なんだ」

アレックスが屋敷から姿を現すのを目にした人々が、叫びながら駆け寄ってきた。だが、彼はベスから目を離さなかった。ふたりがこれまで乗り越えてきたことを考えると、ここでこんなふうに終わるなんて受け入れられない。

なんとか生きていてくれと祈りながら、ベスの胸に耳を押しつけた。

すると、かすかに鼓動の音が聞こえた。

アレックスは天に感謝した。とはいえベスの息は弱々しく、月明かりの下で唇が真っ青に見える。

いや、鼓動だけではじゅうぶんではない。彼女が目を覚ますという確証が必要だった。はやる気持ちを抑えて、彼はやさしくベスの体を揺すった。

「ベス」彼女の頭を手で抱きかかえると——べたべたしていた。

アレックスはみぞおちを殴られたような衝撃を受けた。まさか……そんな。

ベスの髪は血で濡れていた。

39

ベスの喉はやけどを負い、舌はアレックスの書斎に散らばっていたおがくずのように、からからに乾いていた。

まるで毒がまわるみたいに、頭の痛みが全身に広がっていく。

肌に冷たい空気を感じるものの、吸いこむことができない。誰かが彼女の胸を長い布でぐるぐる巻いてとてつもない力で締めあげ、息をできなくさせているようだ。

闘わなくては。息を吸い、意識を保ち、生きるために。でも、体が言うことを聞いてくれない。

遠くのほうで、彼女の名前を呼び、何かを訴えかけている声がする。

わずかに残った気力を振り絞って、その声に耳を傾けた。深みのある低い声で、心が痛くなるほどいとおしい。アレックスだ。

柄にもなく悲しげな声だった。恐怖におののき、弱々しい。そしてベスは体の奥底でわかっていた。アレックスが悲嘆に暮れている原因は彼女だと。

ああ、なんてこと。彼はベスを必要としている。

からではない

彼女がアレックスのために何かしてくれたり、ましてや物事を正すのが好きだったりするからではない

彼には、ありのままのベスがいるだけでいいのだ。

そしてベスも彼を残していくことなどできない。少なくとも、闘わずしてあきらめたくはない。

彼女は格闘した。アレックスと自分のために。ふたりでともに歩む人生のために。

胸を締めつけているものに負けまい。ほんの少しでもゆるめよう。もう一度。

力が尽きかけたが、最後になんとか大きく息を吸いこんだ。普通に息さえできれば、アレックスのもとに帰れる。そう、帰れるのだ。

やけどや痛み、恐れなど無視して、この世のものとは思えないほどの清浄な空気が肺を満たすまで、ベスは咳きこみながらも息を吸いこんだ。

頭がずきずきする。

体が苦しいほどに震えた。

恐怖がまざまざとよみがえってくる。頭を殴打され、書斎が火事になって煙が広がり……。

それにアレックスが彼女に隠し事をしていたのもわかった。

でも彼はいまここにいて、ベスの頭を腿にのせている。彼女を大切にすると、すべてはうまくいくと約束している。

自分がどれほど彼を信じたがっているか、ベスは思い知った。

「誰か水を持ってきてくれ！」アレックスが叫んだ。それから彼女に顔を近づけてささやく。「ぼくと一緒だよ、ベス。けっしてきみを放さない」

彼女はなんとか目を開けると、アレックスの真剣な、目を見張るほど美しく端整な顔を見た。彼に愛していると伝えたかった。だがしゃべろうとしても、かすれた声しか出てこない。アレックスが冷たいひしゃくを口にあてがってくれたので、その水は煙のにおいがしたが、ベスはありがたく飲んだ。

「きみはけがをしている」残念な知らせを告げるかのように、彼が静かな声で言う。「医者を呼んだから、到着するまでじっとしているんだ」

頭の痛みに顔をしかめながら、ベスはうなずいた。

「誰なんだ？」アレックスが怒りを含んだ低い声できく。「誰がきみをこんな目に遭わせた？」

「わからないわ。わたしの赤いケープを着た誰かよ」

彼が目を見開いて顔をあげる。その顔が心配そうにゆがむのを見て、ベスは驚いた。

「アレックス？」

「火事だとわかってから、きみは祖母と一緒にいたか？」

いたのだろうか？　今夜の出来事が頭の中で入り乱れ、こめかみが痛んでうまく思い出せない。「いいえ、たぶん――」

「ベス！」アレックスに守られた居心地のいい世界を打ち砕くかのように、姉と妹の取り乱した叫び声が響き渡った。

「あなたのことをずっと探しまわっていたのよ」メグが早口でまくしたてる。姉はベスの横にひざまずくと手を握ってきた。「何があったの？　大丈夫？」

「わたし、殴られて――」

「どうしたの、ベス！」ジュリーも彼女のそばにしゃがみこんだ。その美しい顔が真っ青になる。「血だらけじゃない――」

「黙りなさい」メグが末の妹をたしなめる。彼女はアレックスと目を見合わせてから、ベスのほうを向いた。「おとなしくしているのよ、いい子だから。話はあとで聞くわ。いまはゆっくりとお休みなさい」

アレックスがクラヴァットを外し、ベスの頭にそっと巻いた。

ジュリーがマントを脱ぎ、毛布のようにベスの体をくるむ。「これでいいわ」

ベスは心臓がどきどきした。こんなにやさしくされるなんて、血を目にするよりも一〇〇〇倍恐ろしい。

けれど、気をたしかに持たなくては。いやな予感がする。

「あなたのおばあ様はどこにいらっしゃるの？」ベスはきいた。

アレックスは心配そうに眉間にしわを寄せている。「使用人や招待客と一緒に、向こうの広場にいるだろう。ミスター・シャープに探すように言ってある」

「広場ではお見かけしなかったわ」メグが言う。

「わたしが最後に見たのは舞踏室よ」ジュリーが思い出そうとしている。「ベスと一緒にドアのほうへ向かっていらっしゃったわ」

「それは……わたしではないわ」ベスはむせながら言った。「わたしの赤いケープを着た、誰かほかの人よ」アレックスを見る。「おばあ様を探しに行って」

彼は眉をひそめた。「そうするよ、医者が到着したらすぐに」

「わたしにはメグとジュリーが付き添ってくれるわ。だから、あなたは行ってちょうだい」強い口調で言う。「夫人を早く見つけ出して……」ひどいことになる前に。

「探しに行かれたほうがいいわ」メグもベスにならって促した。「ベスのことはわたしたちに任せて」

ジュリーも大きくうなずく。「わたしたちはいつも一緒です。何があっても」

この合言葉――両親が亡くなった直後、三人が心のよりどころにしていた言葉――を聞いて、ベスは不意に涙があふれそうになった。けれど、泣くのをこらえてアレックスにほほえむ。「わたしはどこへも行かないわ。約束します」

「わかったよ」彼がしぶしぶ言う。

アレックスは従僕が差し出す折りたたんだ毛布を受け取ると、彼の腿に代わって枕になるようにベスの頭の下に置いた。

「彼女を頼む」メグとジュリーに言ったが、彼の目に浮かぶ愛情は……すべてベスだけに向けられていた。「そしてどこにも行かないでほしい。夜が明ける前に、きみたちと話し合いたいことがふたつあるんだ」

メグが片方の眉をつりあげる。「話し合いたいこと?」

「わたしたちと?」ジュリーが甲高い声できいた。

アレックスが背筋を伸ばした。「そうなんだ。まずはきみたちに謝ることがある。そしてふたつ目は……ベスとの交際を認めてもらいたいんだ」

ベスは心臓がどきどきした。めまいとひどい頭痛に苦しみながら歩道に寝そべっているものの、胸には希望が芽生えていた。

姉と妹の驚いた顔を目にして、ベスとアレックスの関係がおとぎばなしの世界から、紛れもなく現実の世界へと移行したのが実感できたからだ。


アレックスは心を鬼にしてベスのそばを離れた。気は進まないが、彼女の言うとおりだ。祖母が危険な目に遭っているかもしれない。

通りを渡って広場へ向かう。幸い、バケツリレーによる消火が始まっていた。ダービーが大声で指示を出し、一区画先の井戸からアレックスの屋敷の正面玄関まで、有志の一団が列を作っている。男女を問わず、子どもまで――さらにはガウンに室内履きという姿の近所の人々や、まだ仮装をしている招待客も――がぴちゃぴちゃと水のはねるバケツを順番に送っている。

彼らのおかげで隣近所への延焼は免れるだろう。屋敷も残るかもしれない。

しかし、いまは屋敷のことなど気にかけてはいられない。

アレックスは芝生のところでミスター・シャープを見つけた。彼はエジプトの民族衣装を着た年配の女性ふたりに毛布を渡している。「楽しいひとときを台なしにしてしまい、申し訳ございません」執事は謝っていた。まるでこの予期せぬ火事も、楽団が途中で演奏をやめて休憩に入ってしまったのと同様のような口ぶりだ。「ご用意ができ次第、すぐにお飲み物をお持ちいたします」

「ミスター・シャープ」アレックスは呼びかけた。

執事はふたりに詫びると、主人のほうへ急いでやってきた。「閣下、ご無事でようございました。お客様に公爵未亡人をお見かけしたかと尋ねてまわっているのですが、舞踏室を最後にどなたもご存じなくて。ミス・レイシーと一緒にお逃げになるのは目にしました。しかし、閣下がミス・レイシーを救出なさったということは……奥様はまだお屋敷の中でしょうか？」

アレックスの心臓が早鐘を打っている。燃える屋敷へ戻る覚悟はできていた。

「そうかもしれない。あるいは外に出てから、誰かと一緒にここを離れたのかも。招待客全員の消息はつかめているのか？」

「はい、閣下。名簿があればもっといいのですが。お客様にご自分のまわりの方々が全員いらっしゃるかはきいてまわっています。消火を手伝っている方や、長い夜になりそうなので有志の人々への援助物資を取りに行ってくださった方々もいます」

何か見落としている手がかりはないか、アレックスは頭を抱えて必死で考えた。ニュートンとクールセンはふたりとも衣装を脱ぎ捨て、シャツの袖をまくって消火活動に当たってくれている。ハーヴァーシャムは木の幹にもたれて意識を失っていた。

アレックスが見当をつけていた容疑者が火事を起こしたのでなければ、いったい誰なのだろう？　ベスは彼女を襲った犯人は女性だと言っていた。書斎で会おうという手紙を持ってきた男も、その手紙を託したのは女性だったと言った。

「ミス・レイシーのものと同じような赤いケープを身につけた招待客はいたか？」

「わたくしは存じません、閣下。ですが、赤いものをどこかで目にしたかと……ハーヴァーシャム卿が赤い布をかけていらっしゃいます」

「なんてことだ」アレックスは酔って寝ているハーヴァーシャムからケープをひったくると、ミスター・シャープが手に持つランプの炎にかざして調べた。「これはミス・レイシーのものだ」恐怖で血が凍った。

「ハーヴァーシャム」アレックスはブーツのつま先で子爵を蹴って叫んだ。ハーヴァーシャムがうめき声をあげ、ひどい二日酔いで苦しそうにアレックスをにらむ。アレックスは子爵の顔の前で赤いケープを振ってみせた。「これをどこで手に入れた？」

「なんだ、ブラックシャー。とんでもない主催者だな。火災で客の命を危険にさらし、そのうえ――」

アレックスの我慢が限界を超えた。子爵が着ている魔術師の衣装をつかんで立ちあがらせ、木に背中を押しつける。「どこでミス・レイシーのケープを手に入れたんだ？」

ハーヴァーシャムが顔をまだらに赤くして、つばを飛ばしながら答える。

「妻がかけてくれたんだ。彼女はそれからどこかへ行ってしまったよ」

まさか。レディ・ハーヴァーシャムが？「奥方はどこへ行った？」

子爵が肩をすくめた。「わからない。妻は最近……精神的に不安定なんだ」

冷たいものがアレックスの背中を伝いおりた。「不安定とは……どんなふうに？」

「わけのわからないことを言いだすんだよ。普通のときもあるんだが、あらゆる方法で復《ふく》讐《しゅう》すると息巻いていることがある」

「誰に対する復讐だ？　なんのために？」アレックスは問いただした。

ハーヴァーシャムがため息をついて目を閉じる。疲れているようだ。「わからない。女性は気まぐれなところがあるだろう？　妻のおしゃべりにはつきあわないし、言うことをいちいち真に受けてもいないよ」

「よく考えろ」アレックスは相手をまた木に叩きつけた。「思い出すんだ」

子爵がうめき声をあげる。「妻はぼくに焼きもちをやかせようとしている。ロンドンでいちばんの愛人とベッドをともにするんだと言っていたな。自分に無理なら、ほかのどんな女性にも不可能だろうって。だが、そんなのはすべて口から出まかせだよ、ブラックシャー。妻はすぐに頭が混乱するんだ。この一、二年はずっとそんな感じなんだよ」

くそっ。アレックスが手を離すとハーヴァーシャムはどさっと落ちて、草むらに嘔吐《おうと》した。

同情のかけらも見せずに、アレックスはきいた。「あなたの馬車はどこだ?」

「おやおや」子爵がつばを吐き出し、シャツの袖で口元をぬぐう。「それはつまり、もう帰れと客に言っているのか?」

アレックスは鼻で笑った。「好きにすればいい。ぼくはあなたの奥方の行方を追わなければならない」

彼は通りに並んでいる馬車のほうへ駆けだした。祖母が無事に見つかるように――常軌を逸した女に傷つけられていないように祈りながら。

40

息を大きくはずませて、アレックスは並んだ馬車の前で立ち止まった。わずかに五台が残っているだけだ。招待客の多くはすでに帰宅してしまったのだろう。

「ハーヴァーシャムの馬車はどれだ？」座席にもたれかかっている御者に尋ねた。

驚いた御者は口にくわえていたパイプを落とし、席に座り直した。「この馬車の前に止まっていましたが、どこかへ行ってしまいましたよ」

くそっ。「いつだ？」

御者が肩をすくめる。「ほんの一五分ほど前です」

アレックスは彼に近づいた。「誰が乗っていたか知りたい。大事なことなんだ」

「レディ・ハーヴァーシャムはたしかにいましたね」御者が顎をさすりながら答える。「ですが、子爵様と一緒ではありませんでした。年老いた女性がいましたよ」

その言葉を聞いて胃が重苦しくなった。「その女性は眼鏡をかけていたか？」

「ちょっと思い出せませんね。ですが、銀色のドレスと帽子を身につけていらっしゃいました」

「まさに恐れていたことだ」アレックスはつぶやいた。気を取り直して尋ねる。「どちらのほうへ行ったんだ？」

御者が眉根を寄せる。「妙な話だと思ったんですが、レディ・ハーヴァーシャムがウエストミンスター・ブリッジへ行くようにと指示していたんですよ」

なんということだ。アレックスは馬車に乗ると、御者の隣に座って命じた。「ウエストミンスター・ブリッジへ連れていってくれ。早く！」

「勘弁してください」御者が抗議する。「ニュートン卿ご夫妻をここでお待ちしているんです」

「ならば待てばいい。だが、この馬車が必要だ」アレックスが手綱に手を伸ばすと、御者はたじろいだ。

「旦那様はどなたなんです？　あの……差し支えなければ」

「ブラックシャー公爵だ。いいか、ニュートンのことは心配するな。祖母の身に危険が迫っているんだ」

「それを早くおっしゃってくださいよ、閣下」屈強な御者は手綱をしっかり握り、口ごもりながら言った。「誰がおばあ様を傷つけようとしているんですか？」

「レディ・ハーヴァーシャムだ」苦々しげに答える。「さあ、行ってくれ。すでに手遅れかもしれないが」

ニュートン卿の御者は馬に口笛で合図をすると、手綱を打ちつけて馬を駆りたてた。速駆け用の馬車ではないが、御者は暗い夜道を全力疾走させ、横転する寸前のような速度で角を曲がっていく。

だが、それでもアレックスにはじゅうぶんとは思えなかった。時間が経つにつれ、恐怖がふくらんでいく。

ベスはなんとか救うことができた。だが、もし祖母を助けることができなければ……一生自分を許せないだろう。祖母は彼が人生でいちばん苦しい時期に寄り添ってくれた。それなのにいま、祖母がアレックスを本当に必要としているときにそばにいてあげられないのだ。

深夜の通りにはひとけもなく、青い月の光が街を不気味に照らしている様子にアレックスは総毛立った。「急いでくれ」彼は御者を急きたてる。

「橋はもうすぐです」御者が大声で応えた。「あれはハーヴァーシャム家の馬車でしょう」

「止まれ」アレックスはそう命じて、馬車が完全に停止する前に飛びおりた。「レディ・ハーヴァーシャム！」暗闇に向かって叫ぶ。

何も返ってこない。

川沿いに止まっている馬車に駆け寄ってドアを開けたが、中には誰もいなかった。御者の姿も見えない。

アレックスは橋まで駆けていった。

「おーい！」男が――ハーヴァーシャム家の御者だろうか？――手を大きく振り、息を切らしてアレックスのほうへ走ってくる。

「レディ・ハーヴァーシャムはどこだ？」アレックスは問いただした。「公爵未亡人も一緒か？」

「あの方は公爵未亡人なのですか？」御者が息を詰まらせる。「子爵夫人がここまで来るように命じたのです。奥様と年老いた女性――いえ、公爵未亡人は橋のほうへ歩いていきました。言い争う声が聞こえたので、様子を見に向かったんです。そうしたら悲鳴と……水しぶきのあがる音がしました」

まさか。

アレックスは橋の欄干に駆け寄り、身を乗り出して暗い川面に必死で目を走らせた。

「おばあ様！」

テムズ川は静かに流れている。静かすぎるくらい穏やかに。

こみあげてくる嗚咽《おえつ》をこらえて、アレックスは橋の反対側へ走った。欄干に体を押しつけるようにして、人影が見えないかと水面に目を凝らす。手がかりが欲しい。水がはねる音や叫び声……どんなものでも。

下流側に何か光るものが目に入った。一枚の布だ。水中の幽霊のように不気味に漂っている。

祖母の銀色のケープだ。

怒りと恐ろしさに震えながら、彼は上着とブーツを脱ぎ捨てて欄干の上に立ち、川に飛びこもうとした。水面までの距離は一〇メートルほどだろう。祖母が落ちたとしても、命はとりとめられる高さだ。いや、生きていてもらわなくては困る。祖母をテムズ川の水中からなんとしても引きあげなければならない。

手遅れになる前に。

アレックスは川面のある一点をじっと見つめた。祖母のケープが浮いていた場所を。すでに布は沈んでしまい、冷たく濁った深い水にのみこまれていた。

目をぎゅっと閉じて、大きく息を吸いこむ。そして――。

「アレクサンダー・ベンジャミン・サヴェージ」叱るような声が聞こえてきた。

ああ、神よ。「おばあ様?」振り向くと、祖母が歩いてくる姿が目に入った。手を腰に当てている。

「すぐにそこからおりなさい」祖母が命じた。「いったい何をしようとしているの?」

「おばあ様を助けようと」

彼女が両腕を広げる。「わたくしに助けが必要に見えるかしら?」

安心したせいで脚の力が抜け、アレックスはその場に座りこんでしまった。

「川に落ちていなかったんですね」祖母に向き合い、いまとなってはわかりきったことを口にする。

「落ちていないわ」あきれたように、祖母が眼鏡の下の目をぐるりとまわした。

「けがもないんですね?」彼は欄干からおりると、祖母の肩にやさしく手を置いて、銀色の帽子をかぶった頭のてっぺんから優美な靴に包まれたつま先まで視線を走らせた。

「ええ、ないわ」祖母が彼を抱きしめる。「わたくしは大丈夫よ。ただ、レディ・ハーヴァーシャムが……」

「彼女は川に落ちたのですか？」

「残念だけれど、そうなの。ひどく混乱していたわ。あなたがどんなふうに彼女を拒絶したとか、自分はあなたとベッドへ行けなかった唯一の女性だとか、夫の借金をあなたが帳消しにしないとか、支離滅裂なことを口走っていたのよ」

やりきれない思いで頭を振る。「彼女はぼくを殺そうとしていたのだと思います」

「そうね、たしかにあなたを殺そうとしていたわ。たくさんのことを白状したのよ。エリザベスも死なせようとしたのに、あなたが計画を台なしにしたって。だから、わたくしを殺す以外に選択肢がないと」

祖母の淡々とした口調に彼は驚いていた。「それから何があったんですか？」

「美しいシルクのケープをだめにしたくないからと言って、彼女がわたくしを川へ突き落とす前に脱いでもいいかときいたのよ。彼女はいいと言ったわ。それでわたくしはケープを取り、彼女の頭にかけて突き飛ばしたの」

「まさか」このやさしくてか弱い祖母が？　アレックスは驚きを隠せなかった。

「本当よ。それから助けてと叫びながら走って逃げたわ。すると、ほどなくして何かが水に落ちた音が聞こえたの。これからの一生を劣悪な環境のニューゲート監獄で過ごすよりも、テムズ川に身を投げるほうがましだと思ったのでしょうね」

祖母の話に愕然として、彼は水面を振り返った。「手こぎ船が岸にあります。彼女を助けることができるかもしれません」

「もう命は助からないわ」祖母がきっぱりと言う。「落ちた時点で亡くなってしまったでしょうね。そうでなかったとしても、もう時間が経ちすぎている。当局に任せなさい。朝になったら、ご遺体を引きあげてくれるはずよ。いまは一刻も早く屋敷へ戻って、エリザベスの無事を確認しなくては」

アレックスは上着を拾いあげて、祖母の肩にかけた。「恐ろしい夜でしたが、おばあ様とベスの命が助かったので、自分がこの世でいちばん幸せな男に感じられますよ」

「まあ、やさしいことを言ってくれるわね」その言葉が深く心に響いたらしく、祖母が彼の頬をやさしく叩いた。「彼女と結婚しなさい。いいこと？」

アレックスはほほえんだ。「ご心配なく。ちゃんとそうしますから」

ニュートン家の馬車がアレックスの屋敷に戻ると、バケツリレーはまだ続いていたが、もう一階の窓から激しい煙は出ていなかった。あと少し、火がくすぶっているだけだ。

馬車からおりる祖母にアレックスが手を貸しているところへ、ミスター・シャープが安堵の表情で駆け寄ってきた。「奥様がご無事でようございました。火事はなんとかおさまりましたよ、閣下。書斎は全焼ですが、屋敷のほかの部分はほぼ無事で……幸運でした」

この知らせを聞いてうれしいはずなのだが、アレックスはベスが横たわっていた場所から目が離せなかった。

いま、そこには誰もいない。「ミス・レイシーはどこだ？　彼女は大丈夫なのか？」

「頭をひどく殴られたようですが、しっかりしたご様子でした。お姉さんと妹さんがお家に——つまり、おじ様のお宅へ連れて帰りました」

メグとジュリーを責めることはできない。ベスもおじの家にいれば安心だろう。だが、そんなことは耐えられない。彼女の居場所はアレックスのところだ。「いまからそちらへ向かおう」

祖母が彼の腕に手を置いた。その手には驚くほど強い力がこめられている。

「エリザベスをそっとしておいてあげなさい。今日はひどく恐ろしい目に遭ったのよ」

「わかっています。ですが、彼女に会わなければならないんです。言わなくてはいけないことが——」

「いまは休息が必要だわ」祖母が眼鏡越しに厳しい目を向けてくる。「言うべきことがあるのなら、明日になって伝えればいいでしょう。彼女が落ち着いて、きちんと話が聞けるようになってから」

夫人のメイドが駆け足でやってきた。すっかり動揺している「ああ、奥様、ご無事で！あちらこちらをずっと探しておりました。お元気なお姿でほっとしましたわ」

「正気を失った女性が、わたくしをウエストミンスター・ブリッジから川へ突き落とそうとしたのよ。信じられる？」夫人がメイドに話した。

「それは大変でしたわね」メイドは驚いたと言わんばかりだが、夫人の話を信じていないのが見て取れた。「さあ、ご近所のレディ・ブランダムがお招きくださって、奥様のお好きなだけ滞在していいと言ってくださいました。ミルクを入れた紅茶をお持ちしますわ。それから、ブランダム家の客用寝室でゆっくりとおやすみになってください。朝にはきっと、ご気分も落ち着いていらっしゃるでしょう」

祖母はアレックスと目を見合わせて、やれやれというように笑った。メイドは銀色のケープをなくしたことを残念がり、肩掛けもなしに外にいるべきではないと言って、夫人を急きたてた。「明日よ」夫人がアレックスにきっぱりと言う。

彼はため息をつき、執事のほうを向いた。「いま何時だ、シャープ?」

執事が時計を確認する。「三時半でございます、閣下」

幸い、朝はもうすぐだ。

41

ウィルトモア卿の家の玄関でアレックスに応対したのは、ベスの妹のジュリーだった。

「残念ですが、姉は面会謝絶です」扉のわずかな隙間から冷たい声で言う。

すんなり入れてもらえるとは思っていなかったので、心の準備はできていた。

「ミス・レイシー」誠意を持ってジュリーに語りかける。「ぼくが来ていると伝えてもらえれば、きみの姉上も例外を認めてくれると思うんだが。ぼくがいまここにいて、玄関の前で、彼女のことを心から心配していると伝えてほしい」アレックスは最高に魅力的な笑顔を見せた。これが女性に効かなかったことは一度もない。

扉がもう少し開き、今度は姉のメグが姿を見せた。「ベスはあなたが来ているのを知っているわ」伯爵夫人は片方の眉をつりあげている。「それでも面会謝絶です」

明らかに、アレックスの笑顔も姉妹の結束の前では無力だった。ふたりとも別に屈強で恐ろしいわけではないのだが、彼にとってはこの玄関を突破するよりも、ローマ帝国の要塞に攻めこむほうが簡単そうだ。

とはいえ、あきらめるわけにはいかない。「彼女がどうしているか様子を見たいだけなんだ。謝りたいんだよ。昨夜のことと……その……」

メグがつんと顎をあげる。「わたしたちに〝枯れかけた壁の花〟というあだ名をつけたことかしら？」

恐縮しながらうなずく。「彼女が話したんだね？」

ジュリーが冷淡で意地悪な笑みを浮かべた。「わたしたちはお互いになんでも話すのよ」

〝なんでも〟の中に、ふたりがワインセラーで過ごした時間は含まれていないといいのだが。

「みなが思っている以上に、ぼくは後悔しているんだ。無神経で残酷なあだ名を撤回することができればと願っている。ベスと……そして、きみたちのことを彼女からいろいろ聞いて知り合いになったいまとなっては、心からそう思っているよ」

メグが眉根を寄せた。「わたしたちと知り合う前なら、そんなあだ名も問題ないというの？　わたしたちがろう細工の人形だとでも思っているの？　それとも、わらで作られていると？　わたしたちがひどい言葉の持つ棘に傷つかないとでも？」

彼女の隣ではジュリーが腕を組み、唇を引き結んでアレックスが答えるのを待っている。

彼は正直に話すことにした。「聞いてくれ。ぼくがばかだったんだ。どうしようもないくらいに。ぼくは償いたいと思っている。それに一生涯を費やさなくてはならないとしても」

「それは当然よね」メグが肩をすくめる。

「医者は彼女の頭のけがについて、なんと言っているんだ？」アレックスは尋ねた。「痛みはひどいのか？」

メグの表情がやわらいだ。ほんの少し彼に同情を示してくれているようだ。

「痛みはそれほどひどくないけれど、疲労しているの。お医者様は仕方のないことだとおっしゃっていたわ。三日間は安静にしていなさいって」

「お見舞いもだめですって」ジュリーが当てつけるように言う。

「三日間？」アレックスはゆうべ、ベスの部屋の窓の下の格子垣をのぼるのをかろうじて思いとどまった。彼女が元気だとこの目で確かめることもできずに、どうやって三日間も耐えればいい？　彼女が許してくれるかどうかもわからないまま、どうすればいいのだろう？

思っていることを伝えることもできずに。

「ジュリーとわたしが交代で枕元に付き添っているわ」メグが請け合った。「心配はいらないのよ。わたしたちがちゃんと看病するから」

「それはわかっている」アレックスはうなだれた。「自分勝手は承知だが、彼女の面倒はぼくが見たいんだ」

「そうする機会はあったでしょう」ジュリーが目を細めて言う。「でも、あなたがきちんとしなかったから、姉はけがをしてベッドから出られず、おまけに心まで傷つくことになってしまったのよ」

痛烈な言葉だ。しかし、受け入れるしかなかった。「彼女に会えないのに、どうやって償いをすればいいんだ？」

「何ができるか考えてみたらどうかしら？」メグが言う。「いろいろやってみたら？」

ジュリーが鼻で笑った。「それともあなたがいつもしているように、女優や未亡人、あるいは高級娼婦の腕の中に慰めを求めたらどう？」

メグがはっと息をのむ。「なんてことを言うの、ジュリー！」

「いいんだ」アレックスは引きつった笑みを浮かべた。「だが、どうかぼくの言葉を信じてほしい。ベスはぼくにとって、たったひとりの女性なんだ。もし三日間、または三週間、あるいは三年間かかるとしても……待つだけの価値がある女性だ」

「感動的ね」ジュリーが笑みを浮かべた。やさしすぎるくらいのほほえみだ。「じゃあ、わたしの言うことも信じてほしいわ。ゆうべ持っていたアルテミスの弓と矢は、すぐに使えるようにしてあるの。もしあなたがまた姉を傷つけるようなことがあったら、わたしはその弓と矢を使いますからね」

ふたたびアレックスは魅力的な笑顔を見せた。二度は失敗しないという自信がある。

「矢を使うのであれば、愛の天使キューピッドから借りたらどうだろう？」

メグとジュリーがあきれたように目をまわしてみせる。「さようなら、閣下」

「アレックスと呼んでくれ」彼がそう言うと同時に扉が閉まった。

居間の長椅子に座り、ベスはアレックスと姉妹のやりとりをすべて聞いていた。彼の低い声を聞くと脈拍が速まり、その言葉には息が詰まりそうになった。

アレックスに会いたくてたまらない。でも、姉と妹が許してくれなかった。もし彼の前に顔を出したりすれば、これから二日間は寝室に閉じこめられそうな勢いだった。

少なくとも、アレックスの身は安全だとわかった。レディ・ハーヴァーシャムのことはすでに耳に入っている。噂によると彼女が火をつけて、公爵未亡人を誘拐したらしい。そして橋から川に身を投げたという。悲しい結末だけれど、レディ・ハーヴァーシャムは残りの人生を施設や監獄で過ごすよりもいいと思ったのかもしれない。

扉の閉まる音が聞こえると、医師の指示を守らないと言ってメグから叱られたりしないように、ベスは頭を枕につけて氷嚢《ひょうのう》を額にのせた。

ジュリーがいつになく怖い顔をして居間に入ってきた。「お姉様の公爵閣下が帰ったわ」

「今日のところはね」うしろからメグがつけ加える。「申し訳なさそうにしていたわよ」

「どんな様子だったの？」ベスは心配で尋ねた。「けがをしていた？　疲れているようだった？」

「彼は美男子だったわよ」メグが認める。

ジュリーがふんと鼻を鳴らした。「お姉様に会いたくてどうしようもないみたい」

「あなたたちが彼に腹を立てているのはわかっているわ。だけど彼の訪問を許してほしいの。ほんの少しでもいいから」

「彼はお姉様にぞっこんなんですって」ジュリーが肩をすくめる。「それを証明する機会が与えられたということね」

自分を思いやってくれる妹の言葉に、ベスは心があたたかくなった。「彼は炎をかいくぐって、わたしを助けに来てくれたのよ」

ジュリーがつまらなそうに鼻を鳴らす。「はじめの第一歩というところかしら」

メグはほほえんで長椅子の端に腰をおろし、ベスの脚をぽんぽんと叩いた。

「それはすばらしい第一歩ね。でも、あなたはお医者様の言いつけを守らないと」

「お医者様はよく休むようにとおっしゃっただけで、隔離は必要ないわ」目を閉じてため息をつく。

「わかっているわよ」メグがなだめた。「この数週間、いろいろあったでしょう。それに昨夜の出来事から、まだ立ち直っていないわ。わたしの言うことを聞いて、この三日間で自分の正直な気持ちを見つめてごらんなさい。彼にとっても、あなたに思いを伝える機会にしてあげるのよ」

三日間。もちろんこの試練を乗り越えられるだろう。ふたりの関係が本物ならば。

「わかったわ。お姉様はとても賢明ね。いい家庭教師だと思われるわけだわ」

「実際はひどかったでしょう？」メグが笑う。

「お姉様は最高よ。そろそろ最愛の旦那様と娘さんたちのところへ帰ってあげて。あとはジュリーが見張っていてくれるでしょう。わたしがこの家にとらわれの身となって、ベッドに寝ているかどうか」

「お姉様はわたしのことを看守だとでも思っているみたいね」ジュリーは立ちあがると、気をつけの姿勢になって敬礼した。

るわ」

「何かあったら知らせてちょうだい」メグが言う。「いろいろなことがありそうな予感がす

その日の遅く、つまりベスの隔離生活第一日目の夜に小包が届いた。茶色い包み紙を開けると見覚えのある本――『神話の幻獣』が入っていた。一〇〇の頭を持つドラゴン、ラードーンについて書かれている二七八ページと二七九ページのあいだにしおりがはさんである。そのしおりには、〝ドラゴンは本当にいる〟という一文が記されていた。

二日目には、また別の荷物が来た。箱に入っていたのは美しい瓶のスパークリングワインで、〝ぼくたちのワインセラーより〟というメッセージが添えられていた。

三日目の朝に使者が届けに来たのは、大きな平たい包みだった。ジュリーに手伝ってもらいながら、ベスは包装を解いた。

半分焼け焦げている絵を目にして、ジュリーが顔をしかめる。「これはなんなの？」

ベスは喉の奥にこみあげてくるものをぐっとのみこんだ。「馬の絵よ」

裏につけられたメッセージを読んで、目頭が熱くなった。〝フィリスがきみに会えなくて寂しがっている〟

ベスはわっと泣きだした。

アリステアおじがゆっくりと居間に入ってきた。逆立った白髪がなびいている。

「おやおや、どうしたというんだ」心配そうに眉間にしわを寄せている。「悲しんではいけ

ないよ、エリザベス。わしはいい知らせを持ってきたんだ。今夜の晩餐会への紹介状が届いたよ。場所はブラックシャー公爵のお屋敷だ」

ベスはジュリーの顔を見た。プライドをかなぐり捨てて、妹に頭をさげる。「お願い、行ってもいいでしょう？」

ジュリーは涙に濡れた姉の顔と奇妙な馬の絵を見比べてから、もう一度ベスの顔を見た。

「お姉様の公爵閣下の好みは変わっているわね……でもお姉様を選んだのは、このうえなくいい選択だと思うわ」

ベスは妹を強く抱きしめた。なんと言えばいいのか言葉が見つからない。

「もちろんよ、ベスお姉様。晩餐会のご招待を受けましょう。伯爵とともにメグお姉様にもお誘いが来ていることを知らせないと。今夜の晩餐会に出席できないようなことがあれば、メグお姉様は一生わたしたちを許してくれないわよ」

ベスの胸に幸せが花開いた。隔離生活が終わった。

ようやくアレックスに会える。それもすぐに。

42

ミスター・シャープがベス、ジュリー、アリステアおじをブラックシャー・ハウスで出迎えてくれた。かすかに煙のにおいが漂っていることをしきりに詫びながら、書斎の前を足早に通り過ぎる。そのドアはすすで黒ずんでいた。

「みな様を客間のほうへご案内いたします、ミス・レイシー」執事が目尻にしわを寄せて、やさしい目を彼女に向けた。「公爵閣下と奥様、それにダーバーヴィル卿がお待ちです。キャッスルトン卿ご夫妻も、すでにおいでになっています」

落ち着かない気持ちで、ベスはつばをのみこんだ。夫人のコンパニオンとして働いていたときには、ミスター・シャープはいつも彼女に親切で、まるで娘のように接してくれていた。でも、今夜は普段と口調が違う。

今夜のベスはメグから借りた美しいドレスに身を包んでいるからだろうか？　きらきら光るクリスタルで縁取りされた淡いピンク色のシルクのドレスだ。まるでささやきかけるかのように、裾が軽やかに揺れている。

あるいは単に、ミスター・シャープは心配していたほど彼女の頭の傷がひどくなかったことに安堵しているだけかもしれない。

どちらにせよ、ミスター・シャープはベスがコンパニオンではなく大切な賓客であるかのように話しかけていた。三人を客間へ案内して、彼女たちの来訪を主人に告げる。まるで貴族が来たみたいに。

ベスの視線はアレックスに釘づけになった。濃紺の上着が広い肩を、スエードのズボンが筋肉質の脚をぴったり包んでいるのを見ると、息をするのも忘れそうになる。そして端整な顔に満面の笑みが広がり、しかもそれが彼女だけに向けられていると思うと……体が熱くうずいた。

「ベス」アレックスがささやいた。この部屋にはほかにも一〇人ほどの人がいるのを忘れているようだ。

「アレックス」彼女も呼びかける。閣下と言うよりも自然に思えた。

彼はベスのほうに来ると、祖母、親友、ベスのおじ、姉と妹、そして義理の兄がいる前で彼女の手を取って口づけした。

「実は晩餐のときに話そうと思っていた。きみをうっとりさせて、紳士の諸君には笑ってもらい、ご婦人方は涙でハンカチが手放せなくなるようなスピーチをするつもりだったんだ。だがこうしていま、ここできみの姿を目にして、もう待てなくなった。嘘偽りのない真実以上のことは口にできないと悟ったよ」

「真実だけでじゅうぶんだわ」ベスは彼を励ますようにほほえんだ。

「ひとつ目の真実は、きみたち三姉妹は誰ひとりとして壁の花などではないということだ。数年前にそんなひどいあだ名をつけて申し訳なかった」

「なんということだ。よくもそんなことをしてくれたな、ブラックシャー」キャッスルトン卿が妻を守らんとして拳を構えた。

メグが夫に腕をまわして、なだめるように軽く叩く。「閣下の謝罪を受け入れますわ。続きをどうぞ」

アレックスがふたたびベスのほうを向いた。「ふたつ目は、ぼくが女たらしなどではないという真実だ。実際にはほど遠い。例のすばらしいと噂されている才能など、持ち合わせていないんだ」

ソファに座っている夫人が扇であおいでいる。「ミスター・シャープ、飲み物をお願い。急いでちょうだい！」

ダーバーヴィル卿が近くの椅子に腰をおろし、手で髪をかきあげた。「ぼくにも頼むよ、シャープ」

目の前で繰り広げられていることが信じられないとばかりに、ジュリーがまばたきをする。

「これまで出席した中で最高の晩餐会だわ」

ベスはアレックスの手を握り、片方の眉をあげた。彼女の知る限り、彼の才能はすばらしいと言わんばかりに。本心では、その才能を発揮してもらう機会を待ち望んでいた。

アレックスがゆっくりと長い息を吐き出し、あがめるような目で彼女を見つめる。

「そして三つ目の事実。これがいちばん大切なことだ。ぼくはきみを愛している。きみがぼくのことを直せるかどうかわからない。だが、試してほしいんだよ、ベス」

「あなたには直すべきところなど何もないわ」彼女はやさしく言った。アレックスの額にかかった髪をあとで払うこと以外には、取りたてて何もない。「わたしもあなたを愛しているわ。そのままのあなたを」

アリステアおじが口元を手で覆って咳をしてから、大きく息を吸いこんだ。それからいかめしい顔をする。「このやりとりはしかるべき決裂へと向かっているのだろうね、公爵」

あらあら。「おじ様は〝結末〟と言いたいのよ」ベスはささやいた。

アレックスはアリステアおじにうなずき、協力を求めるように目配せした。「許可をお願いします、サー」

おじは寛大に腕を振って許可を与えた。

アレックスがベスに向き合い、片方の膝をつく。

ああ、まさか。彼女の目には涙があふれ、心臓は口から飛び出しそうだ。

「エリザベス・レイシー」彼が言う。「この世界では多くの物事が見かけどおりとは限らない。だが、ぼくのきみへの愛は本物だ……そして絶対に本当だ。きみが妻になってくれるなら、それはぼくにとって最高の栄誉で、ぼくはこの世でいちばん幸せな男だろう」

「ああ、アレックス」彼女ははなをすすった。

彼はベスを見あげ、美しい目で懇願するように見つめている。「ぼくと結婚すると言ってくれ、ベス」

「もちろんよ！」

アレックスが立ちあがって彼女を抱きしめると、部屋は歓声とうれしい悲鳴であふれた。

「きみに会えなくて寂しかった」彼が耳元でささやく。

ジュリーは手を叩いていた。「ベスお姉様が公爵夫人になるのね！」

「わたくしのコンパニオンが義理の孫娘になるなんて」夫人は眼鏡の下で、目の縁をハンカチでぬぐっている。「そして、わたくしはようやく自由の身になれるわ。やっとね。田舎でのんびりと自分の時間を過ごせるのよ」

ベスとアレックスは驚き、その場に凍りついた。「田舎ですって？　てっきり、ここを離れるのはおいやなのかと」彼女は口を開いた。「アレックスのそばにいらっしゃりたいのかと思っていましたわ」

「ええ」夫人が恥ずかしそうに言う。「あの子が身をかためるまではね。あなたと結婚することに決まったなら、ようやく解放されてゆっくりできそうだわ」

「待ってください」アレックスが混乱したように頭を振る。「ぼくから解放されたいと思っているんですか？」

「いいえ、そうではないわ」夫人は舌を鳴らした。「ただこのところ、バルコニーが崩落したり、火事になったりと、いろいろあったでしょう？　すっかり神経がすり減ってしまったのよ」

「もうすべてが解決しました」彼が断言する。「逃げる必要はないんです」

「逃げるのではないわよ」夫人が反論した。「しょっちゅう遊びに来ると約束するわ。とくにひ孫が生まれたらね」

ダーバーヴィル卿がブランデーにむせると、アレックスはじろりとにらみつけた。

「わかりました」祖母のほうに向き直る。「ただ、あと数週間はここを離れられませんよ」

夫人が眉をあげる。「どうして？」

「つまり……ぼくの書斎が大変なことになっているでしょう。改装はまだ終わっていません。これだけは完了されたらどうでしょう？」

「とんでもない」夫人は却下した。「エリザベスがわたくしよりもはるかに上手に、改装計画をやりとげてくれるわ。彼女がいなかったら、あのひどいラマの絵をまだ壁にかけているところよ」

「ラマではありません」ダーバーヴィル卿が叫ぶ。「馬なんです」

「しまった」アレックスがつぶやく。

「つまり、ぼくが賭けに勝ったということだな」ダーバーヴィル卿は勝利を喜んでいる。

「まあ」メグがうれしそうにため息をついた。「お祝いすることがたくさんあるようね。晩餐会で求婚の現場に立ち会えるなんていうのも、そうそうあることではないわ」

「言わせてもらってもいいだろうか」キャッスルトン卿が口をはさんだ。「食事の席にもつかずに、これが晩餐会と言えるのかな？」

アレックスは苦笑いして、ミスター・シャープに合図を送った。執事がベルを鳴らし、うやうやしく告げる。「お食事のご用意が整いました」

アレックスはこの夜、ベスとふたりきりの時間を持てるように画策していた。

そんな様子が祖母にはお見通しだと気づいてしかるべきだった。

晩餐が終わると、ベスの荷物がまだここに残っていることだし、読みかけの本を終わらせるためにも、この最後の夜を彼女とともに過ごしたいと夫人が言いだした。

誰も、そして何よりベスが夫人の言葉に異を唱えようとはしなかった。そんなわけで今夜、彼女はブラックシャー・ハウスに泊まることになった。

招待客がみな満足して帰っていくと、夫人はベッドに入り、ベスが枕元に座って本を読みはじめた。けれどもほんの二ページほど読んだところで、祝いのシャンパンを飲んだせいか、夫人は寝息をたてはじめた。

もしくは眠ったふりをしているのかもしれない。

アレックスのために何かしてやりたいという祖母の心遣いだろうか？

ベスはナイトテーブルに置いてあるランプの炎を弱めると、足音を忍ばせて廊下へ出た。

そこにはアレックスが待っていた。

「会いたかったよ。きみをぼくのものにできないかもしれないと思ってしまった」彼はベスの手を取って指を絡めた。

「わたしはあなたのものよ」彼女がささやいた。「わたしもあなたに会いたかった」

「さあ、行こう。ぼくの寝室へ。それともワインセラーのほうがいいかな？」

「そうねえ」顎に指を置いて、決めかねているふりをする。「あなたといられれば、どこでもかまわないわ」ベスは肩をすくめて言った。

その言葉がうれしかったが、今夜はもう話をするのに疲れていたので、アレックスは彼女を抱きあげて寝室へ向かった。部屋まで来るとドアを足で押し開け、彼女をベッドに横たえる。

ふたりのベッドだ。ついに。

彼は手のひらでベスの頬を包みこみ、輝く瞳をじっと見つめた。「ああ、きみはなんて美しいんだ」窓から差しこむ月明かりの中で淡いピンク色のドレスがきらめき、栗色の巻き毛がつややかに光る。ほっそりと長い首筋は彼のキスを待ちわびて、豊かな胸のふくらみはボディスからあふれんばかりだ。

「頭の傷は大丈夫なのかい？」

「ええ」彼女はなまめかしくほほえむと、アレックスのクラヴァットを外して床に放り投げた。

「そして、きみはぼくを許してくれたのか？」改めて尋ねる。

「ええ」ベストのボタンを外してシャツをたくしあげ、ベスは腹部に手を這わせた。「証明したほうがいいかしら？」

口の中がからからに乾いている。「ああ、そうしてほしい」

彼女はアレックスの首にキスをした。手をズボンの中に滑りこませて、こわばりをさすりはじめる。「わかった、きみを信じるよ」彼は息をはずませて言った。

「今度はわたしに信じさせて」ベスが誘いかける。

「喜んで」ブーツと上着、ズボンを脱ぎ捨てると、彼女のドレスのひもをほどいて脱がせた。髪に指を差し入れたいという衝動に駆られたが思いとどまる。結いあげられたままのほうが、髪で体が隠れることがない。アレックスは唇を奪い、胸にもキスをして、彼女がわれを忘れて声をあげるまで愛撫を続けた。

「あなたが欲しいわ」ベスが彼の首に腕をまわす。「いますぐに、明日も、これからもずっと」

「ぼくにはきみが必要だ」彼女とひとつになって、アレックスは言った。「ああ、ぼくにはきみが必要なんだよ、ベス」

ベスが彼の体に脚を巻きつけ、ふたりは動きを合わせた。あえぎ声とともにのぼりつめていく。

「アレックス、ああ……」

彼もベスと一緒に絶頂を迎えた。力強く、長く……最高にすばらしい快感だった。

額を合わせながら、アレックスはふたりの体の相性がぴったりなことを実感していた。

「愛しているよ、女神様」

「わたしもあなたを愛しているわ」ベスが満足げなため息をついてささやく。
まさに、おとぎばなしが現実になったようだ。
そしてドラゴンは……おそらく実在するのだろう。

訳者あとがき

アナ・ベネットの『壁の花の秘めやかな恋』に続く第二作目をお届けいたします。

本作品は前作の主人公であるメグの妹、ベスのお話です。舞台は一九世紀のロンドン。彼女はブラックシャー公爵未亡人のコンパニオンをしています。現当主は公爵未亡人の孫、アレックス。彼は美男子であるにもかかわらず気難しく、社交界では女たらしという悪評が立っています。ある日、公爵がロンドンの屋敷に帰ってきて早々、初対面のベスに解雇を言い渡します。傲慢なアレックスにもひるむことのないベス。

彼女は才気煥発《かんぱつ》で物怖じしない性格です。普通の若い女性のようにアレックスに気おくれしたりせず、対等に意見を言います。

しかしベスも〝枯れかけた壁の花〟というひどいあだ名に苦しめられ、さまざまなことに傷ついているひとりです。気が強く見えるその裏では、かたい殻で本当の自分を必死で守っていたのです。

本書では、彼女の心情が丹念に書き込まれています。現代の日本に生きるわたしたちの中にも、毎日の生活や仕事で心が疲弊したり、傷ついたりして、自分を懸命に守ろうとするべスの気持ちに共感できる部分も多々あるのではないでしょうか。

そんなベスが悪名高いアレックスと出会い、恋に落ちます。でも、彼にはベスに打ち明けられない秘密があります。実は不器用なふたりが葛藤を乗り越え、自らの気持ちに正直になって本物の自分として相手に接したとき、どんなふうにその心が溶け合うのか……切なくもロマンティックな展開をどうぞお楽しみください。そしてふたりの恋物語とともに、舞踏会や遊園地の起源とも言われている娯楽施設、ヴォクソール・ガーデンズでの夕べなど、当時の貴族の生活や雰囲気も感じていただけましたら幸いです。

本作に続き、今度はレイシー家の三姉妹の末子、ジュリーを主人公にした第三作が二〇一八年一月にアメリカでは出版されています。

二〇一八年三月

ライムブックス

壁《かべ》の花《はな》のひそやかな願《ねが》い

著　者　　アナ・ベネット
訳　者　　星《ほし》　慧子《せいこ》

2018年4月20日　初版第一刷発行

発行人　成瀬雅人
発行所　株式会社原書房
〒160-0022東京都新宿区新宿1-25-13
電話・代表03-3354-0685　http://www.harashobo.co.jp
振替・00150-6-151594
カバーデザイン　松山はるみ
印刷所　図書印刷株式会社

落丁・乱丁本はお取替えいたします。
定価は、カバーに表示してあります。
 ISBN978-4-562-06510-3 Printed in Japan